傷心公爵令嬢レイラの逃避行 上

染井由乃
イラスト／鈴ノ助

デザイン／鈴木 亨

ローゼ・アシュベリー
Rose Ashbury
ルイス・アルタイル
Lewis Altair

リーンハルト・ルウェイン
Leanhard Llewein
レイラ・アシュベリー
Layla Ashbury

Contents

どこで間違ったのだろう。

銀色の月明かりが差し込む部屋、私を捕らえるための豪奢《ごうしゃ》な檻《おり》の中、私は冷たい床に崩れ落ちながら、目の前の彼を見上げた。

どこで、間違ったのだろう。

月影の中に浮かび上がった、すらりとしたシルエットを見つめ、私は縋《すが》るように声を絞り出した。

「どう、して……」

彼は、恐ろしいほど端整な笑みを浮かべて私を見下ろすばかり。

上手《うま》くやっていたつもりだった。

幸せな時間だって確かにあった。

そのはずなのに。

「っ……お願い、私を、ここから出して……」

いや、本当はもう分かっている。

私はもう、彼から逃れようがないのだということを。

その冷たい眼差《まなざ》しに囚《とら》われて生きていくしかないのだということを。

深い絶望に少しずつ心が蝕《むしば》まれていくのを感じながら、私は今夜も、彼の用意した鳥籠の中でむせび泣くのだった。

傷心公爵令嬢レイラの逃避行　上

染井由乃

イラスト／鈴ノ助

第一章　亜麻色の絶望

馬に蹴られた。

人の恋路を邪魔したわけでもないのに。


そう、あれは本当に不幸な事故だった。お伽噺《とぎばなし》の時代から続く、歴史あるアルタイル王国の公爵令嬢として生まれた私が遭遇するには、あまりにも不運な事故だ。

雲一つない青空が美しいある日、婚約者のルイス王太子殿下が珍しく私をデートに誘ってくれた。行先《いきさき》は、王都で人気の植物園とか言っていたっけ。

物心ついたころからの婚約者ではあるけれど、殿下からデートに誘われたことなんて数えるほどしかない。だからこそ、私は浮足立っていた。

普段はどれだけ着飾っても、美しい妹の足元にも及ばないから、と地味な格好ばかりしていたけれど、この日ばかりはいつもより少しだけお化粧に力を入れて、亜麻色の髪には去年の私の誕生日に殿下から贈られた、紫色の宝石でアネモネの花を模《かたど》った髪留めを飾った。

仕立てたばかりの淡い菫色《すみれいろ》のドレスに身を包み、姿見を覗《のぞ》き込《こ》めば、私の深い亜麻色の瞳には隠し切れない喜びが浮かんでいた。

いつも通り、時間ぴったりに殿下が迎えに来て、私たちは金で装飾された豪華絢爛《ごうかけんらん》な王家の馬車に乗り込もうとした。殿下は月の光のような銀髪を風になびかせながら、相変わらず表情の読めない顔をしていて、でも、それでも私は嬉《うれ》しくて。

油断、していたのかもしれない。

そう、もう少しだけ周りに注意していたら、防げたのかもしれない。

薄い絹の手袋越しに感じる殿下の手の温《ぬく》もりが愛おしくて、私は繋《つな》がれた二人の手をじっと見つめていた。それはもう、何年も前から続く私の癖で、殿下は特に気に留《と》めたりしない。

それなのに、あの時だけは殿下は私を見ていたのだ。驚いたように、宝石のような綺麗《きれい》な蒼色《あおいろ》の瞳を見開いて。

「っレイラ!!」

殿下が私の名を呼ぶのと時を同じくして、馬車に繋がれていたはずの馬の嘶《いなな》く声がすぐ傍《そば》で聞こえた。

振り返ったときにはもう、遅かった。

王家の使用人が丹精込めて世話をしているであろう毛並みの良《い》い白馬が、私に向かって前足を大きく振り上げる。そのすぐ背後には、必死で馬を宥《なだ》めようとする御者の姿が見えた。

ああ、馬のお腹《なか》って初めて見たわ。乗馬の御稽古があっても、私が乗るのはいつもおとなしい仔《こ》馬《うま》だったもの。

場にそぐわぬ呑気《のんき》なことを考えたのを最後に、私の記憶は曖昧になる。

酷《ひど》く頭が痛んで、顔の周りに生温かい液体が付着していて不快だった。傍にいるはずの殿下や使用人の声も聞こえなくなって、ただただ怖かったんだっけ。

あれから私はどうなったのかしら。殿下とそのままお出かけしたのかしら。思い出せない。

折角殿下から誘っていただいたデートだったのに、何だか勿体《もったい》ないことをしてしまったわ。次にお会いしたときには、きちんと謝らなくちゃ。

ぼんやりとした意識の中でそう決意して、私は何事もなかったかのように目を覚ました。


体が鉛のように重い。

目覚めて早々感じたことはただその一点に尽きた。瞼《まぶた》をちょっと開くだけで、顔の筋肉がピリピリと痛む気がする。

著名な画家が描いたという絵画が埋め込まれた天蓋付きのベッドは、間違いなく私のものだ。

上手く体が動かせないことに戸惑いながらも、私はどうにか開いた目だけで辺りの様子を窺《うかが》った。

光沢のある薄い絹のカーテン越しに、メイドらしい人影が見える。ベッドの傍に置かれた小さなテーブルで何やら作業をしているようだ。

……あら、私、あんなところにサイドテーブルなんて置いていたかしら。

声をかけてみようと思うけれど、どうしてか声が出ない。代わりに掠《かす》れたような呼気が喉の奥から絞り出された。

「さあ、お嬢様、本日も朝のお仕度をいたしますね」

そう言いながら絹のカーテンを割り入って姿を現したのは、私付きのメイドのジェシカだった。

幼いころから私の傍にいてくれる、一番信頼しているメイドだ。

だが、いつもジェシカは私が目覚めてベッドから降りるまで話しかけてきたりしないのに、今日は一体どうしたのだろう。

聞きたかったけれど、やはり声は出ない。代わりに、鳶色《とびいろ》の目を見開いて私を見下ろすジェシカと目が合った。

ジェシカが手に持っていたらしい、アネモネの模様が描かれたヘアブラシが音を立てて床に落ちる。彼女らしくない失態だ。

「……お嬢様!!　レイラお嬢様……!!　お目覚めになったのですか!?」

普段はおしとやかな彼女の声とは思えない大声に、軽く眉をしかめてしまった。不快だったわけではない。目覚めて早々の大きな音にびっくりしたのだ。

「ジェシカ、どうしたのよ。そんな大声出して」

もう一人メイドがいたのか、部屋のどこからか女性の声がする。聞き慣れない声だった。

……おかしいわ、私付きのメイドの声ならすぐにわかるはずなのに。

目の前のジェシカは酷く狼狽《ろうばい》した様子で、しまいには涙を流し始めてしまった。

「お、お嬢様が……レイラお嬢様が……」

「お嬢様に何かあったの……？」

途端に女性の声色に不安の色が混じる。絹のカーテンを乱して、見知らぬ女性がジェシカの隣に姿を現した。ジェシカと同じメイド服を着ている。

……こんなメイドが公爵家にいたかしら。妹の付き人というわけでもなさそうだわ。

ぼんやりとそんなことを考えながら二人を見上げていると、見知らぬメイドはジェシカの肩を摑《つか》んで揺さぶった。

「何をぼうっとしているの！　ジェシカは旦那様と奥様にお伝えして!!　私は急いでお医者様に連絡するわ!!」

「え、ええ……!!」

ジェシカは目尻に溜《た》まった涙を拭って、ぎこちない微笑《ほほえ》みを私に向けた。

「お嬢様、今、旦那様と奥様を呼んで参りますからね……！　お待ちになっていてください!!」

ただ目が醒《さ》めたというだけなのに、何と大仰なのだろう。

状況がよく理解できていない私は、知らせを受けた両親が部屋に入ってくるまで、今日のティータイムのお茶はどの種類にしようかしら、などと呑気なことを考えていたのだった。

背中にたくさんのクッションをあてがわれて、ようやく少しだけ体を起こせるようになった。

その私の傍には、未《いま》だに幻を見るような目で私を見つめるお父様と、レースのハンカチを握りしめながら震えるお母様の姿があった。お父様の亜麻色の髪にはところどころ白いものが混じっており、それが余計に現実を突きつける。

「……つまり、私は2年間もの間眠っていたということですね」

駆け付けた両親に告げられた現実は、あまりに予想外なものだった。

あの日、馬に蹴られた私は頭を怪我《けが》して、そのまま2年間眠っていたというのだ。

それを証明するように、私の手足はまるで棒のように細くなり、とても歩くことなど出来なかった。

「医者には目覚めることは無いかもしれないと言われていたんだ……。でも、本当に良かった……」

本当に、良かったと思っているの？

私はお父様の言葉を質《ただ》すように、両親を見つめる。もともと、私と両親の関係は淡泊なものだ。

彼らはお母様によく似た妹のローゼが可愛《かわい》くて仕方がないのだから。

「ええ、また声が聞けてよかったわ、レイラ……」

その言葉と裏腹に、お母様の表情は暗い。

大して愛されていないことは知っていたが、2年ぶりに目を覚ましたというのにこの態度は流石《さすが》にきついものがあった。

「お父様とお母様には、ご迷惑をおかけいたしました。早く、元通りの生活を送れるよう精進いたします」

私は精一杯の力を込めて両親に軽く頭を下げる。

2年もの間を無為に過ごしてしまった代償は大きい。私と殿下の結婚式は、もう1年後に迫っていた。

「何とか結婚式までには、きちんと振舞えるように致しますので……」

両親が懸念しているのはそのあたりだろう。アシュベリー公爵家の令嬢として相応《ふさわ》しい行動をとるように、とうんざりするほど言い聞かせてきた人たちなのだから。

「レイラ、そのことなのだけれど……」

珍しく、お母様が逡巡《しゅんじゅん》するように言葉を濁す。

いつも毅然《きぜん》とした社交界の華であるお母様が、そんなにも狼狽《うろた》えるところを初めて見た。

「……いい、私から話そう」

お父様は、俯《うつむ》くようにして黙り込んでしまったお母様に助け舟を出すように口を開いた。

姿勢を正して深呼吸をしたお父様の姿に、思わず私も身構える。一体何を言い出すつもりなのだろう。

「レイラ、よく聞きなさい」

お父様の亜麻色の瞳に映る私の姿は、酷く情けない顔をしていた。こんな姿、殿下の婚約者として笑われてしまう。

「——王太子殿下とは、ローゼが結婚することになったんだ」

しばらくの間、お父様が何を仰《おっしゃ》っているのか分からなかった。

重苦しい沈黙が、私の部屋を支配する。

……殿下、と、ローゼが結婚？

お父様は一体、何を、何を仰っているの？

婚約者は、私のはずなのに。他でもない、この私、レイラ・アシュベリーのはずなのに。

「……笑えない冗談ですわ、お父様」

苦笑いするように口元を歪《ゆが》ませて、私はお父様を見つめる。

その視線に耐えられなかったのか、遂《つい》にはお父様までお母様と同じように俯いてしまった。

「すまない、レイラ。……もう、お前は目覚めないかもしれないと言われて……それでも、王家は我が公爵家との婚姻を望まれたのだ。だから、代わりにローゼを殿下の婚約者に……」

ぽたり、と大粒の涙が手の甲に落ちた。

2年間眠っていた体でも、涙を流すことは出来るのね、と場にそぐわぬ感想を抱いてしまう。

ああ、馬鹿みたいだわ、私。

物心ついたころから、未来の王太子妃《おうたいしひ》、行く行くは王妃としての教養を、血の滲《にじ》む思いで身に付けてきたのに。読んでみたい小説よりも、この国の歴史を、地理を、経済を、友好国の言葉を学んできたのに。踵《かかと》の皮が剝《む》けるまで、完璧なダンスを踊れるように努力してきたのに。地味な顔立ちを笑われないくらいには、肌を整えて髪に艶を出して、人の何倍も注意を払ってきたのに。

王太子殿下の端整な横顔と、滅多に揺らぐことのない冷静な蒼色の瞳を思い出す。

たとえ一番に愛されなかったとしても、傍にいられるだけで幸せだと思っていた。

それすらも、もう叶《かな》わない。全部ぜんぶ無駄だった。

「……一応伺いますけれど、私が目覚めたことで、ローゼと殿下の婚姻が撤回されることはないのでしょうか」

駄目もとで尋ねると、お父様が軽く顔を上げて言葉を絞り出す。やけに視線が泳いでいた。

「状況が状況でなければ、その可能性もあったかもしれないが……」

やけに言葉を濁すお父様に、私は生まれて初めて苛立《いらだ》ちを覚えた。

今更ことを曖昧にして、私が救われるとでも思っているのだろうか。思わずシーツを握りしめ、語気を強めて言い放つ。

「どうぞ、はっきり仰ってくださいな！　一度傷を負った令嬢は、もう神聖な王家には嫁げないとでも言うのでしょう……？　そうですわね、王家にとっても、私などより美しいローゼのほうがどんなにいいかわかりませんね」

声を荒げる私に、両親は目を見開いていた。

無理もない。私が大きな声を出したことなど、少なくとも物心がついてからは一度も無いのだから。

いつだって私は両親の求める令嬢らしい振舞をしてきた。一度だってそれを崩したことは無かった。

妹は、あんなにも自由に毎日を過ごしていたのに。

「違うわ、レイラ！　違うのよ……」

お母様は声を張り上げて私を制した。

その澄み切った青空のような美しい瞳に、涙が浮かぶ。いつだって毅然としている貴婦人の模範のようなお母様が泣くところなど、生まれて初めて見た。

「っ……ローゼのお腹には殿下の御子がいるのよ……」

お母様は手に持っていたハンカチを目に押し当てて、震える声でそう告げた。

……ローゼのお腹に、殿下の御子が？

「それで、結婚式が早まるの。お腹を目立たせないために、2か月と少し後には挙式をすることになっていて……」

それだけ言って、お母様は再び俯いてしまった。お父様も同様だ。

私は最早《もはや》何が何だか分からなくなって、ただ、言わねばならぬ言葉だけが口から零《こぼ》れ出《で》ていた。

「……そう、ですか。本当に、おめでたいことです」

本来ならば神に誓いあった仲になる前に子供を授かるというのは、あまり歓迎された話ではない。けれども、相手が王家の人間となれば話は別だ。誰が王家に新しい命が誕生するのを悪く言えるだろう。

ああ、本当に馬鹿みたいだわ。

自然と私の口元には自嘲気味な笑みが浮かんだ。

殿下とは私が9歳の時に婚約してから7年という長い月日があったにもかかわらず、口付け一つしたことが無いのに、婚約して2年にも満たないローゼは、殿下の御子を授かることが出来るなんて。

私もローゼのように白金の髪で、澄み切った青空のような瞳を持っていれば、愛されたのかしら。ローゼのように華やかに笑って、多少奔放に見えるくらいの振舞をしたほうが可愛げがあったかしら。

ローゼのお腹に殿下の御子がいる、たったそれだけの事実が私の人生を、いや、存在そのものを全否定するようだった。

「……こんなことなら、目覚めないほうがどんなに良かったか分かりませんね」

再びぽたり、と涙を流し、どこか茫然《ぼうぜん》として私は呟《つぶや》いた。不思議と口元は自嘲気味に笑んだままだ。

「レイラ、滅多なことは言うものじゃない。お前が目覚めてくれて、私たちがどんなに安心しているか……」

なぜか泣き崩れるお母様を気遣いながらも、お父様は眉尻を下げて私を見つめてくる。

「どうぞ、お気遣いなく。私が目覚めないほうが、外聞もよろしかったでしょうに。本当に申し訳ないことをいたしました。アシュベリー公爵家の令嬢として失格ですわね」

「レイラ！」

「どうぞ、お引き取りを。気分が優れませんので休ませていただきますわ」

「レイラ……わたくしが、あなたはいつか目覚めると信じていれば……」

「ふふふ……それこそ、お母様にとっては私が目覚めないほうが良かったでしょうに。もっとも、結果としてお母様の溺愛するローゼが王太子妃になれるのだから、これはこれでよかったのかもしれませんけれど」

「レイラ！　何てことを言うんだ。リディアはお前のことも愛しているんだぞ。もちろん、私も同じだ」

お父様はお母様の肩を抱いて、必死にお母様を庇《かば》っていた。もう、いい。どうでもいいから、早く出て行ってほしい。

「子どもでも分かる嘘《うそ》をつくくらいでしたら、何も言わないほうがマシですわ。どうぞ、出て行ってくださいませ。お二人が動かないのならば、私が出て行くまでです」

私は痛む体を無理やり起こしてベッドから足を降ろす。自分で見ていても吐き気がするくらい醜くやせ細った足が露《あら》わになった。

部屋の隅で控えていたジェシカをはじめとするメイドたちから悲鳴が上がる。

「お嬢様!!」

「レイラ、やめるんだ！　そんなことしたらお前の体に障るだろう。すぐに出て行くから、大人しくしていなさい」

お父様はどこか茫然とするお母様を抱え込むようにして立ち上がると、足早に重厚なドアのほうへと向かう。

「……また来る。ちゃんと食事を摂《と》るんだぞ」

わざわざ退室間際に、心配そうな素振りなど見せなくてもいいのに。いっそわざとらしいその姿に、一層嘲笑にも似た笑みが深まる。

「お嬢様、ああ、レイラお嬢様……何てご無理をなさるのです」

ジェシカがすかさず私のもとへと歩み寄り、私の体をベッドに沈めた。

横になると、涙がこめかみを伝って流れていく。涙を拭うために手を持ち上げるのさえ精一杯な自分が情けなくて、余計に涙が溢《あふ》れた。

「いいのよ、ジェシカ……。もう放っておいて」

なんて馬鹿げた人生なのかしら。

改めてそんな想《おも》いが胸を占める。

いっそ、死んでしまえたならよかった。いや、今からでも遅くないから、このまま眠るように死んでしまいたい。

そんな淡い願いを抱きながら、私は静かに目を閉じたのだった。

第二章　紫紺色の求愛

『遠い昔、アルタイル王国は魔法という不思議な力を持つルウェイン一族によって創られました。彼らは世界に蔓延《はびこ》る魔物から人々を救い、神様に愛された広大な土地で国を発展させていきました』

お伽噺風に書かれたこの王国の歴史を記した文章をぼんやりと目で追う。

気を紛らわせようとしているのに、どうしても目が滑ってしまう。

『ルウェイン一族は国民から愛され、平和な時代を創り上げましたが、争いがなくなると、やがて一族の力は危険なものとして忌避されるようになりました。そしてついに、民は有力な貴族たちを筆頭に革命を起こし、たった一人の姫を残してルウェイン王家を滅ぼしてしまったのです』

ぱらり、と質のよい本のページを捲《めく》る。目が滑ったとしても、内容はもう諳《そら》んじることが出来るくらいに頭に入っているので問題なかった。

『残された姫は生き残った護衛騎士たちと共に、革命を起こした民に復讐《ふくしゅう》を始めました。それは10年にも及ぶ長い戦争の始まりでした』

かちゃり、と目の前のテーブルにティーカップが置かれる。

きっと、ジェシカが気を利かせて紅茶を淹《い》れてくれたのだろう。ああ、この香りは王国の西部でとれる品種だわ。

『そしてついに革命軍は降参しました。そのころにはアルタイル王国の王子として即位していた革命軍の筆頭貴族の子息を、姫と護衛騎士の間に生まれた息女に婿入りをさせることで和解したのです』

ほとんど人質のようなものね、と思わず笑みを深める。もう、表情を取り繕わなくていいのだからとても楽だ。

『お優しい姫は、息女と王子の間に生まれた御子を、王国に戻すことをお許しになりました。その御子こそが、現在のアルタイル王家の祖先にあたる方です。姫と護衛騎士たちは、その後、魔法を使えぬ者には見えぬ都を王国の中に創り上げ、それは幻の王都と呼ばれるようになりました』

幻の王都。

そんなものあるはずはないと知っているけれど、この国に住む人々にとって、それはとても神聖な場所だった。

『王国の者たちは自らの罪を悔い、ルウェイン一族を神格化し、彼らの安寧を祈る気持ちを込めて、教会や修道院を王国中に創りました。それが、王国に伝わるルウェイン教の始まりです』

「……修道院、ね」

私はジェシカに悟られないような囁《ささや》き声《ごえ》で溜息《ためいき》交じりに呟いた。

今もルウェインの子孫たちはこの王国のどこかで生きていると司祭様は言っていたけれど、本当は敬虔《けいけん》な信者ではない私は大して信じていなかった。

ルウェインの子孫たちは王家以上の最高身分とされているが、そもそもその姿を見たことが無いので、形式上そうしているだけだろう。ほとんど伝説に近い話だった。

そんな私が、修道院に興味を持つなんて。

我ながら皮肉な巡り合わせに思わず笑ってしまった。

それを隠すように、ジェシカの淹れてくれた紅茶を嗜《たしな》む。

そうしてぼんやりと、目覚めた直後に繰り広げられた馬鹿げた茶番を思い出した。


「お姉様!! お目覚めになったのですね……! ローゼは、ローゼはっ……本当に心配しておりましたのよ」

目覚めた翌日、薔薇色《ばらいろ》のドレスに身を包んだローゼが、どういうつもりか王太子殿下と共に私の部屋を訪れた。

何の先触れもない訪問に、私よりもジェシカをはじめとしたメイドたちのほうが戸惑っていた。

主人である私の支度を整える時間もなかったのだから無理もない。

中には、ローゼの突然の訪問を明らかな苛立ちと共に迎えているメイドもいた。まだ見慣れぬ新人もいたが、私付きのメイドは皆、私に同情的であるようだった。

「……ごめんなさいね、ローゼ。私は大丈夫だから、泣かなくてもいいのよ」

どうして、私が謝っているのだ。どうして、私がローゼを気遣っているのだ。

内心はやり場のない苛立ちで煮えくり返っていたが、どうしても長年の間にすっかりしみついてしまった「公爵令嬢として相応しい」振舞が抜けない。

2年ぶりに見たローゼは——体感的には一昨日見かけたようなものなのだが——身内の目で見ても輝くばかりの美しさだった。

王太子殿下の婚約者になって、更に美しさに磨きがかかったのかもしれない。

社交界の華と呼ばれるお母様と同じ、腰まで伸びた白金の長い髪。毛先はセットしなくても常に緩く巻かれていて、どんな色の髪飾りでもよく似合う。

澄み切った青空と同じ色の瞳は、長い白金の睫《まつげ》毛に縁どられていて、常に潤んだような目は陽《ひ》の光もシャンデリアの光も美しく反射していた。

傷一つない白磁の肌には、どれだけ高級なアクセサリーも敵《かな》わない。

すらりとした手足はお父様譲りだろうか。

美男美女夫婦と名高いお父様とお母様の血を引いているのだから、私も不細工ではなく、むしろそれなりに整った顔立ちだと思うのだが、この妹の前では到底敵わなかった。お父様とお母様の良い部分だけを受け継いで生まれたローゼは、今や「アルタイルの秘宝」とまで謳《うた》われる絶世の美少女なのだから。

民からしてみても、ローゼのように美の神に祝福されたかのような令嬢が王太子妃になったほうが祝いの席も盛り上がるだろう。

そう自分に言い聞かせて、何とかローゼの前では平静を取り繕おうとしたのに、ローゼの言葉がすべてを打ち砕いた。

「そうですわね……私が泣いてばかりいたら、お腹の御子にも障りますし……」

涙で潤んだ瞳のまま、ローゼは平然とそう言い放った。

元より空気が読めないというか、相手の心情に対する気遣いが足りない部分のある妹だったのだが、これには流石に返す言葉もない。

たった一つ年齢が下だというだけなのに、どうして言ってはいけない言葉の一つも分からないのだろう。

入室してから沈黙を貫いていた王太子殿下でさえ、これはまずいと思ったのか、泣き崩れるローゼを窘《たしな》めるように口を開く。

「ローゼ……そんなことは今、レイラの前で言うべきじゃない」

心地の良い、澄んだ少し低い声。2年の間にまた少し大人びて、一層魅力的になっている気がする。

殿下の顔をまともに見られない私は、声の様子から殿下が今どんな顔をしているのか考えるしかなかった。

「私ったら、つい……！」

ローゼはたった今気づいたというように顔を上げると、許しを請うようにやせ細った私の腕にしがみ付いてきた。潤んだ瞳は庇護欲《ひごよく》を掻《か》き立《た》てられるのかもしれないが、今の私には彼女を守りたいという気持ちは微塵《みじん》も湧かない。

婚姻を推し進めたのは王家なのだから、ローゼが悪いわけではないと分かっているのに、どうしても腹が立って仕方がなかった。

「お姉様……どうか、どうかお許しくださいませ。私、このようなつもりはなくて……私はお姉様が目覚めると信じておりましたのに」

演技なのか本気で思っているのかよく分からないところが、ローゼの見事なところだ。案外、様々な思惑が渦巻く王家には向いている性格なのかもしれない。

「いいのよ、ローゼ……」

私は精一杯の笑みをローゼに向けたつもりだった。

だが、途端にローゼの美しい瞳に涙が溜まる。

「やはり、私を恨んでいらっしゃるのね……お姉様」

「……え？」

「いつもなら、もっとにこやかに笑ってくださるもの。それに、目がお怒りになっているわ。そうよね、私、お姉様に嫌われて当然のことをしてしまったのだもの……」

そう言いながらぼろぼろと泣き出すローゼを前に啞然《あぜん》としてしまう。

何だか、前より苦手なタイプになっている気がする。

ローゼは昔からそうだ。すぐに泣く。泣いて解決しようとする子どもじみた部分がある。

けれども美しさは正義とでもいうべきなのか、肩を震わせて泣くローゼを責め立てる者は誰一人としておらず、いつだって悪者にされるのは相手のほうなのだ。

私も何度も理不尽な思いをしてきた。けれども私は姉なのだから、と悔しさを飲み込んでじっと耐えてきたのだ。

いつものように笑えなかったのは、昨日まで2年もの間眠っていたからだ。

表情筋が上手く動かないのを精一杯働かせて微笑んだつもりだったのに、ローゼにそんなことを言われる筋合いはない。

目が笑っていないのだって、仕方がないだろう。

本当に私が心から喜べるとでも思っていたのだろうか。

「おめでとう、の一言も言ってくださらないわ……。貴族の娘にとって、王家の血を引いた御子を身ごもる以上の幸福なんてないのに」

暗に「私はお姉様より幸せなのよ」と宣言されたような気がして、遂に何も言えなくなってしまった。それどころか、人の気持ちも考えず、心の中を土足で踏み荒らすようなローゼの言動に吐き気さえ覚える。

苦労して1時間かけて飲んだスープを無駄にしたくなくて、唇を噛《か》んでじっと堪えた。

思えば、私の人生は我慢してばかりだわ。

それでも、殿下が隣にいてくだされば楽しかったのに。

じわりと涙が滲んで、私まで泣き出してしまいそうだった。由緒あるアシュベリー公爵家の娘が、姉妹揃《そろ》って王太子殿下の前で泣きじゃくるなんて醜聞は避けたい。

「ローゼ、レイラは昨日目覚めたばかりなんだ。上手く笑えないのも当然だろう」

殿下はローゼの肩に手を置いて、彼女に言い聞かせるように告げる。

その距離の近さは、親密さを見せつけられているようで一層辛《つら》かった。

もう、私に構わないで。早く出て行ってほしい。

私は震える指をぎゅっと握りしめ、吐き気を堪えながら歪《いびつ》な笑みをローゼに向ける。

「っ……おめ、でとう、ローゼ……。いいえ……未来の王太子妃殿下……」

ベッドの上で軽く頭を下げながら、私は悔しさと苛立ちに耐え続けた。

私の姿に気分を良くしたのか、ローゼはようやく私の腕から手を離したが、言葉の攻撃は止《や》まない。

「お姉様ったら……そんなに皮肉気におっしゃらなくてもいいのに。ねえ？　殿下？」

「……もう行こう、ローゼ。あまり長居していては……君の体に障るだろう」

「まあ、嬉しい。私の身を案じてくださるなんて……。お優しい殿下の花嫁になれて、私は幸せです」

頭上で繰り広げられる茶番を聞き流しながら、私はただただ耐え続けた。本当に、今にも吐いてしまいそうだ。

「……レイラ、近いうちに、また。早く良くなるよう祈っている」

いいえ、もう二度と来ないでください。

心の中で、届きはしないと分かっていてもそう叫んだ。

二人が退出したその後、結局私は苦労して摂取した栄養を全て戻してしまうことになったのだった。

しかし、最悪な茶番はそれだけにとどまらず、様子を見に来たお母様に「レイラの気持ちはわかるけれど、ローゼに当たるのは良くないわ」などと言われ、お父様にも「ローゼが泣いていたぞ。身重の体なんだ、気遣ってやってくれ」と追い打ちをかけられた私は、3日ほど両親にもローゼにも会えないほどに体調を崩してしまった。

いっそのことこのまま死んでしまいたいと思ったが、懸命に看病してくれるジェシカたちの手前、そんな弱音を吐くことも出来ず、結局はリハビリを始めることになってしまったのだ。

沢山の量は食べられない私が栄養を効率的にとれるように考えぬかれた料理と、お医者様の監督のもと、無理のない範囲で行われたリハビリによって、私の体は何とか歩き回れるようになるまでに回復した。

とはいえ、人前に出られるほどしっかりしたわけではないので、こうしてお伽噺を読んで時間を潰す日々が続いている。

私は本を置いて、そっと額に触れた。

前髪に隠れて見えないが、額には馬に蹴られた際に縫った線状の傷跡が残ってしまっている。

それに、2年もの間の栄養不足が祟《たた》ったのか、目覚めてから1か月が経《た》った今も月のものが来ない。未婚の貴族令嬢にとって、これらは致命的だった。

もちろん、それでも王家にも近い由緒正しきアシュベリー公爵家の地位を目当てにする貴族子息は大勢いるだろう。

ローゼが王家に嫁ぐ以上、公爵家の跡継ぎは私が婿を迎え入れるか、分家から養子をとるかの二択しかないのだから、私と結婚すれば、アシュベリー公爵家の爵位が手に入る可能性は高い。末席の貴族子息からすれば、喉から手が出るほど欲しい立場だろう。

実際、私の婚約者になりたいと申し出る子息は大勢いるらしい。

中には不思議なことに侯爵家や、同格の公爵家からの申し出もあるようだが、所詮はアシュベリー家の爵位を目当てにした打算的な申し出に過ぎないのだろう。

私が公爵家に出来ることはもう、婿を迎え入れることしかないのかもしれないが、どうしても気が進まなかった。

それに、このまま貴族社会にいれば、嫌でもローゼと殿下の姿を見なければならない。これでは、体は生きていても心はいつか死んでしまう。

そこで、私が目を付けたのは修道院だった。

ルウェイン教の修道院は、「来る者拒まず」で有名だ。

凶悪な犯罪者などは例外だが、それ以外は身分にかかわらず受け入れてくれる。

加えて、ルウェイン一族への懺悔《ざんげ》と彼らの安寧を祈るという特殊な立場にあるため、自らの意思で修道院に入った者は、自ら望んで出て行くまで、誰も修道院から連れ出せない決まりになっている。

実際、数代前の王女様が修道女になったとき、王家は必死になって修道院から連れ出そうとしたようだが、厳格な決まりの前には王家の力を以《もっ》てしても敵わなかったのだ。

それは、今の私にとってまるで夢のような規則だった。

ルウェイン教の修道院で、他の修道女たちと慎《つつ》ましく祈りを捧《ささ》げながら、慈善活動に精を出したり、大好きな刺繍《ししゅう》の小物を作ってバザーで売ったりして生活するのだ。

もちろん質素な暮らしには違いないだろうけれど、このまま公爵家にいるよりはずっと楽に息ができるはずだ。

最も近い修道院は、王都の南側にある小高い丘のふもとにある修道院だ。

かなり立派な建物で、観光名所にもなるくらいの綺麗な修道院だった。実際、私も殿下と共に訪れたことがあるので、修道院までの道のりは良く知っている。

そこまで考えて、ふ、とどこか自嘲気味な笑みを浮かべてしまった。

思いがけず殿下との思い出をまた一つ思い出してしまい、嫌になってしまう。いつまでも未練がましいのは良くないと分かっているのに。

ジェシカの淹れてくれた紅茶を飲み干しながら、私は一人決意した。

公爵家を出て行こう。

修道院に入って、祈りを捧げる慎ましい暮らしをするのだ。

命が助かったことに感謝して、ルウェイン一族とこの王国の安寧を祈ろう。

良く仕えてくれたジェシカたちとの別れは少々名残惜しいが、仕方がない。彼女たちならば、ローゼの付き人に加わることが出来るだろう。

それから更に1週間して、屋敷《やしき》中を歩き回れるほどに回復した私は、一人で庭を散歩したいと言って何とか一人きりの時間を作ることに成功した。

多少雲行きは怪しいが、こんな絶好の機会はそうそう訪れない。

今日はお母様がお茶会にお呼ばれしているから監視の目が緩いだけで、普段であれば絶対に一人になんてしてもらえないだろう。

私はこの日のために、お庭の生垣の中に小さな鞄《かばん》と必要最低限の荷物を日々少しずつ隠していた。革張りの旅行鞄の中には、レース編みのかぎ針と刺繍道具、それからお気に入りのお伽噺が一冊入っているだけだった。

宝石類を持ち込めば修道院のためになるのかもしれないが、自分勝手な行動のために公爵家の財産を持ち出すのは気が引ける。

私の持ち物は、領民が一生懸命働いて納めてくれた税金で買い与えられたものなのだから、公爵令嬢の義務を果たさない私が自由にしていいはずがない。

だからこそ、修道院で使えそうなかぎ針と刺繍道具、子どもたちに読み聞かせられそうなお伽噺だけに留めたのだ。俗世を捨てるのだからこのくらいでちょうどいい。

「……さようなら、お父様、お母様、ローゼ」

私は一度だけ広大な屋敷を振り返ると、裾に細やかな刺繍が施されたゆったりとした外套《がいとう》を羽織って庭から逃げ出すように歩き出した。

かなり体力は回復したとはいえ、まだ体重は標準に程遠い上、走ることも儘《まま》ならない。

私は大勢の平民で賑《にぎ》わう街の中で息を切らしながら、焼き立てのパンの香りがするお店の壁に手をついて息を整えた。

思えば、こうして一人で外に出ることは初めてだった。

なるべく地味な服を選んできたけれど、質の良さは隠せないようで道行く人の視線を奪ってしまう。

修道院に辿《たど》り着《つ》く前に公爵家の人間に見つかってしまったら大変だ。きっと、二度とチャンスは訪れないだろう。

「お嬢さん、大丈夫かい……？　随分顔色が悪いよ」

小太りの親切そうな婦人が話しかけてくれる。服装からして平民だろうが、あまり素性を知られるわけにはいかない。

「ええ、大丈夫です。ご心配なく」

「……お嬢さん、貴族の家の娘さんだろう？　悪いことは言わないから家へ戻ったほうがいい」

「ち、違います。先を急いでいるので、失礼しますわ」

まだ多少息が苦しいが、これ以上追及されては敵わない。

私はやせ細った体に鞭打《むちう》って、ひたすらに修道院のある地区へと足を進めた。

ようやく修道院の傍にある小高い丘が見えてきたころ、ぱらぱらと雨が降り始めた。

雲行きが怪しいとは思っていたが、やはり降られてしまった。

小雨《こさめ》のせいで一気に人の減った街の広場を横切り、どこか薄暗い路地に入る。脳内に叩《たた》き込《こ》んである地図の上では、この道のりが一番近いはずだ。私は外套のフードを深く被《かぶ》り直《なお》し、ひたすらに路地裏を歩き続けた。

雨は、次第に強くなっていく。

気づいたころには三つ編みに纏《まと》めた亜麻色の髪から雨が滴っていた。

急激に体温を奪われ、体が動かなくなっていくのが分かる。

まずい。ここで倒れるわけにはいかないのに。

修道院までは、あと10分もすれば着くというのに、とうとう私はその場にへたり込んでしまった。

幸か不幸か辺りに人はいないので、私に駆け寄る人はいない。

このままここで倒れ込んでいたら、回復しきっていないこの身体《からだ》はきっとそう長くは持たないだろう。

それはそれで悪くないわね、と思いながらも、体は必死に熱を得ようと震えている。

ああ、何て惨めなのかしら。

2年前までは、未来の王太子妃として幸せに暮らしていたはずなのに。

さらに強まる雨音は、まるで私の命の灯を消しにかかっているようだった。

天がそうしたいと言うならば好きにすればいい。大した信心もない私が行くのはきっと天国ではないだろう。でも、それでもこの世界よりはマシなはずだ。

「死んだほうがマシなんて、ほんとは言いたくなかったわ……」

消え入りそうな声でぽつりと一人呟く。

生きているのが楽しいと思えた2年前が恋しくてたまらない。

「それなら言わないでほしいな。雨に打たれてもこんなにも気高い君に、そんな弱音は吐いてほしくない」

へたり込んだ私の視界に、男性ものの黒い革靴が現れる。

力を振り絞って見上げてみれば、そこには端整な笑みを浮かべる青年の姿があった。太ももの辺りまである黒いコートには光沢があり、それなりに質の良いものだと分かる。

何より目を引いたのは、漆黒に近い艶のある髪に、夕闇を写しとったかのような紫紺の瞳だった。貴族には華やかな容姿をしている人も多く、今まで様々な色の髪や瞳を持つ人たちと出会ってきたが、このような色は初めて見る。

何より、青年の立ち振る舞いや、ちょっとした仕草のどれをとっても、ただ者ではないことが分かった。きっと、どこかの貴族の子息だろう。

「……こんな姿になっても、私は気高く見えますか」

見ず知らずの相手だというのに、私は皮肉めいた笑みを浮かべながら尋ねてしまった。

すると、青年は服が濡《ぬ》れるのも厭《いと》わずに地面に膝をつき、そっと私の前に手を差し出す。

「それはもう、他のどの魂よりも気高く美しいよ。……ここはあまりにも寒い。こちらにおいで」

魂だなんて、妙なことを言う青年だ。

こうして間近で見ると、恐ろしいほど整った顔立ちをしているから、もしかすると人ではないのかもしれない。

「ふふ、あなたは死神なのかしらね。喜んでついていくわ……。地獄だって、この世界よりはいくらか良いでしょう……？」

私は目の前に差し出された黒手袋の手にそっと自分の手を重ねた。それと同時に視界が揺らいでいく。

恐らくもう体が限界だったのだろう。

強さを増す雨音をどこか遠くに感じながら、私は抗《あらが》うこともなく静かに目を閉じた。


温かい。ふわふわとして、とてもいい気持ち。

ぼんやりとした意識の中で、そんなことを思った。

とてもいい香りがするわ。この香りはお花かしら。

まるで天国のようだと思いながら、徐々に意識が鮮明になっていく。

自然と私は重い瞼を開けた。

「目が覚めた？」

聞いていてとても心地の良い声だ。

ゆっくりと視線を声のほうへ向けると、雨の中で出会ったあの青年の姿があった。

今はコートを脱いでラフなシャツ姿だ。僅かに見える鎖骨に妙な色気があって、目覚めて早々にどぎまぎしてしまう。

「あの……私……」

体を起こそうとすると、青年はすぐさま手伝ってくれた。ふわふわとした良い香りのする白いベッドの上に私はいるらしい。

一瞬、公爵家に連れ戻されたかと思ったが、どうやら違うようだ。

「丸一日眠っていたよ。華奢《きゃしゃ》な体で、あまり無理をするものではないね」

穏やかな青年の声は、聞いていてとても安心した。

青年は端整な顔で優し気に笑むと、じっと私を見据えた。左目の目元の黒子《ほくろ》が色っぽくもあり、何だか可愛らしくもある。

ああ、でも、恐らく年上であろう男性に可愛いなんて、失礼なことを思ってしまったかしら。

「助けてくださったんですね。あの……ありがとうございます」

「このくらい、なんてことないよ」

本来ならば名乗るべきだろうが、アシュベリー公爵家の娘だと知られたら連れ戻されるかもしれない。

見たところ、室内は公爵家には及ばないが質の良い調度品ばかりであるし、それなりの位の貴族の屋敷だろう。

もっとも、元王太子妃候補であった私は面が割れている可能性が高いので、もしかすると、この青年は既に私の正体に気づいているかもしれないが。

「あの……失礼ですが、ここは……？」

おずおずと尋ねれば、青年はにこりと微笑んで答えてくれた。

「ここは王都ルウェイン。……君たちが幻の王都と呼んでいる街だよ」

「幻の……王都……？」

状況が飲み込めない私を前にして、青年は再び微笑むと、一度だけ指を鳴らす。

次の瞬間には、白百合《しらゆり》の花束が青年の手に握られていた。

「僕は、魔術師のリーンハルト・ルウェイン。レイラ嬢、僕はずっとあなたを捜していた」

リーンハルトと名乗った青年は、手に持っていた白百合の花束をそっと私に握らせる。

なぜ私の名前を知っているのか、という疑問の前に、目の前で起こったあまりにも非現実的な光景に言葉を失っていた。

だが、続くリーンハルト様の言葉に、私は失神しそうなほどの衝撃を受けることになる。

「レイラ嬢、どうか、僕の花嫁になっては頂けませんか」

リーンハルト様は思わず溜息が出そうなほど端整な微笑みを浮かべると、そっと私の手を握った。

ここは幻の王都、悠久の昔から続く街。

伝説に過ぎないと思っていた魔術師に、どうやら私は求婚されているらしい。

甘くむせかえるような白百合の香りを吸い込みながら、私は必死にこの状況を理解しようとしていた。

ここは、王都ルウェイン？　私をからかって遊んでいるのかしら。でも、この百合《ゆり》の花束は何もないところから出てきたし……。

リーンハルト様に手渡された白百合の花弁をそっとなぞってみる。香りも感触も本物だ。

もしかすると、物凄《ものすご》く腕の良い手品師という線もあるだろうか。などと考えながら、何より私を混乱させたリーンハルト様の申し出について考えてみる。

聞き間違いでなければ、リーンハルト様は私に求婚したのだろうか。

いつかの舞踏会や夜会でお会いしていたかしら、と頭を悩ませる。

王太子妃候補として、一度お会いしたお相手の顔を忘れるような無作法な真似《まね》はしないよう心掛けてきたので、お会いしたことのある人ならば、顔を見ればすぐに思い出せるはずなのだが、やはり心当たりがない。

何とお返事をすればいいのかしら、と逡巡しているとき、不意に部屋のドアが開かれ、長い黒髪をハーフアップに纏めた紫紺の瞳の女性が入室してきた。

リーンハルト様より少し年上に見えたが、続く女性の言葉に私は自らの見る目を恥じた。

「兄さん！　レイラさんの調子は――って、何、この状況！」

リーンハルト様を兄と呼ぶということは、妹かそれに近しい立場の年下の女性なのだろう。

人の年齢を推し量ることに長《た》けているつもりでいたが、女性の年齢を高く見積もってしまうことほど失礼なことは無い。

　女性は白百合の花束を持った私とリーンハルト様を見比べると、信じられないとでも言いたげな表情でリーンハルト様を睨《にら》んだ。

「……まさか、レイラさんが目覚めて早々にプロポーズしたりしてないでしょうね？」

「流石は我が妹、ちょうど今申し込んだところなんだ」

　得意げに笑うリーンハルト様を前にして、妹君らしき女性は盛大な溜息をつく。

「これだから兄さんは……。ごめんなさいね、レイラさん」

　女性は、呆気《あっけ》に取《と》られて二人の様子を窺っていた私に向き直ると、私の手からそっと白百合の花束を回収した。

「今のは忘れていいからね。目覚めたばっかりだっていうのに、本当に無神経な人で困っちゃう」

　どんな反応をしてよいのか分からず、私は曖昧な笑みを浮かべて女性を見上げた。

「初めましてレイラ嬢。私はシャルロッテ・ベスターっていうの。リーンハルト兄さんの妹よ。どうぞよろしく」

　はきはきとした話し方で自己紹介をすると、シャルロッテ様は私に手を差し出した。恐らく握手の意だろうと思い、私も右手を伸ばして彼女の手を握る。

「お初にお目にかかります。レイラ・アシュベリーと申します。……その、ご迷惑をおかけして申し訳ありません」

　私はシャルロッテ様とリーンハルト様を見つめながら頭を下げる。見ず知らずの兄妹《きょうだい》に世話になってしまった。お礼をしようにも、今の私は何も持っていない。

「それは全然かまわないのよ。でも、兄さんが無理やり連れてきたんじゃないかって、心配で心配で……」

「酷いな、シャルロッテ。雨に打たれて弱っていたから保護したんだと説明したろう」

「そうだけど、きっとレイラさんの家族が心配しているわ。場所を教えてくれたら、私、レイラさんのお家《うち》に手紙を出してくるわよ」

シャルロッテ様は親切にもそう言ってくださったが、私は曖昧な笑みを浮かべたまま首を横に振る。

あの両親のことだ。私が出て行ったところで、厄介者が居なくなったとむしろ喜んでいるかもしれない。

「いいのです。私、家を出てきたので……」

「確かに着の身着のまま飛び出したというような様子だったね。一体何があったんだい？」

「一人で抱えているのも大変だわ。私たちに話してごらんなさいな」

シャルロッテ様はリーンハルト様の隣に椅子を運ぶと、そこに腰を下ろして私のほうへ向き直った。どうやらじっくり聞いてくれるつもりらしい。

普段であれば見ず知らずの他人に家出の理由など明かすはずもないのだが、不思議なことにこの兄妹の前だとすらすらと言葉が出てきてしまう。

「……あんまりだわ」

一通り事情を話し終えると、シャルロッテ様は頭を抱えてそう呟いた。リーンハルト様に至っては、紫紺の瞳の奥に明らかな怒りを湛《たた》えている。

「あんまりよ！　こんなことってあるかしら!?　王子様も妹さんもひどすぎるっ……」

怒りに震えていたシャルロッテ様は、遂に一粒涙を流してしまった。

まさか泣くほど感情移入をされていたとは思ってもみなかったので、驚いてしまう。

「シャ、シャルロッテ様……。そんな、もう、過ぎたことですし……」

「そんなことはない。レイラさんは深く傷ついたはずだ」

リーンハルト様は紫紺の瞳で真《ま》っ直《す》ぐに私を見ていた。その眼差しの強さに何だか戸惑ってしまう。

確かに傷ついたけれど、もう、どうしようもないのだから。

「いいのです。この1か月間に涙が枯れるほど泣きましたし……怒り続けるのは疲れてしまいますもの」

リーンハルト様にそう答えながら、私はベッドサイドに置かれていた旅行鞄をあけ、中から刺繍の入った白いレースのハンカチを取り出した。

荷物は濡れていなくて良かった、と安心しながら私はハンカチをシャルロッテ様に差し出す。

「シャルロッテ様、良ければお使いください」

「つ……ありがとう」

ぼろぼろと涙を流すシャルロッテ様に軽く微笑みかけながら、私は今後のことについて考えた。

幻の王都がどこにあるのか分からないが、修道院へ入るにしても、もう少し休まなければ辿り着けないかもしれない。

ここは、この兄妹に甘えさせていただこうか、と顔を上げたとき、リーンハルト様が先手を打った。

「とりあえず、修道院へ入るというのは思い直してみてはどうだろう。確かに慎ましく暮らす彼女たちは素晴らしいけど、どうしてもというのなら、もう少し年を重ねてからでも遅くはないだろうからね」

「……ですが、お話ししましたように公爵家に戻るのだけは嫌なのです」

両親のことは憎んでいるわけではないし、育ててくれた感謝もあるが、やはりこれからは一人で生きていきたかった。

殿下への想いはいずれ薄れていくにしても、貴族社会で私は一生好奇の目に晒《さら》されるだろう。考えるだけで気が重くなる。

「では、ここで共に暮らすのはどうだい？　結婚の話はとりあえず置いておいて、僕たちのこの屋敷で暮らせばいい。幸いにも部屋は余っているからね」

「そうよ！　そうすればいいわ！」

それは願ってもない話だが、とんでもない迷惑をかけてしまうことになりそうだ。今の私には、お礼の一つも満足に出来ないのに。

「遠慮はいらないのよ、レイラさん。むしろ、兄さんのためにもここにいてほしいわ。……レイラさんが目覚めて早々プロポーズしちゃうような無神経な人だけれど、ずっとレイラさんのこと待っていたのよ」

「シャルロッテ」

「いいじゃない。本当のことでしょう？」

リーンハルト様が、ずっと私を待っていた？

物心もつかないほど幼いころに出会っていたりするのだろうか。リーンハルト様のような怖いほど綺麗な男性は、一度見たら忘れそうにもないのに。

疑問は深まるばかりだが、私はこの優しい兄妹に甘えさせていただくことにした。

「……では、しばらくお世話になります。ありがとうございます」

頭を下げて感謝を述べると、シャルロッテ様は私の手を握ってはしゃいで見せた。私より年上のはずなのに、何だか可愛らしい人だ。

「ええ、ええ！　こちらこそよろしくね、レイラさん」

リーンハルト様はそんな私たちの様子をひどく優し気な表情で見守っていた。

出会ったばかりだというのに、その穏やかな笑みを見ると胸の奥がきゅっと掴まれるような気がする。

まだまだ分からないことばかりだが、どうやら今日から私の幻の王都生活が始まるようだ。

第三章　侍女ジェシカ・ブレアムの憂鬱

お嬢様がお逃げになった。

血の滲む思いで築き上げたすべてを捨てて。

私、ジェシカ・ブレアムはアルタイル王国の名門であるアシュベリー公爵家にお仕えするメイドだ。身分は平民なのだが、実家はそれなりに名の知れた裕福な商家ということもあり、父の伝手《つて》で名門公爵家にお仕えすることが叶った。

私に告げられた仕事内容は、主に公爵家のご令嬢、レイラ・アシュベリー様の身の回りのお世話をすることだった。

レイラお嬢様に初めてお会いしたとき、お嬢様は3歳、私はまだ18歳だった。

公爵閣下似の亜麻色の瞳と髪が、まだ幼いながらにも美しく、澄ましたお顔は聡明《そうめい》なご令嬢に成長する気配に満ちていたのをよく覚えている。

お嬢様は一介のメイドに過ぎぬ私に、まるで天使のような可愛らしい笑みを向けられると、「よろしくね、ジェシカ」と可憐《かれん》な声で仰った。

我儘《わがまま》なお嬢様にお仕えすることになったらどうしようかと考えていたが、その笑みを見てどうやら杞憂《きゆう》に終わったようだ、と思わず私もはにかんでしまった。

その日から、私は毎日のほとんどをお嬢様と共に過ごすことになった。

今思えば、幼いお嬢様と最も長い時間を共に過ごしたのは、一介のメイドに過ぎない私かもしれない。そして、それがどれだけ酷なことか、一番分かっていないのはお嬢様である気がした。

旦那様と奥様は、レイラお嬢様にとても厳しい教育を施された。

それは、聡明で美しいレイラお嬢様の将来を期待してのことなのだと、ある程度分別の付く年齢であった私には理解できたけれど、それにしたって幼いお嬢様に接する旦那様と奥様の態度は冷たすぎた。

お二人が、レイラお嬢様のことを愛しておられることは分かっている。

奥様はレイラお嬢様のいない場所で、よくお嬢様を称賛する言葉を口になさっていたし、レイラお嬢様のダンスの練習風景を、旦那様が口元を綻ばせて見守っておられたのも知っている。

でも、どうしてその姿をレイラお嬢様の前では一切見せないのかがわからない。

王太子妃候補とまで噂《うわさ》されるお嬢様を、あまり甘やかしたくないとのお考えなのかもしれないが、だからと言って一度たりとも甘やかさないのは話が違ってくる。

たとえお嬢様が体調を崩されても、奥様がレイラお嬢様の前で気にすることと言えば、お嬢様のレッスンが滞らないかというあまりに事務的なことばかりだった。

それを聞いたお嬢様が、熱に浮かされながらも「ごめんなさい、お母様」と繰り返しているお姿を見て、思わずこちらが涙を零してしまった。

だからこそ、私をはじめとしたレイラお嬢様付きのメイドたちはお嬢様に甘かった。

もちろん、旦那様や奥様の目があるので大っぴらに甘やかすことなんて出来なかったけれど、お嬢様が体調を崩されたときにはお嬢様のお好きなお菓子をご用意したり、気分が少しでも晴れるようにと毎日違うお花を生けたりした。

本当に些細《ささい》なことしか出来なかったけれど、それでも私たちの気持ちは伝わっていたようで、お嬢様はいつも可憐な笑みで「ありがとう」と言ってくださるのだ。

私たち、レイラお嬢様付きのメイドから見た不満はもう一つあった。

それは、旦那様と奥様が、レイラお嬢様の一つ年下のローゼお嬢様をそれはもう甘やかしておられることだ。

過剰なまでにローゼお嬢様を甘やかす旦那様と奥様のそのお姿は、まるでレイラお嬢様を甘やかせなかった分を取り返すかのようにも見えた。

確かにローゼお嬢様は、奥様似の華やかなご容姿をされていて、その白金の髪も空色の瞳も、誰がどう見たって美しく、お人形のようであった。

でも、お美しさならばレイラお嬢様だって負けてはいない。レイラお嬢様の亜麻色の髪も瞳も、清廉で品があって私は大好きだった。

「お嬢様の御髪《おぐし》は本当にお美しいですね」

腰まで伸びたレイラお嬢様の亜麻色の髪を梳《す》きながら、鏡越しに話しかける。

梳くまでもなく真っ直ぐな毛先は本当に品があって、癖っ毛の私からすれば羨ましいくらいだ。

「ありがとう、ジェシカ。でも……ローゼには敵わないわ」

ようやく9歳になろうかというその幼さで、お嬢様は既にご自分には魅力が無いものだと思われているようだった。

無理もない。旦那様と奥様がローゼお嬢様を過剰に甘やかして可愛がる姿を見ていれば、そう思ってしまうのが自然だろう。

「そんなことありませんよ、レイラお嬢様。お嬢様は清楚《せいそ》で可憐で、本当にお可愛らしいです」

「ふふ、ありがとうジェシカ」

お嬢様は可憐な笑みを浮かべてそうおっしゃったが、やはり鏡越しにご自分を見つめるお嬢様の瞳は晴れなかった。

「……私も、ローゼのように白金の髪で、澄み渡る空色の瞳を持っていたら、お父様もお母様も私を愛してくださったかしら」

何の前触れもなく、ぽつりと零《こぼ》れ落《お》ちたその言葉に、思わずお嬢様の髪を梳く手を止めてしまう。

いつも気丈に振舞われるお嬢様が、弱音を吐かれるのはこれが初めてのことで、咄嗟《とっさ》に言葉が出て来なかった。

「……なんて、ごめんなさいね。どうしようもないことを願ったって、仕方がないのにね」

「い、いいえ……」

失敗した、と思った。

このとき、私は身分差など考えず、ただお嬢様を大切に思う者の一人として「そんなことはありません」と言って抱きしめるべきだったのだ。

これではまるで肯定したようになってしまうではないか。

「あ、あの、お嬢様……」

「ありがとう、ジェシカ、もう大丈夫よ」

お嬢様の髪を梳く手を止めたまま、狼狽えた私を気遣うようにレイラお嬢様はにこりと微笑まれた。

その文句のつけようのない完璧な笑みが妙に痛々しくて、私は再び言葉に詰まってしまったのだった。


その日の夕方、他のメイドたちから頼まれていた仕事を終え、私はレイラお嬢様を捜していた。

どうやらまだおやつを召し上がっていないようなので、お勉強の合間にでも少し休憩していただかなくては、と思い書斎を訪ねてみた。

案の定、お嬢様は書斎で本やら羊皮紙やらを並べ、お勉強をなさっていたご様子だった。

しかし、今はその手を止めている。レイラお嬢様の周りをうろちょろとするローゼお嬢様の姿があったからだ。

「お姉様ー、これはなんのご本?」

「それはアルタイル王国の地理について書かれているご本よ」

ローゼお嬢様がレイラお嬢様のお勉強を邪魔していることは明らかだったが、穏やかなご様子のお二人の間にわざわざ割り入っていくのも忍びない。私は少しの間、お二人を見守ることにした。

「ええー、つまらなそうだね。ローゼご本嫌いー」

「ふふ、でもお勉強してみると新しいことが学べて楽しいわよ。ローゼも何か面白いと思えるものにきっと出会えるわ」

僅か9歳にして、妹のことをここまで気遣えるものだろうか。

レイラお嬢様は一人の小さなレディとしてだけではなく、ローゼお嬢様の姉としても完璧らしい。

「……どうせ、ローゼはお姉様みたいにお勉強楽しいって思えないもの」

不意に、ローゼお嬢様の声が曇る。

書斎の外からそっとお二人の姿を盗み見れば、ローゼお嬢様の空色の瞳が異様に潤んでいた。

レイラお嬢様が明らかな動揺を見せている。無理もない。今の会話を聞いている限りでは、ローゼお嬢様が泣くような部分は無かったはずなのだから。

「……ローゼ？」

「お勉強が出来ないことをこんな風に責めるなんて……お姉様ひどいわ」

それだけを言ってのけるとローゼお嬢様は声を上げて泣き出してしまわれた。そのご様子を見て、レイラお嬢様はどこか呆気《あっけ》にとられたようにローゼお嬢様を見つめている。

レイラお嬢様のその反応はもっともだ。私も驚いて、どうしてよいのか分からない。

「ローゼお嬢様!?」

そのままどうするべきか悩んでいたところ、たまたま傍を通りかかったらしいローゼお嬢様付きのメイドが慌てて書斎に飛び込んでいった。そして泣きじゃくるローゼお嬢様を抱きしめるようにして、ローゼお嬢様を庇う。

「一体どうなさったのですか、ローゼお嬢様」

「お姉様が……意地悪を言うの……」

「レイラお嬢様が……？」

メイドは明らかな嫌疑の目をレイラお嬢様に向けた。

使用人の立場で無礼極まりない行動だと思うが、ローゼお嬢様付きのメイドたちはよくこういった行動を起こす。メイドも仕える主人に似てくるものなのだろうか。

この場で無礼な使用人を叱責しても構わないというのに、お優しいレイラお嬢様は狼狽えるばかりでそれらしい弁明も口にしなかった。

「あの……私は……」

これを見過ごすわけにはいかない。

思わず私も書斎に飛び込んで、レイラお嬢様を庇うようにメイドとローゼお嬢様を見下ろす。

「失礼ですが、レイラお嬢様は悪くないかと。私は一部始終を書斎の外から見ておりました」

「ジェシカ……」

私の登場に少しだけほっとしたご様子のレイラお嬢様に、小さく微笑みかける。

「レイラお嬢様、お茶のご用意が出来ておりますのでご休憩なさって――」

「一体何事ですか！」

不意に、書斎の入口のほうから響き渡った艶のある美しい声に、私たちは反射的に視線をそちらに向けた。そこには、騒ぎを聞いて駆け付けたらしい奥様の姿があった。

「お母様！」

ローゼお嬢様は泣きじゃくりながら、奥様のドレスにしがみ付く。

その仕草は何とも庇護欲をそそるもので、この小さなお嬢様は既にご自分の魅力の使い方をよく理解しておられるのだと悟った。

「ローゼ、一体どうしたの？」

「レイラお姉様が、ローゼに意地悪を言うの……」

「……レイラ、どういうこと？」

奥様の鋭い眼差しが、レイラお嬢様に容赦なく突き刺さる。庇って差し上げたかったが、奥様の手前、メイドはお嬢様の傍で控えることしか出来ない。

「あの……お母様、申し訳ありません。ローゼに意地悪を言ったつもりは無かったのですが……」

「言い訳は結構。あなたはローゼの姉なのよ。どうしてもう少し優しくしてあげられないの？」

「……申し訳ありません、お母様」

レイラお嬢様は頭を下げて謝罪なさった。その瞳はどことなく虚《うつ》ろで、既にお嬢様は身の潔白を明らかにすることを諦めておられるのだと察する。

「あなたは王太子妃候補、この国で最も注目を集める令嬢なのよ。社交界に出て、実の妹を虐《いじ》めているという噂でもたったら一大事です。もう少し、自覚を持ちなさい」

「……はい、お母様」

奥様のそれは期待を込めての言葉なのかもしれないが、まだ9歳のレイラお嬢様には酷すぎる。

こうしている間にも、ローゼお嬢様は礼儀も何もなく奥様のドレスに纏わりつくようにして甘えているのに。レイラお嬢様があのように奥様に甘えることを許されたことなど、ただの一度だって無いのに。

ようやく奥様とローゼお嬢様が遠ざかっていくのを見て、レイラお嬢様はふっと私に微笑まれる。それはおよそ9歳の少女には相応しくない、諦めと失望の入り混じった切ない笑みだった。

「……せっかく用意してくれたお茶が冷めてしまったわね」

レイラお嬢様はぽつりとそう呟くと、開いていた本やら羊皮紙やらを片付けて、小さく息をついた。

「レイラお嬢様……先ほどの一件は、レイラお嬢様は何も悪くありません」

「……だとしても、ローゼが傷ついたのなら悪いのは私のほうだわ」

「お嬢様……」

実は、こんなことは初めてではなかった。

レイラお嬢様はローゼお嬢様にそれは親切になさっているのに、ローゼお嬢様はわざとレイラお嬢様の前で泣いてみたり、レイラお嬢様にご自分の失敗を押し付けたりと、それこそ意地悪なことばかりなさる。

けれどもレイラお嬢様のほうが年長な分、第三者から見ると分が悪いのか、あるいはローゼお嬢様ばかりを過剰に甘やかす奥様と旦那様のせいなのか知らないが、いつも悪く言われるのはレイラお嬢様のほうだった。

たしかに、社交界に出れば理不尽な想いを噛みしめて頭を下げなければならない場面もあるだろう。将来、レイラお嬢様がそんな局面に立たされたときに、なるべく事を荒立てずにその場を切り抜けられるように、という願いが奥様にはあるのかもしれないが、それにしたって、これではあまりにお嬢様が可哀想《かわいそう》だ。

確実に、日々のこの理不尽はレイラお嬢様の心を蝕んでいる。

奥様も旦那様も、どうしてそのことに気づいてくださらないの。

一介のメイドに過ぎぬ私が分不相応に申し出れば、暇を出されるかもしれない。

何も職を失うことを恐れているわけではないのだが、ただでさえ数少ないレイラお嬢様の味方が減ってしまうのは避けたかった。

私がお嬢様の孤独に寄り添えているだとか、そんなおこがましいことを言うつもりはないが、それでもいないよりはマシだろう。

そう思ってしまうくらいには、レイラお嬢様は寂しいお方だった。

それから間もなくして、かねてより囁《ささや》かれていた噂通り、お嬢様はアルタイル王国の王太子殿下の婚約者に正式に内定する。

王太子殿下はとても優秀なお方で、冷静沈着、眉目秀麗とまさにご令嬢たちの憧れの的とでもいうべき方だった。

身分や見目に左右されず、常に物事を公平に判断なさるという話も聞いて、私は心が躍ったものだ。

ようやく、レイラお嬢様の孤独を癒《いや》してくださる方が現れたのかもしれない。しかもそれは王国の王子様。まるでお伽噺のようだと私は自分のことのように浮かれていた。

だが、残念ながら殿下はレイラお嬢様に特別のご興味を示されるわけでもなく、婚約者として最低限のお付き合いをなされるだけだった。

それでも、レイラお嬢様を理不尽に蔑《ないがし》ろにしないだけ好感が持てたのだから、私もかなり感覚が麻痺《まひ》していたと思う。

対して、お嬢様が殿下に向ける態度は随分可愛らしいものだった。

月に一度程度しか届かない殿下からの手紙を何度も読み返しておられたり、殿下からの贈り物を大切そうに眺めていらっしゃった。

殿下のあの態度からして、手紙が直筆かどうかも怪しい。贈り物を殿下ご自身がお選びになっているとも思えない。

多分、レイラお嬢様にもそれは分かっていた。

分かっていた上で、それでも嬉しかったのだ。

お嬢様からしてみれば、ご自分に厳しすぎず、かつ理不尽な扱いをされるわけでもない殿下の存在は新鮮だったのだろう。

婚約者としてはあまりにもそっけない殿下の態度にもかかわらず、レイラお嬢様は少しずつ少しずつ好意を寄せられていったようだった。

私からしてみれば、レイラお嬢様に冷たい王太子殿下よりも、お嬢様をもっと喜ばせてくれる殿方は星の数ほどいるような気がしたけれども、まさか言えるはずもない。

それに、レイラお嬢様が幸せそうならば、それに越したことは無いのだ。


それからしばらくして、社交界デビューをされたお嬢様の評判は、それはもう絶賛の嵐だった。

メイドの身なので詳しくは知らないのだが、一部では「女神様」とまで評されているらしい。レイラお嬢様はご令嬢方からの人気がかなり高く、ご友人と呼ぶに差し支えない高貴なご令嬢が何人もいらっしゃった。

これでようやくお嬢様に居場所が出来たのだと私も安心したものだ。

一方で、社交界の殿方の視線は、レイラお嬢様より一年遅れて社交界デビューしたローゼお嬢様のほうが集めているようだった。

社交界の華と称された奥様によく似たローゼお嬢様は注目の的で、次々と殿方を魅了していった。

それはもう、面白いほどに。

しかし、ローゼお嬢様は婚約者のいる殿方にも遠慮なく近づいたりしているらしく、ご令嬢方からの評判は散々だった。

ご令嬢方の間では、「あのレイラ様の妹君なのに」という言葉と共にローゼお嬢様のことをお話になるのがすっかり定番になっているらしい。

中にはローゼお嬢様が婚約者のいる殿方と二人きりで密会していた、だとか、お見掛けする度にお相手は変わっている、だとか耳を疑うような噂もあったが、旦那様や奥様はどう思われているのだろうか。いや、そもそもそんな噂話《うわさばなし》を聞いたところで、ローゼお嬢様を貶《おとし》める噂に過ぎないと憤慨なさるだけなのかもしれないけれど。

しかしながら、そんな中でも聡明な殿方はレイラお嬢様を称賛していた印象を受けた。

ただ、聡明なだけに自国の王太子の婚約者に無闇に近寄るような真似をする方はおらず、結局レイラお嬢様は、ご自分に魅力が無いと思ったまま時を重ねることになってしまったのだけが残念だ。成長したレイラお嬢様は「女神様」の名に恥じぬほど、清廉で可憐なお美しさをお持ちだというのに。

せめて殿下がレイラお嬢様をお美しいと一言言ってくだされば、と私は密《ひそ》かに願っていた。

結局それは、ただの一度も叶うことは無かったのだけれども。

レイラお嬢様が16歳になったある初夏の日、珍しく殿下がお嬢様をお誘いになってお二人で植物園に出かけることになった。

ほとんど初めてに近い殿下からのお誘いに加え、以前から興味を示されていた植物園に行けることもあり、レイラお嬢様は大層お喜びになられた。

久しぶりに、レイラお嬢様の素の笑顔を見た気がして、私も何だか嬉しくなったものだ。

清楚な菫色のドレスをお召しになって、15歳の誕生日に殿下から贈られた、アネモネの花を紫色の宝石で模った美しい髪飾りをお付けになったレイラお嬢様は、それはもう可憐で可愛らしかった。この姿を見れば、殿下も少しはお嬢様を褒めてくださるのではないか、と期待したほどだ。

「お綺麗ですわ、お姉様」

レイラお嬢様が支度を整えると、珍しくローゼお嬢様がお見送りにいらした。

年を重ねるにつれ、レイラお嬢様がなるべくローゼお嬢様を避けるようになったのはある意味当然のことで、近頃では余程の用事が無い限り、お二人が顔を合わせることは無かった。それなのに珍しいこともあるものだ、と思いながらそっとお二人から距離を取る。

「ありがとう、ローゼ」

「晴れてよかったですわね。植物園の緑も映えるでしょうから」

「ふふ、そうね」

レイラお嬢様は当たり障りのない笑みを浮かべておられた。どの言葉がローゼお嬢様のご機嫌を損ねるのか分からないのだから、慎重になられるのも無理はない。

「……どうぞ、お気をつけて行ってらっしゃいませ」

やけに含みのある言い方だったが、ローゼお嬢様は愛らしくにこりと微笑まれる。

レイラお嬢様もまた、その笑みに応えるように微《かす》かに頬を緩めた。

「ええ、わざわざありがとう、ローゼ」


殿下は、時間ぴったりにレイラお嬢様を迎えに来た。

レイラお嬢様にそっけない態度を取られているとはいえ、律儀なお方のようで、レイラお嬢様との約束に遅れたことは一度も無い。

「では、行ってくるわね」

「お気をつけて行ってらっしゃいませ、レイラお嬢様」

お屋敷の前までレイラお嬢様をお見送りする。

殿下にエスコートされるお嬢様はほんの少し頬を赤らめておいでで、幸せそうなお嬢様のお姿に私も自然と頬を緩ませた。

今日は澄み渡った青空が広がっているし、いい思い出になりそうね。

お嬢様と殿下の結婚式は3年後、それまでに一つでも良き思い出を積み重ねていただきたい。

だが、そんな呑気な祈りも、やけに近くで響いた馬の嘶く声に中断される。

目を向けたときには、前足を上げた馬の蹄《ひづめ》が、レイラお嬢様にちょうど振り下ろされるところだった。みずみずしい初夏の日の光に、ぱっと鮮やかな赤が飛び散っていく。

そのままどさり、とレイラお嬢様は地面に倒れ込んだ。

えっと、今のは、一体何？

顔色を変えて何とか馬を遠ざけて行く御者の姿と、レイラお嬢様の名を叫ぶ殿下の声。

取り乱した殿下の腕の中で、みるみる内に血の気を失っていくレイラお嬢様のお姿。

それらの全てが現実のものとは思えず、私は暫《しばら》くその場から動けなかった。

「レイラっ、レイラっ!!」

月に一度くらいしか顔も合わせない淡泊な婚約者のはずの殿下は、血相を変えてレイラお嬢様の名を叫び続けていた。

お嬢様は、殿下の腕の中で人形のように気を失っている。

お嬢様があれほど憧れていた殿下との抱擁は、こんな形で叶えたかったわけではないはずだ。

「……お嬢様？」

いつの間にか私はお嬢様のお傍に近寄っていた。

ただでさえ色白のお肌が、透き通るほど青白くなっているのを見て、自然と涙が零れてくる。

早く、早くお医者様を呼ばなくちゃ。

私は、無我夢中で公爵家御用達《ごようたし》のお医者様のお屋敷へ駆け出していた。

既に誰かが行っているかもしれないけれど、それでもいい。

早く、早くしないと手遅れになる。焦燥感に駆られながら、私は足も肺も痛むのを厭わずに全力で走り続けた。

結果的に、レイラお嬢様は一命をとりとめた。

白い額に浮かび上がる縫合の跡が痛々しいけれど、確かにお嬢様は息をしている。

しかし、神様という方は残酷なお方のようで、この美しいお嬢様の瞳を二度と私たちに拝ませないつもりらしい。

お医者様は、もう、レイラお嬢様が目覚めることは無いかもしれないと仰ったのだ。

そんな酷いことが許されて堪《たま》るものか。どうして、どうしてレイラお嬢様が。

声もなく眠り続けるお嬢様は、本当に女神様のようだ。目を離せば消えてしまいそうなほどに儚《はかな》い。

これには流石の旦那様と奥様も堪えたようで、お二人は見る見るうちにやつれていった。

旦那様はありとあらゆる治療法を探し続けておられたし、奥様は一日のほとんどの時間をレイラお嬢様の傍で過ごすようになった。

その愛情のひとかけらでも、レイラお嬢様がお元気だったときに見せて差し上げればよかったのに。

やっぱり言えはしなかったけれど、どこか皮肉気な気持ちを込めてそう思ってしまったのだった。


殿下とレイラお嬢様の婚約が白紙に戻されたのは、それから1か月ほど後のことだった。

いつ目覚めるか分からない令嬢を、いつまでも王位継承者の婚約者にしておくのは厳しいとは分かっている。それでも、殿下からの月に一度の手紙を嬉しそうに眺めるお嬢様のお姿を思い返すと、悲しくてやるせない気分になってしまった。

殿下の新しい婚約者にはローゼお嬢様が選ばれた。

私には難しいことはよくわからないけれど、多分、政治的な思惑だとか家柄の問題だとか複雑な事情があるのだろう。

でも、どうしてよりにもよってローゼお嬢様なのだ。

ローゼお嬢様が殿下の新たな婚約者に内定したと聞いたときには、あまりにも悔しくて涙が出たものだ。

ローゼお嬢様は、レイラお嬢様が欲しいと思ったものをすべて掻《か》っ攫《さら》っていく。

こんな理不尽までも、レイラお嬢様は受け入れなければいけないのか。

しばらく気分は最悪な状態だったけれど、一介のメイドが嘆いていても仕方がない。

ローゼお嬢様のことを考えても、レイラお嬢様が不憫《ふびん》になるだけだ。

私は気分を切り替え、レイラお嬢様のことだけを考えて公爵家にお仕えしようと決めた。

それからというもの、私たちはレイラお嬢様がいつかお目覚めになることを信じて、血行を良くするためのマッサージや、関節拘縮を予防するためにお嬢様の手足を動かすなどのお世話を開始した。お目覚めになったとき、一日でも早くご自分の足で歩けるよう、願いを込めて。

そんな私たちを、ローゼお嬢様は酷く不憫なものを見るような目で見ていた。「馬鹿馬鹿しい」と呟かれていたことも知っている。

あなたは、どうして実のお姉様をそこまで憎めるの？

この国に身分制度が無ければ、胸倉を摑んで問い詰めていたところだ。

ローゼお嬢様は何もかもをお持ちなのに、一体何がご不満なのか分からなかった。

だが、流石のローゼお嬢様も、いつからか奥様が私たちに混じってレイラお嬢様のマッサージをするようになったのを見ると何も言わなくなった。

奥様は、レイラお嬢様に「常に公爵令嬢らしくあること」を誰よりも要求なさっていた方だ。

もちろん、ご自身も決して使用人の真似事《まねごと》などをなさるような方ではなかった。

しかし、眠り続けるレイラお嬢様を前にして何かをせずにはいられなかったらしい。

私はこのとき初めて、奥様が公爵夫人としてではなく、レイラお嬢様の母君としてお嬢様のお傍にいる姿を見た気がした。

レイラお嬢様が眠りにつかれてから、奥様も旦那様も随分と性格が丸くなられたと思う。

もし今、お嬢様がお目覚めになれば、きっとお二人とも涙を流してお喜びになられるだろう。そうすれば、レイラお嬢様は初めてお二人の愛を感じることが叶うのだ。それは少しだけ楽しみだった。

ご両親の愛に触れた瞬間、お嬢様はどんなにお喜びになるだろうか。初めて、ご自分を甘やかすことが出来るのかもしれない。

その場面を何度も想像しては、ふっと頬を緩めた。


そんな毎日を繰り返しながら、1年半と少しが過ぎたころ、アシュベリー公爵家に衝撃が走る。

ローゼお嬢様がご懐妊なさったのだ。

王太子殿下との、御子を。

レイラお嬢様がお目覚めにならないよう祈ったのは、このときが初めてかもしれない。

お嬢様は、殿下との婚約が解消されたことすら知らずに今も眠り続けておられるのだ。

加えてローゼお嬢様のお腹に殿下の御子がいると知ったら、一体どうなってしまうだろう。

その衝撃と悲しみを思うと、こちらの胸まで張り裂けそうだ。

だが、やはり神様というものは残酷で、レイラお嬢様はそんな最悪の状況下で目を覚まされたのだ。

約2年ぶりに見たレイラお嬢様の亜麻色の瞳は、それはもう美しかった。

もう一度、お嬢様の瞳に私の姿が映し出されたことが、どれだけ嬉しかったか。状況は最悪だけれども、再びお嬢様のお声が聴けたことを、神様にそれはもう感謝した。

だが、レイラお嬢様を待ち受けている現実はあまりにも優しくなかった。

ローゼお嬢様は事もあろうに王太子殿下と共にお見舞いに訪れ、まるでご自分の幸福を見せつけるかのような振舞をなさった。

殿下もまたそれを咎《とが》めることなく、ローゼお嬢様のお身体だけを気遣ってすぐに出ていかれてしまう。

更に悪いことには、あれだけレイラお嬢様を心配なさっていた奥様も旦那様も、この状況下でのレイラお嬢様への接し方が分からなかったのか、身重のローゼお嬢様を気遣われるようなことを仰った。

いや、あれでもお嬢様が事故に遭われる前よりはずっとマシだったのだけれども、婚約破棄とローゼお嬢様のご懐妊を同時に知らされたお嬢様に対する態度としてはこの上ないくらいに最低だった。

最悪だ、本当に。反吐《へど》が出る。

レイラお嬢様の周りにいる人間は、あまりにお嬢様の感情に疎《うと》すぎる。女神様と謳われるような完璧なご令嬢であるレイラお嬢様にも、ちゃんと心があるのだということを忘れていやしないか。

ここにいては、いつかレイラお嬢様はお心を壊される。

夢の世界のほうがどれだけマシだったか分からない。

だからこそ、レイラお嬢様がお姿を消したとき、心配するよりも先にこれで良かったのだと思ってしまう私がいた。

本当は、予感があったのだ。

諳んじるほどお読みになった王国とルウェイン一族のお伽噺を読み返していたり、なるべく小さな旅行鞄をこっそりご自分でお選びになっていたときから、薄々勘付いていた。

もしかすると、お嬢様は修道院に入られるおつもりなのかもしれない、と。

よっぽどお止めしようかと思ったけれど、ここでお嬢様をお引き留めして何になるだろう。公爵家にいては、お嬢様が幸福になれないことは明白なのに。

それならばせめて、たとえ質素な暮らしだったとしても、修道院でのびのびと人生を送られたほうが幸せなのではないだろうか。

よかった。まだ、お嬢様に逃げ出すだけの気力があって。

何だか皮肉気な物言いになってしまうが、本当にそう思ったのだ。

修道院に入られたはずのお嬢様の行方はまだ分かっていないけれど、何となく、お嬢様はどこかでちゃんとお幸せに暮らしているような気がしていた。

きっと、馬車にでも乗って遠くの修道院にでも行かれたのだろう。


一方で、公爵家はレイラお嬢様を取り戻そうと躍起になっていた。

レイラお嬢様をどれだけ傷つけたかも省みず、手元に置くことがお嬢様の幸せだと盲信している旦那様と奥様には呆《あき》れてものも言えない。

当然のように捜索願も出され、今も騎士団が巡回しているらしい。

だが、それとはまた別に気にかかることがあった。

仲良くしている王城勤めの騎士に聞いたことなのだが、どうやら王家も秘密裏にレイラお嬢様を捜索しているらしい。それも、王太子殿下の直属の部隊が捜索に当たっているという。

これにはどうも疑問が残る。

元王太子妃候補だったとはいえ、王家が直々にお嬢様を探す理由があるだろうか。学の無い私には到底理解できぬ事情があるのかもしれないが、どうも腑《ふ》に落ちない。

何だか、嫌な予感がするのだ。

王家がわざわざレイラお嬢様を捜索するのは、何か仄暗《ほのぐら》い思惑が張り巡らされているからではないかという気がして。

今まで散々蔑ろにしておいて、逃げ出したら捕まえようとするなんてどういう了見だろう。

レイラお嬢様、どうか、どうか逃げ延びてくださいませ。

私は教会で一人、祈りを捧げた。

ルウェイン教の信仰対象は神様ではなくルウェイン一族なのだが、お嬢様を守ってくださるなら神様でも魔術師でも何でもいい。

もう二度と、お嬢様を蔑ろにする人たちの手によって、お嬢様が傷つけられませんように。

誰よりもお嬢様と共に過ごしてきた私の願いは、ただその一つだけだった。

第四章　空色の平穏

「レイラさん、おはよう」

「おはようございます、シェードレさん」

「おはようレイラさん、後でシャルロッテのお店に行くわ！」

「アイスラーさん、お待ちしておりますね。新作の刺繍作品も出来ましたから、是非お手に取ってみてください」

澄んだ空気に満ちた朝、私はすっかり日課になった朝の買い物を済ませ、道行く住民たちとの会話を楽しんでいた。

早いもので、ここに来てからもう1か月が経とうとしている。

初めこそ、慣れないことばかりで買い物一つ出来なかった私だが、リーンハルトさんやシャルロッテさんが親切にしてくれるおかげで、すっかりこの幻の王都での生活に馴染《なじ》んできた。

公爵家にいたころよりずっと体調もよく、今ではシャルロッテさんが経営している街の魔法具店に置く刺繍のハンカチや、レースの小物づくりに精を出していた。

売れ行きはなかなか好調で、数が少ないせいもあるが、大体置いたその日か翌日には完売していた。幻の王都の皆さんに気に入って貰《もら》えているようで何よりだ。

リーンハルトさんは、シャルロッテさんが経営する魔法具店の商品となる魔法具を作るのが主な仕事のようだ。

週に何度か、所属している魔術師団のほうへ赴いて訓練やミーティングを行っているようだが、平和そのもののこの街では滅多に血を見ることもない。

魔術師の方々は皆、他にお仕事を持っているのが主流だという。

そう、魔法。

1か月前までお伽噺としか思っていなかった力が、この街ではごく普通に使われているのだ。

例えば照明なんかも火の魔法で操っているようだし、ちょっとした道具類も魔法を原動力にしていることが多かった。

中でも私を驚かせたのは転移魔法の存在だ。心の中で明確な場所を思い浮かべれば、僅かな時間で目的地に到着するという非常に便利な代物らしい。実際、リーンハルトさんは魔法具の材料を買《か》い揃《そろ》えるために、時折アルタイル王国の王都へ転移していた。

術者と手を繋げば私も共に転移できるらしいが、なかなか機会が無く、まだ試していない。

この街は、私の目には新鮮なものばかりで、それでいてとても穏やかな場所なので、まるで楽園のようだ。アルタイル王国の王都よりずっと小さいが、暮らしていくのに何ら不便はない。

それに、ここに暮らす人々は、皆ルウェイン一族の血を引いているだけあって、お互いを蔑ろにするようなこともなかった。

その中でも、ルウェインの姓を持つリーンハルトさんやシャルロッテさんは、どうやらお伽噺の姫君と護衛騎士の直系子孫のようで、街の人々から一目置かれているようだった。

それに付随して、私も何かと街の人々に気にかけてもらっている。

ただ、一つだけ気にかかるのは。

私は今歩いてきた道を振り返り、店が集まる街の中心部のほうを眺めた。

この街には、若者が異様に多いのだ。

時折、私の両親と同じくらいの歳《とし》の人やご老人も見かけるには見かけるのだが、あまりにも少ない。

ご老人はどこか別の街で余生をゆっくりと過ごしているのかもしれないが、働き盛りの年頃の三十代や四十代の住民までもが少ないのはどうにも不思議だった。

何か理由があるのだろうと思っているが、どうしても尋ねるのを躊躇《ためら》ってしまう。

私はかつてルウェイン一族と戦争をしていた王家に従っていた娘だ。何か繊細な理由があって気分を害してしまったらどうしようかと思うと、言葉が出て来なかった。

「おはようレイラ。何か面白いものでもあった？」

ぼんやりと考え事をしていると、屋敷からリーンハルトさんが出てきた。

まだ朝早いというのに、既に濃紺に金の刺繍が入った魔術師団の外套を羽織っている。

「おはようございます、リーンハルトさん。景色に見惚《みと》れていただけです」

「見惚れるほど美しいものがこの街にあったかなあ」

リーンハルトさんは穏やかな笑みを浮かべながら、私のすぐ傍にやってきた。

リーンハルトさんは私より頭一つ分背が高いので、軽く見上げなければお顔を見れない。今日も今日とて、恐ろしいほど整った顔立ちをしている。

だが、穏やかな人柄が滲《にじ》み出《で》ていて、今では彼を見るとどこか安心してしまう私がいた。

「こんなに朝早くからお出かけですか？」

「うん、王都の東側の結界の点検でね。昼には戻るよ」

「お忙しいのですね……。ご朝食は如何《いかが》なされますか？」

ルウェイン家の朝食は、離れに住んでいるシャルロッテさんが前の日に作り置きしてくれたものをいただく。

シャルロッテさんには、旦那様と、もうすぐ4歳になる可愛らしいお嬢様がいるので、基本的に生活は別々だ。

つまり、このお屋敷に住んでいるのは実質、リーンハルトさんと私だけなのだ。

使用人もいないので、本当に二人きりだ。

初めこそ、婚約者でもない男性と同じ屋敷に住まうことに抵抗はあったけれど、今では時間が許す限り二人で本を読んだり、他愛のないお喋《しゃべ》りをしたりして過ごすことが多くなっていた。

「キッチンにあった林檎《りんご》を一つ貰ったよ。レイラは僕の分まで食べて、元気になってくれ」

「二人分も食べられませんよ」

くすくすと笑えば、リーンハルトさんは慈しむように私を見つめる。

彼はよく、私にこの表情を向けるのだ。自惚《うぬぼ》れるつもりはないが、とても大切にされているような気がして、心の穴が日々塞がっていく。

未だにリーンハルトさんが私に求婚した理由は分からないままだが、徐々に知っていけたらいい。こうやって温かな関係を築いていれば、きっと分かる日も来るはずだ。

「じゃあ、行ってくるよ。今日も店に行くつもりなんだろうけど、無理はしないようにね」

「分かりました。お気をつけて行ってらっしゃいませ」

数歩歩き出したところでリーンハルトさんはこちらを振りかえって手を振ってくれた。それに応えるように私もそっと手を振り返す。

嬉しそうなリーンハルトさんの笑顔を見ていると、心が温まっていく。

まるで、妻が旦那様のお見送りをしているみたいね。

不意にそんなことを考えて、自分で思ったことなのに顔が熱くなってしまった。

きっとほんのりと頬も赤く染まっているに違いない。そう思うと途端に恥ずかしくなって、私は買い物の荷物を抱えなおし、屋敷の中へ逃げるように入ったのだった。

その後、一人で朝食を食べ終えた私は、昨夜完成させた刺繍のハンカチ二枚と、いくつか編み上げたレースのコースターの中から見栄えのいいものを選んで、小さな斜め掛けの鞄に詰め込み、帽子を被って屋敷を出発した。

公爵家にいたころは、ちょっとした外出でも馬車を使ったものだが、この街にはそもそも馬車が無いので歩くしかない。

幻の王都の住民たちには転移魔法という便利な移動手段があるのだが、魔力を持たない私に残された移動手段は徒歩だけだった。

馬に蹴られたトラウマがあるので、馬車が無いのは幸いだ。

それに、屋敷とシャルロッテさんが経営する魔法具店は片道15分程度なのでそう遠くもない。筋力の落ちた体のリハビリにはちょうど良かった。

今日は雲一つなく晴れ渡っているせいか、日差しも強い。

帽子を被ってきて良かったと思いながら、私は街の中へ足を踏み入れる。

この街に来た直後は、衣類はシャルロッテさんの物をお借りしていたのだが、それから間もなくしてリーンハルトさんが私のために一通り買い揃えてくれた。

公爵家にいたときのような豪華なドレスではないが、質がよく動きやすい菫色のワンピースを仕立ててもらって、今ではすっかりお気に入りだ。靴も、踵の高いものではなく柔らかい革靴を作ってもらい、人はこんなにも楽に歩くことが出来るのかと感動してしまったほどだ。

無駄な飾り気のない、穏やかな日々。

本当に、毎日が楽しくて仕方がない。王太子妃教育を受けていたころよりもずっと、私は生き生きとしていた。

街の中心部に位置する紺色の外壁の店のドアを開け、こぢんまりとした店内を見渡す。

今日も、壁が見えなくなるほどに積み上げられた摩訶不思議《まかふしぎ》な魔法具たちが私を出迎えてくれた。

この店にはもう何度も来ているが、この非現実感がたまらなく好きだ。

明るすぎない橙色《だいだいいろ》の照明のもと、奇抜な色の飾《かざ》り紐《ひも》に水晶のようなものが括《くく》りつけられた飾りが天井からぶら下がっている。

左右で目の色の違う人形の横にはまるで本物の鴉《からす》のような模型が寄りかかっており、いつもどこかおどろおどろしく感じてしまう。そうかと思えばごく普通のガラス器具のようなものが積み重なっている場所もあり、魔法に詳しくない私には、とても使用用途の見当がつかないものばかり売られている。

「レイラ！　おはよう、今日は暑かったでしょう」

ドアのベルの音が聞こえたのか、店の奥からシャルロッテさんが幼い娘さんを抱えて出てきた。

この子がまた可愛いのだ。

「ええ、でも帽子を被ってきたので問題ありませんでした」

「それは良かったわ。今、お茶を淹れるわね」

「お気遣いなく」

シャルロッテさんは「レイラお姉様にご挨拶していらっしゃい」と娘さんに告げ、そっと床に降ろす。まだ短い黒色の髪を二つに結んだ姿は、悶絶《もんぜつ》するほど可愛らしい。

「おはようございます、グレーテさん」

「レイラおねえしゃま！」

シャルロッテさんの一人娘、グレーテ・ベスターさんは、それはもう可愛い。

シャルロッテさん譲りの黒髪と紫紺の目に、シャルロッテさんの旦那様に似ているという形の整った小さなお鼻。子どもらしくぷくぷくとした頬は一日中触っていたいほど心地よい。

もともと子どもは好きなのだが、今まではなかなか接する機会が無かったので嬉しいことこの上なかった。

「ふふ、グレーテさんは今日もいい子にしていて偉いですね」

「おねえしゃま、あそぼ！」

「ええ、何をして遊びましょうか」

このお店に来たときは、グレーテさんの相手をして過ごすことが多い。

昼食時を過ぎると、魔法具店を訪れるお客様が多くなり、シャルロッテさんもお忙しくなるのだ。

そこで、私がグレーテさんのお相手をして差し上げるのが習慣になっていた。

シャルロッテさんはいつも申し訳なさそうにしているけれど、私にとってはご褒美以外の何物でもない。

それに、シャルロッテさんには食事の世話をしてもらっているのだ。

私に出来ることがあれば何でもしたかった。

「んー、だっこ！」

グレーテさんはぷくぷくとした両手を伸ばして抱っこを所望するけれど、こればかりは私にはまだできなかった。

2年間眠っていたせいで、腕の筋肉がまだ元通りに治っていないのだ。

ただでさえ、重いものなど持ったことが無い令嬢生活を送っていたので、万が一グレーテさんを落としてしまったらと思うと身が竦《すく》む。

「駄目よ、グレーテ。レイラお姉様を困らせないの」

シャルロッテさんは軽く窘めるようにそう言い聞かせると、右手をすっとグレーテさんのほうにかざした。

途端にグレーテさんの体は太陽のような光に包まれてふわふわと浮き上がる。

ゆっくりと持ち上げられ、立ち上がった私の顔と同じ高さまで上がってきた。

グレーテさんはきゃっきゃと声を上げてはしゃいでいるが、1か月経ってもまだ見慣れぬ光景に思わず苦笑いを零す。シャルロッテさんを信じていないわけではないが、どうしても今にも落ちるのではないかとひやひやしてしまうのだ。

「お茶を淹れたわ、今日はハーブティーよ」

「まあ、ありがとうございます。私、ハーブティー、とても好きなんです」

あの爽やかな口当たりが大変好みなのだ。

公爵令嬢として参加していたかつてのお茶会では、あまり出されなかっただけに残念に思っていたけれど、ここでは自分の好きなときに好きなものを飲めるから素敵だ。

きらきらとした光と戯れるグレーテさんを横目で気にしながらも、私は店の奥に設置されたテーブルに着く。

ふわりとハーブティーの良い香りが漂ってきた。

ふと、シャルロッテさんの視線を感じて彼女のほうへ向き直ると、シャルロッテさんは私を慈しむような笑みを見せた。

流石は兄妹とでもいうべきか、その笑顔はリーンハルトさんによく似ている。

「レイラ、ここに来たときより生き生きしてるわ。前は自分の好きなものなんて、訊《き》かれても適当にはぐらかすだけだったのに」

「……そうでしたか？」

自分ではあまり意識していなかった。

公爵家で私に求められていたものは個性ではなく、完璧な令嬢の姿だったからか、あまり自分を出すということに慣れていなかったのだ。

「ええ、今のほうがずっといいわ」

「ふふ、シャルロッテさんやグレーテさんのお陰ですね」

「そこは兄さんも入れてあげてほしいわ」

お茶の時間がこんなにも楽しいものだったなんて。

シャルロッテさんは私より年上だが、今ではすっかり友人のような間柄になっている。

「今日はどんな作品を持ってきてくれたの？」

「相変わらず、あまり量は多くないのですが……」

私は小ぶりの鞄から、ハンカチとコースターを取り出し、シャルロッテさんに手渡した。

「まあ！　本当にレイラの仕事は丁寧ね。こんなお店に置くのが申し訳ないくらいよ」

「そんな……置いていただけるだけでとても嬉しいです」

「近頃本当に人気なのよ。今までは女性ばかりが買っていたけれど、最近は男性もプレゼントに、って買っていく人が増えたの。売り上げもそろそろまとまった金額になりそうだから、今度用意しておくわね」

「居候の身で、そこまでしていただくわけには……」

「いいの、これはレイラが頑張って作ったものでしょう？　それに、お嬢様だったレイラにとってはこれが初めて自分で稼ぐお金なんだから、ちゃんと受け取って頂戴」

確かに、自分の手でお金を稼ぐという行為は初めてだ。

シャルロッテさんにそう言われると、何だかどきどきしてくる。自分の力で生きているというには程遠いけれど、そのきっかけを切り拓《きひら》いているような気がしてわくわくした。

「ありがとうございます、シャルロッテさん」

「当たり前のことをしているだけだわ、気にしないで」

私と違って、はきはきと話をするシャルロッテさんとは何だか過ごしやすい。

私は今日も彼女のその優しさに甘えてしまうのだった。


その後、店の奥でシャルロッテさんが用意してくれた昼食を摂り、グレーテさんの遊び相手を務めていると、見慣れた人影が顔を覗《のぞ》かせた。

「リーンハルトおにいしゃま！」

いち早く気づいたのはグレーテさんで、彼女の視線を辿《たど》れば魔術師団の外套を纏ったリーンハルトさんの姿があった。

私は椅子から立ち上がって軽く礼をする。

「グレーテ、レイラお姉様に遊んでもらっていたのか」

「そうなの！　レイラおねえしゃまとね、あのね――」

今日遊んだ内容について嬉しそうに話し出すグレーテさんを、リーンハルトさんは優し気な笑みを湛えて見守っていた。リーンハルトさんも子どもが好きなのかもしれない。

「そうか、良かったね、グレーテ」

「うん！　楽しかった！　おにいしゃまもあそぼ！」

「残念だけど、お兄様はレイラお姉様を遊びに誘いに来たんだ」

「……私を、ですか？」

僅かに驚いてリーンハルトさんを見つめてしまう。彼はふっと微笑むと、頷《うなず》いて私に向かい合った。

「今日の仕事が終わったから、レイラさえよければどこかへ出掛けるのはどうかなって思って」

それは嬉しいお誘いだ。

しかし、グレーテさんを放っておくわけにもいかない。

「レイラ、グレーテのことは気にせず行ってきて頂戴。兄さんも必死なのよ」

「シャルロッテ」

「ふふふ、何よ、事実でしょう？」

シャルロッテさんはグレーテさんを抱き上げると、私に軽くウインクをする。

「今日はお客さんも少ないし、問題ないわ。楽しんできて」

「……では、お言葉に甘えさせていただきますね」

私は小さな鞄の中に小物類を手早く纏めると、掛けておいた帽子を手に取って、シャルロッテさんとグレーテさんに向かい合った。

「それでは、ごきげんよう。シャルロッテさん、グレーテさん」

「ええ、行ってらっしゃい。兄さん、頑張るのよ！」

リーンハルトさんはシャルロッテさんの声が聞こえない振りでもするかのように、私に手を差し出した。

そんな何気ない仕草一つでさえも本当に優雅で、思わず見惚れてしまう。

「では、行こうか。レイラ」

「はい、よろしくお願いいたします」


お店から屋敷の方向とは反対側に歩くこと20分。

目の前には延々と広がる花畑があった。

雲一つない青空と色彩豊かな花の海は、まるで一枚の絵画のように美しい。

「中に入ってもいいんだよ。おいで、レイラ」

リーンハルトさんは花畑の中に足を一歩踏み入れると、紺色の外套をなびかせて私に手を差し出した。私はその手を取ろうとして、少し思い悩んでしまう。

「……お花を踏んでしまわないでしょうか」

「ああ、ここの花は強いから大丈夫だよ。魔法で咲かせているんだ」

「魔法で……道理で季節の違う花も咲いているわけですね」

ざっと見ただけなので詳しくは分からないが、チューリップや牡丹《ぼたん》、アネモネ、向日葵《ひまわり》、薔薇《ばら》など、季節を問わず実に多様な種類の花がある。遠くの木に咲いているのは椿《つばき》だろうか。

「レイラは心優しいね。どうしても気になるなら、こうすればいい」

リーンハルトさんは一度花畑の中から出てくると、「少し失礼するね」と断ってひょいと私を抱き上げた。

あまりにも簡単に抱き上げるものだから、何が起こっているのか分からなかった。

「あ、あの、リーンハルトさん」

「こうすれば、レイラが花を踏んでしまうことはない」

リーンハルトさんは私を横抱きにすると、ふっと微笑んだ。

何だか距離が近くて頰が熱くなってしまう。

「だ、大丈夫です。歩けますから」

「レイラは、この状態は嫌？」

「い、嫌というわけではありませんけれど……」

「じゃあ、僕はこうしていたいな。このままでもいい？」

「……はい」

リーンハルトさんはそのまま花畑の中を歩き出した。ゆっくりと、一歩一歩を踏みしめるような速度で。

心臓が、高鳴って仕方がない。

絵画のような景色の中で、今まで伝説上の存在だと思っていた魔術師に抱きかかえられているなんて。どんなお伽噺よりも胸が高鳴る。こんな気持ちは初めてだった。

「……リーンハルトさんは良くここへ来られるのですか？」

1か月共に過ごしていても、リーンハルトさんについては知らないことのほうが多い。

だからこそ知りたい、と思うこの気持ちは何かしら。

「そうだなあ、昔はよく来たけれど、最近はあまり足を運んでいなかったよ。この街の人間は皆、見飽きるほどこの景色を見ているからね」

「羨ましいですわ……こんなにも美しい場所が街の中にあるなんて」

お城や舞踏会も確かに華やかで美しかったけれど、この花畑には敵わない。

思えば私は、こういった自然の景色に昔から焦がれていた気がする。自分の意思で自由に見に行けるような立場に無かったので、その分余計に憧れていた。

「この辺りが、一番綺麗かな。花もまばらだし、芝生に座ってみるかい？」

リーンハルトさんは芝生が見えている部分を見つけてくれたようだ。

私に気遣ってくれたのだろう。

「ええ、ありがとうございます」

リーンハルトさんは、まるで壊れ物を扱うかのようにそっと私を芝生の上に降ろした。

ふわふわとしていてとても心地が良い。

芝生の上に座るのは、これが生まれて初めてのことだった。幼いころでさえ、公爵家のお庭の芝生に座り込もうとしたら、お母様に酷く叱られたものだ。

「ふふふ、楽しいですわ。芝生ってあったかくてふわふわしていて、とっても素敵」

リーンハルトさんも私のすぐ隣に腰を下ろすと、はしゃぐ私を見て優しい笑みを見せた。

またその表情だ、ずるい。胸の奥がきゅうっとなる。

「レイラは何でも楽しそうにするから、見ているこちらまで幸せな気分になるよ」

何でもないことを言ったつもりなのだろうが、随分大袈裟《おおげさ》な表現だ。

思わず頬を赤らめながら、私は傍に咲いていた八重咲のアネモネの花を愛《め》でた。

「私が物事を知らなすぎるだけですわ……。本当に、ここに来ていかに私の世界が狭かったかを思い知りましたもの」

ローゼに婚約者の座を奪われ、彼女のお腹に殿下の御子がいると知ったときには本当に死にたいと思ったものだが、今では不思議とあの絶望も薄まってきている。

あのとき、自棄《やけ》にならなくて良かった。

自死を選ぶつもりはなかったが、あのまま公爵家の駒として息苦しい貴族社会に身を置いていたら、こんな素晴らしい景色は見られなかった。

私は今、本当に幸せだ。

「そんなことない。レイラは何でも知っているじゃないか」

「大袈裟ですわ、リーンハルトさん。私が知っているのは、本で得られる知識ばかり……。こんなに美しい空の色も、芝生の温かさも、私は何も知らなかったんですもの」

ふと、リーンハルトさんの傍に、大輪の白百合が咲いていることに気づく。私は軽く身を乗り出して、リーンハルトさんを見上げた。

「リーンハルトさん、白百合が咲いていますよ。お好きなのでしょう？」

目覚めて早々のプロポーズも白百合の花束であったし、屋敷の調度品に細工されているモチーフも白百合が多かった。

きっとリーンハルトさんは白百合がお好きなのだろう、と勝手に思い込んでいたのだ。

「僕が……というよりは……」

珍しくリーンハルトさんは言葉を濁す。

不意に醸し出される寂し気な雰囲気に、胸がちくりと痛んだ。訊いてはいけないことを訊いてしまっただろうか。

「……レイラは、白百合は好きかい？」

質問を質問で返されるような形になってしまったが、私はすぐに笑みを取り繕う。場が気まずくなるよりは、ここで質問に答えたほうがいい。

「そうですわね……好き、の部類に入ります。一番は、アネモネの花ですけれど」

再び傍にあった八重咲の紫色のアネモネの花に触れる。

小さくて可愛らしくて、その割に華やかなその姿が昔から好きだった。逆に、薔薇のような見るからに艶《あで》やかな花は苦手だ。ローゼを思い起こすからかもしれない。

「そうか、レイラはアネモネが好きなんだね」

どこか嬉しそうにリーンハルトさんは復唱する。

花の好みを教えただけだというのに、何だか胸の奥がむず痒《がゆ》いような不思議な気持ちになった。

「ここは本当に素晴らしいですわ。いろいろなお花が咲いていますし、刺繍のモチーフに出来ますから。ああ、紙とペンを持ってくればよかったわ……」

今度からこの小さな鞄に羊皮紙と羽ペンのセットくらいは入れておこう。絵だけではなく、何かと文字を書く機会もあるかもしれない。

「摘んで帰るのは嫌かい？」

「そんなことはありませんわ。無闇に傷つけるのは好みませんけれど、目的があればいいと思います。でも、この気温ではきっとお屋敷に戻る前に萎《しお》れてしまうでしょうから……」

「そういうことなら気兼ねしなくていいよ。僕が魔法をかけて、花を萎れないようにしてあげるから」

さらりと言ってのけるリーンハルトさんを、私はまじまじと見つめてしまう。

この人はどこまでも私に親切だ。

油断をすると際限なく寄りかかってしまいそうで、時折自分が怖くなる。

「よろしいのですか？」

「うん、好きなだけ摘むといいよ」

甘やかされていると感じるが、同時に胸が躍るのもまた事実だった。

これだけの種類の花があるのだ。どれもモチーフにするのに面白そうなものばかりであるし、迷ってしまう。

「ありがとうございます、リーンハルトさん」

満面の笑みでお礼を述べると、リーンハルトさんはやっぱり優し気な笑みを浮かべて、私を慈しむように見つめるのだった。

その眼差しにとても深い愛情を感じて、心の中が温かいもので一杯になる。

それと同時に、頬が熱を帯びるのもまた事実だった。

私は赤く染まっているであろう頬を隠すように花畑へ目を向けると、花の海の中からモチーフとなる花を探し始めた。


その夜、私はリーンハルトさんの魔法で美しい姿を保ったままのアネモネや白百合、向日葵、薔薇などのお花をテーブルに並べていた。

様々な図案が思い浮かぶのだが、それを紙に描いては何だか違うような気がして頭を悩ませる。

そう、今から作る作品は妥協できない代物なのだ。

何を隠そう、グレーテさんの4歳のお誕生日プレゼントなのだから。

花畑から帰る途中で、リーンハルトさんがグレーテさんの誕生日が近いことを教えてくれたから助かった。

どうやら一週間後の今日、グレーテさんは4歳になられるらしい。

本当はお洋服などをプレゼントしたかったが、生憎《あいにく》私に服を仕立てるまでの技術はない。お人形の服を作るにしても然りだ。

私に作ることの出来る、贈り物に相応しい刺繍作品といったら、ブローチくらいしか思い浮かばなかった。

これは公爵家にいるときにも作ったことがあるので、大きな失敗はしないだろう。

作品形態で妥協した分、図案はとびきりの物を作ろうと思ったのだが、これがなかなか難しい。

何より、やせ細った腕では図案の線を綺麗に描くことも出来ないのがもどかしかった。

今までお店に出していた作品は、もう何度も刺したことのあるモチーフだったのでこんな苦労は味わわなかったのに。

「随分悩んでいるんだね、紅茶でも飲む？」

夕食を終え、お部屋で仕事をなさっていたはずのリーンハルトさんがリビングに顔を出した。

時計を見上げれば夕食が終わってからもう2時間も経ってしまっている。普段ならば湯あみをしているくらいの時間だ。

「あ……私が準備いたします」

「レイラは作業をしているんだろう？　僕に任せてよ」

「……ありがとうございます」

ここはおとなしくリーンハルトさんの言葉に甘えることにした。

リーンハルトさんは料理こそ作れないが、彼の淹れる紅茶は格別なのだ。

公爵家で常に一流のメイドたちの給仕を受けていた私が目を見開いたほどなのだから、よっぽど上手いのだと思う。

私も少しずつ練習しているのだが、料理もお茶もまだまだだった。

少しして、リーンハルトさんは白百合の模様が描かれた揃いのティーセットを持って、私の向かいに座る。

無駄のない動きでティーカップに紅茶を注ぐと、そっと私の前に差し出した。ふわり、と紅茶の良い香りが漂ってきた。

「レイラは角砂糖一つだったよね」

「ええ、覚えていてくださったんですね」

「それはもちろん」

リーンハルトさんは角砂糖の入った小瓶を差し出してくれた。

それを受け取りながら、リーンハルトさんはストレートでお飲みになるのだな、と記憶する。

思えばこのお屋敷で暮らし始めたころは角砂糖なんて無かったから、もしかしなくてもこれは私のために用意されたものなのだろう。

リーンハルトさんは甘いものが苦手なのだと思う。

そのせいか初めのうちは加減が分からなかったようで、私のティーカップに三つも角砂糖を入れようとしていたけれど、今はどうやら一つで十分だということが伝わったらしい。

それがまた一つ、彼と仲良くなった証《あかし》のような気がして、何だか嬉しくなった。

思わず笑みが零れてしまう。今日は特に楽しくて、怖くなってしまうほどだ。

「いただきます」

程よい温度と甘さが口の中に広がって、ほうっと息をついた。

やはり、リーンハルトさんの淹れてくれるお茶は格別だ。もうこれ以外飲めなくなってしまいそうだ。

「本当に、美味《おい》しいです。今度私にも教えてくださいませんか？」

「教えるのは一向に構わないけど、何もレイラが覚えなくても、僕がいつでも淹れてあげるよ」

「ふふ、相変わらず、私を甘やかすのがお上手ですね」

「これでも制御しているほうなんだけどなあ……」

視線に、言葉に含まれている温もりに、やはり深い愛を感じてしまう。

私はこの人に大切にされているのだと確信が持てるほどに、リーンハルトさんの温かな愛情に包まれていた。

そして、それに応えたい、と思っている自分がいることにも薄々気づき始めている。

つい2か月ほど前は、殿下との恋の終わりをあんなにも悲しんでいたというのに我ながら薄情な女だと思うが、それでも、リーンハルトさんに惹《ひ》かれ始《はじ》めている自分を止めることは出来なかった。

「それは、グレーテへのプレゼント？」

「ええ、ブローチを差し上げようかと思いまして」

「それは喜ぶだろうな。ただでさえ、君の刺繍作品は今や街中で大人気なのに」

「ふふ、皆さんに気に入って頂けて私も嬉しいです」

私はティーカップを置いて、そっと描きかけの図案に触れた。

デザインさえ出来てしまえば、後は丁寧に刺繍していくだけなのに、と頭を悩ませる。

「……グレーテさんはどんなお花がお好みなのでしょうか？　リーンハルトさんはご存知ですか？」

「グレーテの好きな花か……。あの子は何でもかんでも綺麗って言ってるからね……」

リーンハルトさんもティーカップを置いて、軽く考え込むような仕草を見せる。

物思いに耽《ふけ》るリーンハルトさんはとても知的な雰囲気を醸し出していて、質問をしている立場だというのに不覚にもときめいてしまった。

「ああ、でも特に向日葵が好きなのかもしれない。……シャルロッテの趣味という線も捨てきれないけど、夏の帽子なんかにはよく向日葵の飾りが飾られていたよ」

「まあ、それは良いことを伺いましたわ。向日葵をメインに考えてみます。ありがとうございます、リーンハルトさん」

にこりと微笑みかけると、それに応えるようにリーンハルトさんはふっと甘い笑みを浮かべた。

まるで恋人に向けるような糖度の高さに、たったそれだけで赤面してしまう。それが何とも気恥ずかしくて、私は慌てて次の話題を探した。

「あ……ええと、その、そう、そうです！　贈り物を作り終えたら、手持ちの刺繍糸が無くなってしまいそうなのですが、この街で糸や布を売っているお店はどこにありますか？」

刺繍糸の話なんていつでもいいのに、咄嗟に見つかった話題がそれしかなかった。

リーンハルトさんは私の慌てっぷりさえも愛おしむように見ていたが、すぐに答えを返してくれる。

「仕立て屋なら、シャルロッテの店から5分ほどの場所にあるけど……刺繍糸はそんなに種類が無いかもしれないね。……だから、今度アルタイルの王都へ行ってみようか」

「……王都へ？」

確かに王都へ行けば種類には困らないだろうが、大丈夫だろうか。

アシュベリー公爵家からしてみれば、厄介者の長女がいなくなったくらいに過ぎないだろうが、世間の目があるから捜索願くらいは出しているだろう。

元王太子妃候補だった私は、ほとんどの貴族に顔を知られているのだ。もしかすると見つかってしまうかもしれない。

「大丈夫。レイラが帰りたいって思わない限り、絶対に誰の手にも渡さないから」

折角話題を変えたのに、捉えようによっては愛の言葉にも聞こえそうなリーンハルトさんの台詞《せりふ》のせいで、再び頬が熱を帯びた。

恐らく、リーンハルトさんは無意識の内に言っているのだろうが、その分尚更《なおさら》質が悪い。

「魔法ってなかなか使えるんだ。一時的に髪の色や目の色を変えることもできるから、心配いらないよ」

「……リーンハルトさんさえ迷惑でないのなら、是非、行ってみたいです」

実は、私は自分の手で刺繍糸を選んだことが無いのだ。

公爵家では、ありとあらゆる種類の糸がいつの間にか補充されていたから、限られたものの中から選ぶ楽しみというものを知らない。

またしてもリーンハルトさんにはご迷惑をおかけしてしまうことになるけれど、彼はむしろいつも楽しそうに私についてきてくださるので、ついつい甘えてしまう。

彼に愛されていることを信じられるくらいには、私たちの距離は縮まっていた。

「じゃあ決まりだ。グレーテの誕生日会が終わったら、王都へ下りてみようか」

「ええ、よろしくお願いいたします。楽しみにしていますね」

誰かに愛されている、という感覚はこんなにも幸福な気分になるものなのね。

こんな感覚は、リーンハルトさんに出会って初めて知った。

公爵令嬢としてのレイラ・アシュベリーではなく、私自身を愛してくれた人なんて、リーンハルトさんが初めてなのだ。

まだ、この幸福に慣れないけれど、もう少ししたら、きっと私もリーンハルトさんに伝えられる気がする。

私は、あなたに惹かれているのです、と。


「お誕生日おめでとう、グレーテ!」

あれから1週間、ベスター家が暮らすお屋敷の離れには、ベスター家の三人とリーンハルトさん、私の五人が集まり、規模は小さいものの、とても温かな誕生日パーティーが開かれていた。

大きなダイニングテーブルの上には、シャルロッテさんお手製のケーキや料理が並べられ、天井や壁には手作りの飾りが括りつけられている。

お部屋の中をふわふわと漂う優しい魔法の光がとても幻想的で、いかにも幻の王都のお誕生日会といった印象を受けた。

呆気に取られて光を見つめていた私に、シャルロッテさんが「それ、そんなに珍しいかしら?」と言っていたくらいなのだから、この街では当たり前の光景なのだろう。

「ほら、パパとママからはクマさんのぬいぐるみをあげよう」

シャルロッテさんの旦那さんであるラルフさんは、グレーテさんの身長と同じくらいのぬいぐるみを抱えていた。ふわふわとした見た目からしてとても触り心地よさそうだ。

「わあ! ありがとう、ぱぱ、まま!」

フリルの付いた桃色のドレスを着たグレーテさんはまさに天使そのもので、見ているだけで頬が緩んでしまう。

将来はシャルロッテさん似の美しいレディになるだろう。

「僕からはこれを。グレーテは絵を描くのが好きだから、術を込めたスケッチブックと絵の具だよ」

リーンハルトさんはにこりと笑いながら、グレーテさんに華やかな包装紙に包まれたプレゼントを手渡す。

グレーテさんは目を輝かせて「ありがとう、おにいしゃま！」と答えていたが、シャルロッテさんはどこか疑うような眼差しをリーンハルトさんに向けていた。

「……兄さん、変な魔術は使ってないわよね？」

「変な、とは失礼だな……。描いたものがスケッチブックの中で動く程度だよ」

さらりと言ってのけたが、そんな素晴らしい代物、子どもが喜ばないはずがない。何なら私も描いてみたいくらいだ。

「まともなもので良かったわ。私が子どものころにくれた喋《しゃべ》る人形は不気味で仕方なかったもの……」

「酷いなあ、そんな昔の話を持ち出すなんて。あのころはまだ魔術を習得したばかりだったから仕方ないだろう」

「でもシャルロッテは今も飾っているようですよ。俺に見せてくれましたから」

大柄なラルフさんがグレーテさんの顔ほどもある大きな手でグレーテさんの頭を撫《な》でている。

線の細いシャルロッテさんと並ぶと、ラルフさんの体の大きさは一層誇張されるようだった。

「ちょっとラルフ。いいのよ、そんなこと言わなくて！」

シャルロッテさんに小突かれながら「ごめんごめん」とラルフさんは苦笑した。

そんな二人の間でグレーテさんがにこにこと笑いながら、プレゼントのクマのぬいぐるみを抱えている。

誰が見ても、幸せそのものの家族の姿だった。

「いいんだよ、ラルフ君。シャルロッテが素直じゃないのは今に始まった話じゃないからね。レイラにも後で見せてあげてくれよ」

「あんな不気味な人形、レイラに見せられるわけがないでしょう。倒れちゃうかもしれないわ」

大真面目にシャルロッテさんが言うものだから、思わずくすくすと笑ってしまった。

私はそんなに弱くないというのに。どうしても、やせ細ったこの身体のせいか、この街の人たちは私に過保護になりがちだ。

「レイラおねえしゃまはなにをくれるの？」

大人たちの会話がつまらなかったのか、不意にグレーテさんが声を上げた。

その子どもらしい素直さと無邪気さに癒される。

「こら、グレーテ。はしたないわよ」

「えー、でも、ほしいよ！」

「大丈夫、ちゃんとご用意しておりますよ」

私はグレーテさんの目の前まで歩み寄り、小さな天使に微笑みかけた。

「お待たせしてしまい申し訳ありません、グレーテさん。私からは、こちらを贈らせていただきたいと思います」

グレーテさんの目線に合わせてしゃがみこみ、薄い紙に包んだブローチをそっと手渡す。

「あけてもいーい？」

「ええ、もちろんです。気に入っていただけると嬉しいのですが……」

グレーテさんは薄い紙をぴりぴりと破ると、中から私が1週間かけて刺繍したブローチを取り出した。

真ん中に鮮やかな黄色の向日葵があり、その周りに輪を描くようにアネモネやかすみ草、鈴蘭《すずらん》などの細々とした花を刺繍したのだ。

なるべく見た目が華やかになるように、と色の配置にも苦労した。

「きれー！　これ、どうやってつかうの？」

「それはブローチというもので、お洋服の胸元につけるものですよ。でも、グレーテさんはまだ幼いので危ないかもしれませんから、お帽子やお人形などにつけると良いかもしれませんね」

「随分凝った刺繍ね……大変だったでしょう？」

シャルロッテさんが覗き込むようにしてブローチを見つめると、そんな労《ねぎら》いの言葉をかけてくれる。

正直、かなり頑張ったが、グレーテさんの笑顔を見ると疲れなどどこかへ吹き飛んで行ってしまった。

「私も楽しかったですから。針にだけお気をつけていただけると幸いです」

「大丈夫よ。何だか勿体ないけれど、グレーテの帽子につけさせてもらうわ」

「ええ、是非そうなさってください」

胸元につけるのは、もう少しグレーテさんが大きくなってからでもいいだろう。

帽子につければグレーテさんが怪我をする可能性も低くなるし、私としても安心だ。

「レイラ、あまりしゃがんでいると足が痛くなってしまうだろう。この椅子に座るといいよ」

リーンハルトさんが私に手を差し出しながら、そんな気遣いを見せてくれた。

本当に、この人はいつでも私を見守っていてくれている。その手を取る度に、安心感と共に甘いときめきが私の胸を締め付けるのだ。

「ありがとうございます、リーンハルトさん」

「あらあら、いい感じね。やったわね、兄さん」

「シャルロッテ、余計なことを言うんじゃない……」

「俺の目から見てもそう見えますよ、お義兄《にい》さん」

「ラルフもシャルロッテに似てきたな……」

どこか苦々しい顔でリーンハルトさんはベスター夫妻を見つめる。

そんな横顔さえも何だか愛おしくて、私はくすくすと再び笑みを零してしまうのだった。

一通りのお食事が済んだところで、私はグレーテさんの隣に座って、リーンハルトさんに貰ったばかりのスケッチブックに一生懸命に絵を描く彼女を見守っていた。

グレーテさんのお絵描きの対象は、どうやら向かい側に座ったプレゼントのクマのぬいぐるみらしい。クマのぬいぐるみはエディと名付けられ、いつの間にやら私の贈ったブローチをつけたグレーテさんの小さな帽子を被っている。

「うーん、えでぃ、むずかしいなあ。おねえしゃまかいて！」

「私は花の絵ばかり描いていましたもので、こういった可愛らしいものは描けないのですよ。それよりも、グレーテさんが描いて差し上げたほうが、エディもきっと喜びますわ」

「じゃあ、えでぃ、あとにする。さっき食べたケーキかく！」

「ええ、いいですね」

グレーテさんの画力はなかなかだ。

記憶力もいいらしく、今はもう切り分けられてしまったケーキの元の形をすらすらと描いていった。

最後に4本の蠟燭《ろうそく》を描くと、グレーテさんは満足いったように私に見せる。

「できた！　ケーキだよ！」

その瞬間、「できた」というグレーテさんの声に反応して、グレーテさんが描いたケーキの蠟燭に紅《あか》い光が灯《とも》った。

絵の具が光ってゆらゆらと揺れる様は、まるで本物の蠟燭を見ているかのようだ。

リーンハルトさんは魔術を込めたスケッチブックだと言っていたから、きっと魔法が発動したのだろう。

グレーテさんよりも私のほうがずっと驚いてしまった。

「お上手ですね、グレーテさん。後でお母様やお父様にも見せて差し上げてくださいね」

リーンハルトさんとラルフさんは、誕生会の夜のために予約していたお酒を取りに街へ行っており、シャルロッテさんはキッチンで食事の後片付けをしてくださっている。

この素晴らしいグレーテさんの絵を早く皆さんにもお見せしたかったが、少し待つしかなさそうだ。

「お姉しゃまは、ろーそく、何本たてるの？」

蠟燭を立てた誕生祝のケーキなんていう温かなものに出会ったのは今日が初めてなのだが、年齢のことを訊いているのだろう。

私はグレーテさんに微笑みかけながら答えた。

「私は18歳ですので、次の誕生日には19本立てることになるのでしょうね」

「18しゃいなの？　じゃあ、まだ生まれてからそんなにたってないんだね！　グレーテといっしょ！」

4歳のグレーテさんにそんなことを言われてしまうとは。

その可愛らしい無邪気さに、思わず吹き出すように笑ってしまった。大真面目に言ってのけたところがまた愛らしい。

「ええ、そうですね。確かに、まだ私は若者と言っても良い年齢ですね」

「グレーテ、ぱぱとままのお年も言えるの！　えっとね、ままが25しゃいでね、ぱぱが30しゃいなの」

面と向かって年齢を尋ねたことは無かったが、シャルロッテさんは七つも年上だったのか。

グレーテさんがもう4歳になることを考えれば、少しも不思議ではないのだけれど。

そうするとリーンハルトさんは二十代後半くらいかしら、と推察するも、あの整いすぎた顔立ちのせいなのか、もう少し若く思えてしまう。

「それでね、それでね、リーンハルトお兄しゃまは20しゃいだよ」

自信満々に言ってのけたグレーテさんに、私は微笑みながらそっと訂正を入れる。

「リーンハルトさんはグレーテさんのお母様のお兄様なのですから、お母様より年上でなければおかしいですわ。もう一度、お母様に伺ってみてください」

グレーテさんの目から見ても、リーンハルトさんは若々しく見えるのだろうか。

だが、グレーテさんは不思議そうに私を見上げて告げる。

「お兄しゃまは、20しゃいだよ？　もう、なんびゃくねんも、ずーっと」

「……え？」

「ままも、ずーっとずーっと20しゃいだったけど、ぱぱにであえたから年をとれるようになったんだよ！　でも、お兄しゃまはまだ『うんめいのひと』にあってないの」

不意にがしゃん、と食器の割れる音がして振り返ると、どこか青ざめた顔をしたシャルロッテさんが立ち尽くしていた。彼女の足元には割れたティーカップが散乱している。

「……グレーテ、まさか、レイラに話してしまったの？」

「うん！　だって、お姉しゃまもおんなじなんでしょう？」

「違うわ、グレーテ。レイラは……レイラはまだ知らなくていいことだったのよ」

シャルロッテさんは血相を変えてグレーテさんの肩を掴んだ。

途端にグレーテさんの大きな瞳に涙が溜まる。

「ご、ごめんなしゃい……まま」

状況はつかめないが、涙目になるグレーテさんを前に私は咄嗟に笑みを取り繕った。

きっと、聞かれてはまずい何かだったのだろう。大丈夫、知らない振りをするのは得意だ。

「あ、あの……シャルロッテさん、私、何も聞いていませんわ。だからどうか、グレーテさんを責めないで差し上げてください」

あれだけ得意だったはずの作り笑いが、いつの間にか引《ひ》き攣《つ》るようになっている。

それだけ、ここに来てからは自然な笑みを浮かべることが多くなったということだ。

私に本当の笑顔をくれた人たちとの関係を崩したくない。

「……いいえ、感情的になって悪かったわ。グレーテのせいではないし……いずれ、レイラも知ることだったもの」

シャルロッテさんの瞳に、決意を固めたような強い意思が宿る。

「……全て、お話しするわ。私たち、ルウェインの呪われた血について」

第五章　紅色のお伽噺

「一体、どこから話せばいいのかしらね」

　グレーテさんを子ども部屋で寝かしつけ、割れたティーカップを片付けたシャルロッテさんは、新しく淹れ直したお茶を一口含んで小さな息をついた。

　私の目の前にもティーカップが置かれているが、何だか今は飲む気になれない。

「……結論から言うとね、グレーテの言ったことは全部本当なの。私も兄さんも、もう何百年も生きてる。……私たちだけじゃない、この街で暮らすルウェイン一族はほとんどそう」

「何、百年……ですか」

　どういう訳なのか、まるで見当もつかない。あまりの衝撃に、ただ、シャルロッテさんの言葉を繰り返すしか出来なかった。

「すぐには信じられないでしょう？　でも、本当なのよ。私たち、ルウェインの末裔《まつえい》にはある呪いが掛けられているの。お伽噺のあの時代、ルウェイン一族がある魔物を滅ぼしたときに受けて、今も血と共に脈々と受け継がれている忌まわしき呪いがね」

　シャルロッテさんは真剣そのものの目で私を見ていた。息をするのも忘れる勢いで、彼女の言葉に耳を傾ける。

「……私たちにかけられているのはね、『運命の人』と結ばれなければ、死ねない呪いよ。ふふっ、言葉だけ聞けば随分ロマンチックでしょう？　私も初めて聞いたときは、何て素敵な呪いなのかしらって思ったわ」

敢《あ》えて明るく話し続けるシャルロッテさんの姿が、何だか痛々しくてならなかった。

彼女はそのままの勢いで話し続ける。

「20歳までに『運命の人』と結ばれていなければ、その時点で私たちの時は止まるの。20歳の姿のまま、ただ時間だけが過ぎて行くのよ。初めは良かったわ。いつまでも若々しいままでいられるし、好きなことに思う存分打ち込んで有意義に過ごしたの」

そこまで話して僅かにシャルロッテさんの瞳が翳《かげ》る。

その瞳に宿った闇の深さに、ぞわりと寒気が走った。

「でも、何十年か経ったときに気づくの。あとどれだけこの生活が続いていくのかしらって。……終わりが見えないっていうのは、想像以上に心を病ませるものなのよ。延々と続いていく時間の中で、正気を失いそうになったこともあったわ。……そうね、正直に言えば自死を試みたこともあるくらい」

いつもあんなに明るく笑うシャルロッテさんが？　人の心の内は分からないものだけれど、とても自死を考えたことのある人には見えなかった。

彼女の快活さにいつも救われているだけに、その衝撃は計り知れない。

「死にたくても死ねない。いつまで経っても『運命の人』とやらは現れない。本当に……本当に心が壊れるかと思った。でも、流石同じ呪いを持つルウェインの一族とでもいうのかしら。私よりも更に何百年も生きていた友人や街の人たちに言われたの」

シャルロッテさんの瞳に宿った影が薄れ、彼女はどこか儚げな笑みを浮かべた。

「……私たちの運命の人は、少しお寝坊さんなだけだよって。永遠なんて無いのだから、いつか必ず出会えるはずだって……。私はもう、その言葉に縋るしかなかった」

シャルロッテさんは今も椅子に座ったままのクマのぬいぐるみを眺めてふっと笑うと、そのふわふわとした毛並みを撫でる。

「それから間もなくして、私はラルフに出会ったの。不思議なことにね、私たちルウェインの一族は、『運命の人』に出会ったら一目見ただけで分かってしまうのよ。私、ラルフを見つけた瞬間、初対面なのに胸倉を掴んで言ってやったわ。『本当にお寝坊さんね』って。……そうしたら、今までの苦しみがどうでもいいくらいに満ち足りた気持ちになったの。今までずっと死にたかったくせに、ラルフに会った瞬間、この人といつまでも一緒にいたいって思ったんだから笑っちゃうわよね」

一通り話し終えたシャルロッテさんは、再びティーカップに口をつける。

やはり、私はまだ紅茶を飲む気になれなかった。

あまりにも壮大すぎる話に、一応の理解を得ても、シャルロッテさんやリーンハルトさんの数百年の孤独を思うと胸が詰まってしまう。

「グレーテは早いとこ運命の人に出会えたら良いのだけれどね……。私とラルフが生きているうちに、グレーテの花嫁姿を見てみたいものだわ」

シャルロッテさんの見た目の年齢にはそぐわぬ台詞だったが、今ならその言葉に複雑な思いと祈りが込められていることがわかる。

「……呪いに限りはないのですか？　この先も、ルウェインの血が続く限り終わらないのでしょうか？」

「魔法を使うことが出来ないくらいルウェインの血が薄ければ、呪いは発動しない、という説を唱えている人も中にはいるわね。どのみち、グレーテの世代ではまだ血が濃すぎて、この説が正しかったところで呪いからは逃れられないんでしょうけれど……」

シャルロッテさんは、どこか諦めに近い笑みを浮かべて、私を見つめた。

「この呪いがアルタイル王家に伝わらなかったのだけは不幸中の幸いね。お伽噺の姫君の孫――王家の始祖、ルーカス・ルウェインと言ったほうが早いかしら？　彼が、ルウェインの呪いを受ける前に、王国の平和を願って魔法を捨て、ルウェインと関わりなく生きていたおかげでこの呪いから逃れられたけれど……もしその機転が働いていなければ、最悪王家も呪われていたかもしれないわ」

王家に呪いが掛けられていたら、それはもう目も当てられぬ悲惨な状況になっただろう。

一人の王が数百年の間王国を統治するのだ。権力争いなどは無くなるかもしれないが、とんでもない独裁国家になりかねない。

それにしても、と私はぎゅっと手を握りしめる。

話を聞いている間に汗ばんでいたらしい掌《てのひら》が、僅かに震えていた。

この幻の王都の住民が若者ばかりである理由は、この呪いのせいなのね。

あまりに残酷な呪いだ。

数百年の孤独に耐え、いつ現れるか分からない「運命の人」を待ち続けるなんて。

それにもかかわらず、明るく穏やかな街を作り上げた人々の精神力は心からの尊敬に値する。

ルウェインの人々は、本当に強い人たちだ。婚約者を妹に奪われたくらいで死にたいと考えていた自分が恥ずかしくてたまらなくなる。

「重い話をしてしまってごめんなさいね。でも、どのみちレイラは知ることになったと思うから……」

「……いいえ、丁寧に話してくださってありがとうございました。シャルロッテさんをはじめ、この街の方々を本当に尊敬します」

「ふふ、ありがとう。まあ、みんな心が折れかけてそれで強くなっているようなものよ。生まれたときは王国の人たちと何も変わらないわ」

シャルロッテさんは勢いよく紅茶を飲み干すと、私に軽くウインクをした。

「でも、これで多少は兄さんの奇行をフォロー出来たかしら。一緒に住んでいたら分かると思うけれど、兄さんは初対面の女性に結婚を申し込むようなタイプじゃないでしょう？」

突然のことで話の展開についていけず、私は曖昧な笑みを浮かべてしまう。

「え、ええ……そうですね。リーンハルトさんは軽薄な方ではありません」

「もう、まだ分からない？　兄さんはレイラを待っていたのよ、数百年もの間ずっとね。あの日、レイラに会えてよっぽど嬉しかったんでしょうね。……だから、あの無神経なプロポーズのことは大目に見てあげて」

「え……？」

シャルロッテさんの言葉の意味を数秒間考え、理解した瞬間、顔から火が噴き出そうなほどに熱くなった。

そんな、そんなことってあるのかしら。

私はどうしたらよいか分からず、とりあえず目の前の冷めた紅茶を一気に呷《あお》った。

ごくごく、と品の無い飲み方をしてしまうが、こうでもしなければこの身体の熱を冷ませない。

まるで、甘いお伽噺のようだわ。

私が、リーンハルトさんの「運命の人」かもしれないなんて。

第六章　公爵夫人リディア・アシュベリーの恵愛

美しく完璧な娘がいなくなった。
まるで、自由を求める小鳥が籠から逃げ出すかのように。

私、リディア・アシュベリーはアルタイル王国の名門であるアシュベリー公爵家に嫁いだ元伯爵令嬢だ。この貴族社会では珍しいことに、私と旦那様は大恋愛の末に添い遂げた。

大きな障害があったわけではないが、初めは公爵家と伯爵家の家格の差から、謂《いわ》れのない非難を受けることもあった。

多分、それは単純に嫉妬から来るものだったのだと思う。私の実家は伯爵位の中では高位のほうであったし、公爵家に嫁いでも不思議はないくらいの由緒ある家だったのだから。

だが、気にすることは無いと頭では理解していても、若い私にとって周囲の目は大変な重圧となって伸し掛かってきた。

そしてそれは恐らく、自分でも知らないうちに、心の奥底に薄い埃《ほこり》のように降り積もっていたのだと思う。

一方で、旦那様や旦那様のご両親は、それはもう親切で誠実な方々で、決して家格の低い家から来た嫁である私を虐めるようなことはなさらなかった。

謂れのない非難も私と旦那様が結婚してしまえば、アシュベリー公爵家を称賛する言葉に変わった。私は、アシュベリー公爵夫人として認められたのだ。


それから間もなくして、私たちは可愛い女の子を授かった。

レイラと名付けられたその子は、誰の目から見ても美しく成長することは明らかだった。

何より、旦那様譲りの亜麻色の髪と瞳には品があって、我が子ながら尊い身の上のお姫様なのだと実感したものだ。

だが、同時に怖くもあった。

こんなにも美しく清廉で、高貴な血を受けるこの子の教育を、私は絶対に間違えるわけにはいかないのだ。

母親が伯爵家の出だということで、レイラが後ろ指を指されるようなことがあってはならない。

その想いは、かつて私が若い令嬢だった時代に受けた謂れもない非難と絡み合って、次第に強迫観念のようなものへ変わっていった。

とにかく、レイラには出来る限りの教育を受けさせねばならない。

しかもレイラは、家柄や年齢から考えると、王太子殿下に嫁ぐ可能性が高かった。つまり、未来の王妃になるかもしれない子だ。

我が子とはいえ、決して手を抜くわけにはいかない。きゃっきゃと声を上げて笑うレイラを見つめながら、彼女を完璧な令嬢に育て上げるためならば、心を鬼にすることを誓った。

レイラは、秀才と名高い旦那様に似て、とても優秀な子だった。

家庭教師たちが用意した問題に難なく正解し、マナーやダンスのレッスンも文句ひとつ零さず涼しい顔でこなしてみせる。その様子を見たときには、より優秀な家庭教師を招かなければ、と焦ったほどだ。

レイラは、可能性の塊のような子だ。

より難題に直面するほど、確実に彼女の教養は深まっていく。細やかなマナーを一度教えれば、翌日には既に実践に移しており、ダンスのどんなに難解なステップも、必ず軽やかに舞ってみせるのだ。

優秀なレイラにとっては、こちらの要求が甘すぎるのではないかと思い、次第に親子らしい会話をする時間よりも、公爵夫人と公爵令嬢として話し合う時間のほうが増えていった。

レイラは文句ひとつ零さずそれを受け入れていたし、日に日に完璧になっていくレイラを見て、これで良いのだと私も安心していた。

親子の会話が無いのは寂しいと言えばそうだけれども、高貴な家に生まれた以上、仕方のないことなのだと、レイラにも分かってもらわなければならない。

だが、ある日旦那様はぽつりと呟いたのだ。

もともと寡黙な人だから、滅多なことでは私のすることに口を出さない、あの旦那様が。

「……少し、レイラに厳しすぎはしないか」

一瞬、何を仰っているのか分からなかった。

私は今も、これでレイラの教育が足りているのか不安に思っているくらいなのに。

「レイラはとても優秀な子ですわ。もっともっと完璧な令嬢になれます」

「……そうだろうな」

それ以上、旦那様は何も仰らなかった。

旦那様は、基本的に子どもたちの教育は私の好きなようにさせてくれていたから、しつこく食い下がるような真似はなさらない。この日を最後に、旦那様が再び同じ話題を出すことは無かった。


それから間もなくして、レイラの1年後に生まれたローゼの教育が本格化した。

ローゼは私に似た派手な容姿をした子だけれども、高貴なアシュベリー公爵家の血を引いていることに変わりはない。

レイラの家庭教師を引き継ぐような形で、私はローゼにも完璧な教育を施そうと考えていた。

だが、ローゼは残念ながらレイラほど優秀な成績は収めなかった。

こういうことには向き不向きがあることは分かっている。だが、だからといって勉強をさせないわけにはいかない。

どうにかして公爵令嬢として恥ずかしくないレベルには引き上げなければ。

しかし、勉強が本格化するにつれて可愛いローゼの顔は曇っていった。机に向かうのがあまり好きではないのだろう。

それでも、最低限の教養は身につけさせなければ、という思いは変わらず、毎日のように繰り返される「今日はお休みしたい」というローゼの我儘を許さないでいた。

だが、私はある日見てしまったのだ。

可愛いローゼが、綺麗な空色の瞳を潤ませて泣いている姿を。

その日、普段は覗かないローゼの勉強姿を見に行ったのは、本当にたまたまだった。

数日後に予定されていたお茶会が中止になって、急に手持ち無沙汰になったので、ローゼの様子でも見てみようと思ったのだ。

ローゼのために用意された書斎をそっと覗き込んでみる。

集中を乱してはいけないから、決して気づかれぬように細心の注意を払って。

小さな手で、一生懸命書き取りなんかをしているかしら。そんな穏やかな気持ちで書斎に一歩踏み込んだとき、ローゼの姿を見て愕然《がくぜん》としてしまった。

可愛いローゼが、泣いていたのだ。

真っ白なままの羊皮紙を前にして、小さな手で両目を擦りながら。

「ローゼお嬢様、分からなければもう一度説明して差し上げますから……」

困ったような家庭教師の姿とローゼの姿を見比べ、何とか状況を把握しようと試みる。

だが、可愛いローゼが泣いているという衝撃があまりにも大きすぎて冷静に頭が働かない。レイラが全く泣かない子であることもあって、私は娘の涙というものに慣れていなかったのだ。

「……奥様?」

こっそり覗くつもりだったのに、家庭教師に気づかれてしまった。

途端にローゼが顔を上げて私を見つめる。

「っお母様……」

ローゼは泣きじゃくりながら私のドレスにしがみ付いてきた。

普段ならば、はしたない、と注意するところだけれども、泣いているローゼを前にしてはそんな気も起こらない。

「どうしたの、ローゼ……」

「先生がね、意地悪言うの……私が、お勉強できないから……」

思わず、まだ若い家庭教師を責めるように見つめてしまった。

家庭教師は顔面を青白くさせて全力で否定にかかる。

「っ奥様、私はただ、ローゼお嬢様に分からない箇所をもう一度説明して差し上げようとしただけで……」

「どうせ私は、お姉様みたいに上手くできないわ!」

私のドレスにしがみ付きながら泣きわめく幼いローゼを見て、はっとした。

……私はもしかすると、とてつもない無理難題をローゼに押し付けていたのではなかろうか。優秀な姉と同じように振舞うことを、無意識の内に要求していたのではないだろうか。

同じ年頃のご令嬢たちに比べて、レイラが飛び抜けて優秀なことは知っていた。

それはレイラの血筋と私の教育の賜物《たまもの》であるのだからと誇りに思っていたけれど、ローゼからしてみれば、あまりにも優秀な姉を持つということはかなりのプレッシャーになっていたはずだ。

ローゼは、レイラと比べられてばかりで、どれだけ苦しかっただろう。

レイラと同じ家庭教師をローゼにあてがったのも失敗だった。彼らは優秀なレイラの講義に慣れているのだ。

意地悪をするつもりなど無くとも、つい、レイラの妹であるローゼに、実力以上のものを求めてしまう気持ちは分かる。

「……可哀想に、ローゼ」

ローゼの白金の髪を撫でれば、ふと、かつて社交界で謂れの無い非難を受けていたころの自分の姿が重なった。家格の差という、努力してもどうにもならないことで責められるあの苦しみが、ぶわりと蘇《よみがえ》る。

あれとは質が違うけれど、ローゼもまた、どう足掻《あが》いても優秀なレイラには敵わないという焦りと失望に苦しんでいたのかもしれない。

私は、きっと気づかないうちにローゼに辛い思いをさせてしまっていたのだ。

さっと血の気が引いていく。

まだ、まだ私は間に合うだろうか。この子が絶望に押しつぶされる前に、手を差し伸べられるだろうか。

「……いいのよ、ローゼはローゼのできることをすれば」

僅かに震える指先で、ほんのりと色づいたローゼの頬を撫でる。こんなにも愛らしい子を泣かせてしまった罪は重い。

「……本当？　お母様」

空色の瞳を潤ませてこちらを見上げるその様は、天使そのものだった。母性本能がくすぐられて仕方がない。

思わず、公爵夫人としてではなく、ローゼの母親としての笑みを零していた。

「ええ、本当よ」

目を潤ませたまま再びぎゅっと抱きついてきたローゼの頭を、もう一度だけ撫でてやる。

姉と比べられてばかりの可哀想なこの子を、私だけはちゃんと見ていてあげよう。そう、心に誓った瞬間だった。

それからというもの、ローゼにはなるべく無理をさせないように教育方針を変えた。

レイラが王太子妃候補と囁かれている以上、アシュベリー公爵家はローゼとその婿が継ぐ形になるだろうから、そもそもローゼの教育をレイラほど厳しくする必要はないのだ。

もちろん、貴族令嬢として恥ずかしくないレベルの教養は必要だけれど、ローゼを泣かせてまで急速に進める必要はない。

ローゼの講義は、今まで以上にゆったりとした日程で行うよう家庭教師たちに命じた。

そしてローゼはローゼとして見るように――優秀なレイラの妹だからと言って無理難題を押し付けないように――きつく言い聞かせた。

それでも尚《なお》、やはり優秀なレイラの影がつきまとうのか、ローゼが家庭教師たちに泣かされることは絶えない。

あれだけレイラと比べないようにと伝えてあるのに、家庭教師たちは何をしているかと、泣きじゃくるローゼを抱きしめながら苛立ちを覚えたときもあった。

「可哀想なローゼ、大丈夫よ。今日はもうおしまいにしましょう。すぐにローゼの好きなケーキを用意するよう伝えるわね」

「お母様……ありがとう」

ただでさえゆったりとした日程の講義が、予定通り進まないことなど日常茶飯事だった。

だが、ローゼを焦らせるわけにはいかない。レイラと同じように扱えば、この愛らしい娘の心はきっと壊れてしまう。

旦那様も、私がローゼと過ごしているときにはよく顔を出してくれた。

良くも悪くも教育に関しては放任主義な旦那様も、レイラと比べられてばかりのローゼを不憫に思ったのかもしれない。

旦那様がローゼにお伽噺を読み聞かせてあげているときは、初めて彼の父親らしい姿を見たものだ。

教育をゆっくり進めるようになってから、ローゼは楽しそうに毎日を生きるようになった。

これで良かったのだ、と微笑みながら、愛らしいローゼの頬を撫でる。

結果的に、こうして親子らしい時間を作ることも出来たのも、ローゼが私に助けを求めてくれたおかげだ。

レイラのことを忘れたわけではなかったが、彼女は私がいなくても立派にやっていける。対して、ローゼには私が必要なのだ。

母親として求められることの充足感を味わわせてくれたローゼが、私には愛おしくて仕方が無かった。

それからしばらくして、私の教育の成果が実ったのか、レイラが王太子殿下の婚約者に選ばれた。殿下の前で完璧な礼をしてみせたレイラを見たときには、感動して涙が出そうだった。

レイラはもう、何も心配いらないだろう。完璧な令嬢として、王家でも持てはやされるに違いない。

当時、レイラはまだ9歳だったが、それを確信させるほどに彼女は完璧だった。

レイラは、紛れもなくアシュベリー公爵家の誇りだ。

私は、何て幸せなのかしら。優しい旦那様に恵まれ、王太子の婚約者となった優秀な長女がいて、天使のように愛くるしい次女が傍にいてくれる。

これ以上、望むことなんて何もないように思えた。

だが、全てが順調だと思っていたある日、幸せいっぱいで澄み切った私の心に、一滴の黒いインクのような、もやもやとした感情が染み渡ることになる。


それは、王太子殿下が婚約の挨拶のために公爵家に訪れたときの出来事だった。

王太子殿下と私は、公爵家の庭を散歩しながらレイラを待っていた。殿下が少し早く到着なさったため、レイラの支度がまだ整っていなかったのだ。

当時12歳の王太子殿下は、まだ可愛らしさの残る少年だった。

絶世の美女と評判の王妃様によく似ておられるから、将来は溜息の出るほど美しい青年になるのだろう。

私の完璧なレイラと並び立てば、それはもう一枚の絵のように美しいに違いない。

私たちは他愛もない会話をして、ゆっくりと歩きながらレイラを待っていた。

そんな中で、ふと、殿下が庭に咲き乱れる花を見て足をお止めになる。何やら作業をしていたらしい庭師が、慌ててその場に跪《ひざまず》いた。

そうして殿下は、宝石のような蒼色の瞳で花々を見つめて、ぽつりと尋ねられたのだ。

「……レイラ嬢は、どんな花がお好きでしょうか」

殿下からの質問なのだから、すぐにお答えしようと口を開く。だが、咄嗟に言葉が出て来なかった。

それと同時に、さっと、血の気が引いていくような寒気を覚える。

……私、レイラの好きな花を知らないわ。

遅れてどくん、と脈打った心臓を静めるように、そっと胸に手を当てる。

そんな、そんなことってあるかしら。私はあの子の母親なのよ。

沈黙を不思議に思ったらしい殿下が、ちらりとこちらを見上げる。まずい、何とか答えなくては。

適当な花をでっちあげることも考えたが、恐れ多くも殿下からの質問に嘘を交えることは憚《はばか》られる。

けれども、レイラの好きな花すら知らないと言葉にするのはもっと嫌だった。

僅かな焦りと衝撃に急《せ》かされながら、私は視線を彷徨《さまよ》わせる。

その際に、僅かに顔を上げた庭師と目が合った。情けないとは思ったが、私は目線で合図をして庭師に助けを求めた。

「……恐れ多くも申し上げます、王太子殿下。レイラお嬢様は、アネモネの花をお好みでいらっしゃいます」

地面に額を付けそうな勢いで敬意を示しながら、庭師は殿下の質問に答えた。

殿下は庭師を一瞥《いちべつ》して、それから端整な笑みを浮かべる。

「……アネモネか。レイラ嬢は、可憐な見た目通り、可愛らしい花がお好きなんですね」

「え、ええ……そうですの。大層気に入っておりますわ」

私が直接質問に答えなかったことを、追及されなくて良かった。そうほっと胸を撫《な》で下《お》ろしたとき、殿下は再び口を開く。

「ついでにお伺いしたいのですが、レイラ嬢のお好きな宝石は何でしょう？　お好みの色は？　いつも飲まれる茶葉の種類は？　動物なら何を可愛いと思うのでしょうか？　どんな本をお読みになられるんですか？　……そういえば、確か刺繍がご趣味とか。刺繍のモチーフ集なんかを贈ったら、レイラ嬢は喜ぶでしょうか？　ああ、でも、既に出回っている物なんてレイラ嬢には相応しくないか……。それなら、珍しい刺繍糸を取り寄せて――」

突然の質問攻めに、呆気に取られて殿下を見つめていると、殿下は私の表情に気づいたのかふと口を噤《つぐ》んだ。

常に冷静沈着だという噂を聞いていただけに、目の前の殿下のご様子に少々戸惑ってしまった。

「……申し訳ありません。つい……」

殿下はきまりの悪そうな顔で、ぽつりと謝罪した。

私は慌てて場の雰囲気を取りなす。

「い、いえ……。殿下がそのようにレイラのことを考えてくださっていること、大変光栄でございますわ。折角ですから、レイラのことを書面に纏めてお送りいたします」

「それは嬉しいですね」

殿下はふっと微笑んで、私を見上げた。

その微笑みは愛らしい少年の面影を伴ったものであるはずなのに、妙に緊張を強いる表情だった。

「ずっと、言わなければと思っていました」

殿下は笑みを崩すことのないままに、蒼色の視線で私の目を射抜いた。

思わず、息を呑んで殿下を見つめてしまう。

「――あなたの大切なレイラ嬢を、僕に下さってありがとうございます。一生――いや、たとえ死んでもずっと……大事にしますね」

その言葉と共に、殿下はもう一度にこりと微笑まれた。

その笑みの中に、一片の狂気を見た気がして背筋に冷や汗が伝う。どくどくと早まった脈は静まるところを知らなかった。

私は、本当に、この美しい王子様にレイラを渡しても良いのだろうか。

レイラが生まれたときから、王家に嫁がせるために、と厳しい教育を施してきたというのに、迷いが生じたのはこれが初めてだ。それくらい、殿下の笑みと言葉は私の不安を煽《あお》った。

「……滅相もございません、王太子殿下」

口を勝手について出た儀礼的な言葉は、自分のものとは思えないほど冷え切っている。

王太子殿下とはいえ、僅か12歳の少年の笑みにこれほど怯《おび》えるなんて。これが、王家の血というものなのかしら。

「――ああ、レイラ嬢の準備が出来たようですね。行きましょうか、公爵夫人」

屋敷のほうを見やれば、菫色の豪華なドレスを纏ったレイラがこちらの様子を窺っていた。

王太子殿下は、私よりも先にレイラの元へ歩き出してしまう。

私は慌てて殿下の背中を追いながら、ついさっき感じた寒気と緊張を、ただの気のせいだと思い込むことに必死だった。


それから、私は殿下との約束通りレイラの好みをまとめた書類を作った——いえ、正確にはレイラ付きのメイドに作らせたというべきかもしれない。

私は、レイラのことを思ったよりも知らなかった。

母親なのだから、誰よりもレイラのことを分かってあげられているつもりでいたのに、私はレイラの好きな花一つ知らなかったなんて。

レイラの好みをまとめた書類を眺めながら、妙な焦燥感を感じた。

私は、もしかすると大きな過ちを犯していやしないだろうか。もう少し、母親としてレイラと過ごす時間を作るべきだったのではないだろうか。

「……お母様？」

気づかないうちに険しい表情をしていたのだろう。

傍に寄ってきたローゼが私を気遣うように見上げてくる。

本当に心優しい天使のような子だ。

「……いえ、何でもないのよ、ローゼ。今日はお庭でお茶にしましょうか」

「素敵！　今日はお空がとっても綺麗ですもの！」

晴れやかに笑うローゼの白金の髪が、陽の光を反射してきらめいている。まるで幸せの象徴のような光景だった。

そうだ、私は間違ってなんかない。

ついついローゼとの接し方に引っ張られそうになったけれど、レイラは優秀で特別な子なのだ。

私と過ごす時間が少なくても、レイラはあんなにも完璧な令嬢に育ったではないか。

それこそが、私の選んだ道は間違っていないという何よりの証明のように思えた。

殿下のことは少し気になるけれど、レイラとは最低限のお付き合いしかなさっていないようだし、あの恐怖は私の勘違いだったのかもしれない。そう思い込み、私は今までの幸せな日常を繰り返すことに努めたのだった。

大丈夫、私の人生は順風満帆だ。何一つ不満も後悔もない、社交界の華と呼ばれるに相応しい日々を送っているのだから。

だが、そんな完璧な日常は、ある事故をきっかけに崩れ去る。

16歳の初夏、レイラは外出しようとした際に、興奮した馬に蹴られるという不幸な事故に遭ったのだ。

その知らせを聞いたときは、真っ先にレイラに傷が残らないだろうかということを案じた。

蹴られたのは額だという。上手く前髪で隠せば、たとえうっすらと跡が残ったとしても何とかなるだろうか。

困るのだ。ここまで手塩にかけて完璧に育ててきたというのに、今更それが台無しになるなんて。

呆気なく馬に蹴られたレイラを僅かに恨めしく思いながら、私はレイラが運ばれたという彼女の寝室を目指した。

レイラの寝室に入るのなんて、久しぶりだ。

壁一面に設置された本棚と机の上に溜まった羊皮紙の束を見ると、何だか令嬢の部屋というよりも、殿方の部屋のように殺風景だと思ってしまう。

申し訳程度に飾られたアネモネの花だけが、ここが令嬢の部屋なのだと主張しているようだった。

「……レイラの様子はどうなの？　まさか、傷が残ったりしないわよね」

部屋に入るなり近くにいたメイドにレイラの状態を訊《たず》ねてみたが、メイドは泣きじゃくるばかりでまともな返事を返さない。

「あ……奥様、奥様っ……」

なんて大袈裟なんだろう。

レイラ付きのメイドは、レイラを甘やかしすぎるところがあるからいけない。

医者やら看護師やらが群がるベッドのほうへ、私は足を進めた。近付くにつれ、ほのかに血の臭いが漂ってくる。

まさか、そんな酷い怪我じゃないわよね。

その想いとは裏腹に鼓動は早鐘を打ち始める。

医師団は私の存在に気づいたようだが、ベッドサイドからどこうとしなかった。とてもそんな余裕はないとでも言うように、何やら緊迫した様子で指示が飛び交っている。

一人の背の低い老齢の医師越しに、レイラの顔が見えた。

その瞬間、ひゅっと息が止まるような衝撃を覚える。

あれは、本当にレイラなの？

美しく清廉な顔には、赤黒い血液がべっとりと付着していた。

前髪は掻《か》き上《あ》げられ、白い額に生々しい傷が見える。ただでさえ色白だった肌には血の気が無く、病的なまでに青白かった。

「……レイラ？」

私の呼びかけに、レイラは瞼一つ動かさない。

どれだけ眠くても、私の問いかけには即答できる、あの、レイラが。

「レイラ？」

何に対してなのか分からない苛立ちが、ふつふつと込み上げてきた。

違う、レイラはこんな運命を迎えるはずの子じゃない。彼女は公爵家の特別な姫君で、王家に嫁いで国中から愛されるはずの完璧な令嬢なのに。

「っ奥様、申し訳ありませんが少々お下がりください！」

知らぬ間に、レイラのほうへ近づいていたのだろう。額に汗を浮かべ、必死な形相をした医師に、睨まれるように注意されてしまった。

公爵家のお抱えの医師でもある彼は、いつだって穏やかで知的な雰囲気を醸し出す紳士だというのに、この取り乱し方は何だろう。

嫌、嫌よ。考えたくない。レイラは、レイラはこんな目に遭うはずの子じゃない。

ふらり、とおぼつかない足取りで後退《あとずさ》った私の肩を、誰かが支えた。

使用人の内の誰かだろうけれど、そんなことに注意を払えないくらいに、私もまた取り乱していたのだ。

ああ、お願い、神様。何もかも完璧なまま続いてきたレイラの日々を、ここで終わらせないで。彼女は、ここで眠ってしまってもいいような人間じゃないのよ。

祈りが通じたのか、レイラは一命を取り留めた。

傷を覆うように包帯が巻かれているものの、眠る顔は穏やかだ。

レイラの寝顔を見たのなんて、何年ぶりかしら。

いつ目覚めてもいいように、とベッドサイドに張り付きながら綺麗なレイラの顔を眺めた。本当に、自分の娘だとは思えないくらい清廉で可憐な子だ。

旦那様似の亜麻色の髪も随分伸びたようで、こんな事故に遭った後だというのに乱れることなく整然とベッドの上に打ち広がっている。

令嬢らしく結い上げている姿ばかり見ていたから、レイラの髪がこんなにも美しかったことに気づかなかった。

でも、あの亜麻色の瞳を見ることが出来ないのは落ち着かないわ。理知的で慈愛に満ちたあの優しい瞳を。

「……リディア、少し休みなさい」

「え？」

不意に旦那様に話しかけられて窓の外を見やれば、いつの間にか夜が明けていた。

まさか、私は一晩中レイラの姿を見つめていたというのだろうか。それに気づけないくらいに、私はレイラのことが心配だったようだ。

自分のことなのに、何だか不思議に思ってしまう。

「……でも、休んでいる間にレイラが目を覚ますかもしれませんわ」

「目を覚ましたら必ず起こしてあげるから、少し休むんだ。私が代わりに見守っているから」

「……旦那様」

言われるがままに立ち上がれば、ずっと同じ体勢でいたせいなのか、体の節々が痛んだ。すぐにメイドが私の傍に寄ってきたが、レイラの姿を振り返ってしまう。

まさか、このまま目覚めないなんてことは無いわよね。二度と、あの子の瞳を見られないなんて、そんな悲劇は起こらないわよね。

縋るようにレイラを見つめてしまう。

レイラ、お願いだから、早く目を覚ましてちょうだい。

なかなかその場を動こうとしない私を、使用人が半ば強引に部屋から連れ出す。

普段はそんな無礼な真似はしないメイドたちだから、強引にならざるを得ないくらい私の顔色が悪かったのかもしれない。

私はどこかぼんやりとした心地のまま、レイラの寝室を後にしたのだった。


その後、医師から告げられた言葉はあまりにも残酷なものだった。

レイラは、もう二度と目覚めないかもしれないというのだ。

それを聞いたときには、思わずレイラに縋りつくようにして泣いた。

二度とレイラの瞳を見られないということが悲しかったのはもちろんだけれども、多分、それ以上にレイラの完璧な日常に終止符が打たれたことが辛かったのだ。

レイラを誇りに思っていただけに、期待を裏切られたというような気持ちまで抱いてしまった。

分かっている。レイラが悪いわけではないのだ。

でも、それでもどうして今眠ってしまうの、という気持ちが収まらない。

本当は、公爵夫人としてではなく、レイラの母親として彼女の身に起こった不幸を嘆くべきなのだと理解していた。

だが、もう何年間も公爵夫人と公爵令嬢としての関係を築いてきたのだ。それを今更変えることは、レイラの歩むはずだった完璧な日々を諦めてしまうことに繋がる気がして、どうしても躊躇われてしまった。

ようやく私が母親としてレイラのことを心配できるようになったのは、王家から、殿下とレイラの婚約破棄を正式に言い渡されたときだった。

王太子妃を輩出する家が変わるよりは混乱を避けられるだろう、という思惑に加え、殿下とローゼが好《よ》い仲であるようだとの見立てから、ローゼが殿下の新たな婚約者となったが、そのときは不思議なくらいローゼのことを気にかけることが出来なかった。

それよりも、私の頭の中はレイラのことで一杯だったのだ。

王家に見放され、眠り続けるだけのレイラは、あまりにも惨めだった。

その姿を見て、涙が止まらなかったのを覚えている。

彼女の才能も私の教育の成果も、価値のあるものではなくなってしまったのだ。

最早、完璧な公爵令嬢としてではなく、一人の不幸な少女として眠り続けるレイラの寝顔を見つめていると、憐《あわ》れみのような感情が湧いてきた。

こんなことになるのならば、親子の時間を削ってまで、厳しい教育を推し進める必要はなかったのに。

いつか旦那様に言われた「レイラに厳しすぎやしないか」という言葉が、ナイフのように鋭く心の奥底に突き刺さる。

それは、恐らく数年ぶりに湧き起こった母親としての痛みだった。

どうにかしてその痛みを和らげる術を探るかのように、私はなるべくレイラと共に時間を過ごした。

ローゼに対する愛《いと》しさとはまた違うけれど、あまりにも可哀想なレイラを放っておくことなど出来なかったのだ。

それに、眠り続けるレイラに他愛もない話をしてやったり、アネモネの花を飾ってやったりしているうちに、レイラを公爵令嬢としてではなく、一人の可愛い我が子として見ることに慣れてきた。

王家に嫁ぐ必要もなくなり、ただ眠り続けるレイラにとって、厳しさは最早不要なものでしかないのだ。

また、レイラがいつか目覚めることを信じて、医師から聞いたマッサージを施す使用人たちの姿にも勇気づけられた。

確証もない淡い期待に縋ってもいいのだと、彼女たちの姿を見て思えるようになったのだ。

それからは、メイドたちに教えてもらいながらレイラのマッサージを毎日行った。

思えばレイラに触れるのも数年ぶりのことで、不思議と穏やかな気持ちになる。このとき初めて、私は純粋にレイラと親子としての触れ合いを楽しめていることに気がついた。

そう思えるようになったのも、私もレイラも「完璧であること」という重圧から解放されたおかげなのかもしれない。

レイラを完璧な令嬢に育て上げなければならないと誓った、あの強迫観念にも似た思いから少しずつ解き放たれていくのを感じた。

もしも今、レイラが目覚めたのなら、きっと私は初めてレイラに母親としての言葉をかけられるだろう。

そう思うくらいには、少しずつ少しずつレイラへの愛しさが募っていった。

だが、そんな私の緩やかな心の変化を嘲笑《あざわら》うかのように、レイラは最悪のタイミングで目を覚ましたのだ。

事故に遭ってから、およそ2年が経過した初夏のある日、レイラは突然意識を取り戻した。

旦那様と共に朝食を摂っていた私は、その知らせを聞いて思わずフォークを落としてしまうくらいに舞い上がったものだ。

だが、それと同時にこの現状をどのようにレイラに伝えるべきなのか、と悩んでしまったのも事実だ。

今、ローゼのお腹には殿下の御子がいるのだ。

結婚式を挙げる前だけれども、それだけローゼが殿下の寵愛《ちょうあい》を賜っていた証なのだから、今までは喜ばしい知らせだとしか思っていなかった。

だが、レイラが目覚めたとなれば話は別だ。

自分のかつての婚約者と妹の間に、新たな命が宿っていると知ったら、レイラはどう思うだろう。

王家に新たな命が誕生するのを喜ぶのか、それとも自分の婚約者を奪われたことに憤慨するのか、まるで想像もつかなかった。

私の中で、公爵令嬢としてのレイラと、私の娘としてのレイラは、それくらい別物だったのだと気づかされる。

2年間の眠りから目覚めた今、彼女は一体どちらのレイラなのだろうか。

朝食を途中で取りやめて、私と旦那様は早速レイラの部屋へ向かった。

陽の光の差し込む寝室は、ほのかな消毒液の香りに満ちていて、昨日までと何ら変わらぬ雰囲気を纏っている。

その中で決定的に違うのは、レイラがあの綺麗な亜麻色の瞳で私たちを見つめていたことだ。

ああ、レイラ、本当に目覚めたのね。

……良かった、本当に良かった。

そう思ったのは嘘ではない。

もう一度、この優しい亜麻色に相まみえることが出来て本当に幸せだ。

だが、レイラが殿下との結婚式の話題を口にしたとき、その喜びが一気に冷え込んでいくのを感じた。心臓が凍りつくような思いだった。

どうしよう。私は今、公爵夫人として説明するべきなのだろうか。それとも、レイラの母親として接するべきなのだろうか。

レイラが目覚めたときには、きっと母親としての言葉をかけようと思っていたが、この話題だけは慎重に考えなければならない。

私は言葉を詰まらせながら、必死に最善策を模索していた。

だが、見かねた旦那様が助け舟を出してくださった。

旦那様は公爵家の当主として冷静に説明を始める。それでも、合間には確かに父親としての苦しみが顔を覗かせていた。

「……一応伺いますけれど、私が目覚めたことで、ローゼと殿下の婚姻が撤回されることはないのでしょうか」

殿下と実の妹が婚約、という話を聞いてもレイラは平静を保っていた。冷静に、そんなことを聞き返すくらいの余裕はあったのだ。

流石は、レイラだ。

2年間眠っていても、完璧な令嬢としての振舞は少しも色褪《いろあ》せていない。

「状況が状況でなければ、その可能性もあったかもしれないが……」

旦那様も、ローゼの懐妊のことは言い出しづらいのだろう。言葉を選ぶように、しばらく逡巡していた。

だが、そんな私たちの様子を見てしびれを切らしたのか、レイラが声を上げたのだ。

それは、数年ぶりに聞くレイラの大きな声だった。

「どうぞ、はっきり仰ってくださいな！　一度傷を負った令嬢は、もう神聖な王家には嫁げないとでも言うのでしょう……？　そうですわね、王家にとっても、私などより美しいローゼのほうがどんなにいいかわかりませんね」

思わず、目を見開いてレイラを見つめてしまう。

こんなにも皮肉気で、どこか卑屈なレイラの姿は初めて見た。

レイラはいつだって、可憐な微笑みを浮かべ、穏やかな雰囲気を纏っているのに。

「違うわ、レイラ！　違うのよ……」

声を荒げるレイラの姿は、まるで知らない人のようで怖かった。思わず私も声を大きくして、彼女の言葉を遮ってしまう。

駄目だ、下手に隠さないほうがいい。聡明なレイラに隠し事などしても無駄なのだから。

「っ……ローゼのお腹には殿下の御子がいるのよ……」

私は手に持っていたハンカチを目に押し当てながら、震える声で告げた。あまりにも痛々しいレイラの姿を前にしているせいか、次々と涙が溢れてくる。

「それで、結婚式が早まるの。お腹を目立たせないために、2か月と少し後には挙式をすることになっていて……」

もう、レイラの顔を見ていられなかった。

戸惑いと怒りに揺れる亜麻色の瞳から逃れるように、私は俯いて涙をハンカチに滲ませる。

これはもう、いくらレイラでも泣き叫んで怒っても仕方がない。

そう思うからこそ、目覚めて早々酷な現実を突きつけられたレイラの感情を受け止めるだけの準備は出来ていた。

そうしてレイラが泣き疲れたころに、私はきっと母親として彼女を抱きしめてあげよう。今の私に出来ることは、もうそれくらいしか残されていない。

だが、私はレイラを甘く見ていたのだ。

彼女は私の予想を裏切って、ぽつりと呟いた。

「……そう、ですか。本当に、おめでたいことです」

震える声だったけれども、公爵令嬢として完璧な言葉を紡ぎだしたレイラに、俯きながらも目を見開いてしまう。

……ああ、そうよ、そうだったわ。

レイラは、優秀で美しい特別な令嬢なんだもの。怒りに任せて泣きわめくような真似をするわけがないじゃない。

こんな酷な現実を突きつけられても尚、完璧であろうとするレイラの姿に、私の胸は感動で打ち震えた。思わず、涙が零れるほどに。

本当に、私の考えが足りなかったわ。

彼女を甘やかそうなんて、完璧なレイラに失礼なくらいよ。

レイラは、こんなにも強く心の広い子だというのに。私の助けなど無くとも、完璧でいられる素晴らしい娘だということを、私はこの2年の間に忘れかけていたのかもしれない。

良かったわ、間違える前に気づくことが出来て。

私は心の中で、レイラの強さと生まれ持った才能に感謝した。

起きたばかりで混乱している様子のレイラを、適当な言葉で宥めながら私はハンカチで涙を拭った。

分かっている、この混乱だってきっと今だけだ。ローゼの懐妊の知らせに、あれだけ模範的な言葉を返せたレイラならば、すぐに完璧な公爵令嬢として立ち直れるだろう。

大丈夫、レイラは今からでもやり直せるわ。

王太子妃にはなれなくても、誰もが羨むような人生を歩ませてあげよう。特別なレイラに相応しい日々を、今すぐに用意してやるのだ。

私に出来ることは、まだあったのだ。

レイラが完璧でいようとする限り、私はそれに応える義務がある。

その喜びを、私は2年ぶりに噛みしめたのだった。


そんな完璧なレイラだったが、ローゼが見舞いに行ったときには、彼女にきつく当たったようだった。

いざローゼを前にすると、上手く感情の抑制が出来なかったのかもしれない。

普段ならば厳しく叱るところなのだが、レイラの気持ちを汲《く》んで軽く諫《いさ》める程度で済ませた。

レイラもまだ混乱しているのだ。あまり責めるのも良くないだろう。

レイラが目覚めてからというもの、私はレイラに再び完璧な日々を歩ませてあげることに必死だった。レイラが社交界に復帰しようとしていることを周囲に知らしめ、レイラの新たな婚約者に相応しい殿方を捜す毎日だ。

レイラもレイラで、毎日欠かさず運動を行い、一刻も早く元の生活に戻ろうとしているようだった。

誰より特別で美しいレイラに相応しい人生を、すぐに用意してあげなければ。

ただひたすらにその想いだけを抱いて、私はレイラの可能性を模索する喜びを噛みしめていた。

どんよりと雲がかかっていたかのような公爵家に、ようやく光が差した気がした。

直《じき》に、2年前と同じようなあの完璧で幸福な日々が訪れるのだと、このときの私は信じて疑わなかった。

それなのに、レイラは私を裏切ったのだ。

期待を抱かせるだけ抱かせておいて、一人でどこかへ逃げ出してしまった。

その知らせを聞いたときは、しばらく言葉の意味を理解できなかった。

あれだけ完璧であろうとしていたレイラが、どうして逃げるのだろうか。社交界に復帰するために、毎日必死に運動をしていたのではなかったのか。

真面目なレイラがそんなことをするなんて、不思議で仕方が無かったけれど、理由は彼女に直接聞いてみればいい。

恐らく、本の影響か何かを受けて自由に憧れたなんていう、いかにも世間知らずの令嬢が考えそうな動機だろうけれど。

私も、若いときには「自由」というものが、輝かしく見えて仕方が無かった時期があるから無理はない。

それに、レイラが逃げ出したとはいっても、私はあまり心配していなかった。

貴族社会という鳥籠の中でこそ完璧なレイラだが、舞台が外の世界に変われば世間知らずの箱入り娘に過ぎないのだ。そんな生粋の令嬢であるレイラが、外の世界で生きて行けるはずが無い。

修道院に入ったとしても、あまりにも質素な暮らしに驚いてすぐに帰ってくるだろう。

……これも、公爵令嬢としてはいい経験になるかしらね。

そんな呑気なことを考えて、私はレイラの婚約者候補の書類に目を通しながら、彼女の帰りを待っていた。


だが、何日経ってもレイラは見つからなかった。

こうも帰りが遅いとなれば、流石に焦りを覚える。誘拐の可能性も視野に入れなければならない。

捜索の手を広げ、公爵家の総力を挙げてレイラの行方を追った。

あれだけ綺麗な顔をした、いかにも貴族令嬢といった雰囲気の少女なのだ。

多くの目撃情報があってもおかしくないのに、得られた情報と言えば、逃げ出した日に王都の広場で体調の悪そうなレイラを見かけた、というあまりにも頼りないものだけだった。

こうなると、考えたくはないがレイラが既に亡くなっている可能性も出てくる。

一人でお金を稼ぐ術などあるはずもないのだから、余程親切な人に世話になっていない限り、生きていると考えるのはあまり現実的ではない。

頭ではよく理解していたが、それでも私にはどうしても受け入れられなかった。

それなのに、レイラがいなくなって1か月近くが経ったころ、ついに旦那様は覚悟を決めるべきだと仰った。そうして、レイラに来ていた縁談を、一つずつ断り始めたのだ。

嫌よ。あんな不幸な事故に耐え、がらりと変わった現実を受け入れても尚、あれだけ完璧だったレイラが、人知れず亡くなっているなんて。そんなこと、考えたくも無いわ。

ああ、レイラ。レイラ、どこにいるの。何をしているの。あなたがいなくちゃ、アシュベリー公爵家の完璧で幸福な日常は始まらないのよ。

お優しい旦那様、天使のように愛らしいローゼ、そして優秀で特別なあなたがいて、初めて家族が揃ったと言えるのだから。

いいこと、レイラ。自由に焦がれた籠の鳥が逃げ出した末路は、いつだって酷いものなのよ。

だから早く、早く戻っておいでなさい。私たち家族の待つ、この公爵家に。

あなたは、貴族社会という舞台の上でしか輝けない、高貴で特別なお姫様なのだから。

第七章　白銀色の疑惑

「まあ！　なんて美しいのかしら……」

数えきれないほど種類が豊富な刺繍糸を目の前にして、思わず感嘆の声を上げる。

商品を挟んでお店の方がくすりと笑ったのを見て、何だか少し恥ずかしくなってしまった。

ある晴れ渡った日の午後、いつかの約束通り、私とリーンハルトさんはアルタイル王国の王都を訪れていた。

遂に、あの転移魔法とやらを体験してここまでやってきたのだ。

もっとも、目を瞑《つぶ》ってリーンハルトさんと手を繋いだだけで、再び目を開けたときには王都についていたので狐《きつね》につままれたような気分になっただけなのだけれど。

今日のリーンハルトさんは魔術師団の外套ではなく、出会ったときと同じカジュアルな黒いコートを羽織っていた。いつもと違う姿のリーンハルトさんもそれは魅力的で、何だか私は真正面から顔を見られないままだ。

一方の私は、お気に入りの菫色のワンピースとそれに合わせた帽子を身に纏い、リーンハルトさんの魔法で髪の色を黒に、目の色を紫紺に変えてもらっていた。

一時的ではあるものの、慣れ親しんだリーンハルトさんやシャルロッテさんと同じ色を持つことが出来て嬉しい。

「レイラは本当に刺繍が好きなんだね」

すぐ隣で、リーンハルトさんが空色の糸の束を摘まみ上げながら笑う。

綺麗な色だ。空をモチーフにすることはあまり無いけれど、青色の花を表すときに取り入れてみてもいいかもしれない。

「ええ、それはもう。ところで、リーンハルトさんがお持ちになっているその糸、とても素敵な色ですわ。是非、このかごに入れてくださいませ」

シャルロッテさんから刺繍作品の売り上げをいただいているので、この機会に糸をまとめて仕入れておこうと思い、大量に買う旨をお店の方にお話ししたところ、麦で編んだ小さなかごを貸してくださったのだ。

糸の単価はそれほど高いものではないが、限られたお金で買い物をするというまだ慣れない経験の中で、懸命に頭を働かせる。

「レイラは何にでも一生懸命で可愛いね」

リーンハルトさんはそう言うと、思わず赤面してしまう私の手からかごをそっと取り上げる。

「これは僕が持っているから、レイラは好きに選ぶといいよ」

リーンハルトさんは早速、空色の糸をかごの中に入れながら微笑んだ。

私の動揺に気づいていないはずがないのに、もしや私の反応を見て楽しんでいるのではないかと勘繰ってしまう。

……私ばかりが照れていて、なんだか不公平だわ！

シャルロッテさんからルウェイン一族の呪いの話を聞き、私がリーンハルトさんの「運命の人」なのかもしれないと示唆されてからというもの、私は更にリーンハルトさんに夢中になっていた。

リーンハルトさんには、呪いの話をシャルロッテさんから聞いたことはまだ言っていないけれど、もしルウェインの呪いに触れる話になったら、私はどんな顔をすればよいのだろう。

本当に、私がリーンハルトさんの唯一の存在であれば、どんなに良いかと内心で身悶《みもだ》えてしまう。

だが、今は平静を保たなければ、と気を取り直して刺繍糸の山を見つめた。

その中から、偶然にもリーンハルトさんやシャルロッテさんの瞳を思わせる紫紺の刺繍糸を見つけた。

早速それを手に取り、小さく微笑む。

初めて自分で稼いだお金で、リーンハルトさんやシャルロッテさんに何か贈り物が出来ないだろうかと考えていたところだ。

この糸を使って何か作れるかもしれない。そんなことを考えて、紫紺の刺繍糸を二束ほどかごの中に入れた。

それから何と小1時間ほど、私は刺繍糸の購入に没頭してしまった。

リーンハルトさんにも店員さんにも悪いことをしてしまった気がする。

「気にしなくていいよ。出会ったばかりのころに比べたら目覚ましい成長だ」

「……どうか、あのことは忘れてくださいませんか」

リーンハルトさんに付き添われて、幻の王都で初めて買い物をしたときは酷かった。

王太子妃教育の一環で、この国の経済についてはばっちり学んでいたので、買い物など造作ないと考えていたのだが、物の価値というものをよく理解していなかったのだ。

いや、正しくは、公爵家で仕入れるような品物の価値しか知らなかったので、街の人たちとの感覚にかなりの差があったと言うべきかもしれない。

世間知らずを露呈したようで、本当に恥ずかしかった。

「どんなレイラも可愛らしくて、忘れたくないよ」

「こ、こんな往来でそんなことを言うなんて、意地悪ですわ！　……私、どんな顔をすればよいのか分からなくなってしまいます」

恐らく赤く染まっているであろう頬を隠すように、私は軽く俯いた。リーンハルトさんと一緒にいると、心臓が落ち着かなくてしょうがない。

「ごめんごめん、もう言わないから顔を見せてよ」

「そ、そういうところですわ！」

リーンハルトさんは少しも悪びれることなく、またしてもあの優しい笑みで私を見ていた。

もう、この方には敵わないわ、と私は幸せな溜息をつく。

「レイラ、こっち」

不意にリーンハルトさんに肩を抱かれ、彼のほうへ引き寄せられたかと思うと、先ほどまで私がいた場所を、子どもたちが無邪気に駆け抜けていった。

王都は常に賑やかなものだが、今日は特に人通りが多い気がする。

「ありがとうございます。少しぼんやりしておりました」

「子どもは行動が読めないから仕方がないよ。怪我が無くてよかった」

「しかし、今日はやけに人が多いですわ。何か催し物でもあったのでしょうか？」

「どうだろう。同僚からはそんなような話は聞いていないけどな」

よく見れば、街行く人々の服装も女性がコサージュをつけていたりと、少しだけめかし込まれているような気もする。

お祭りでもあるのならば覗いてみたいものだけれど、一体何事なのだろう。

そんな中で、ある店の前に人だかりができているのを見つけた。

あれは確か、質の良い読み物を売ることで評判の書店だ。殿下とルウェイン教の修道院を見物しに行った帰りに、覗いてみたことがある。

思いがけず殿下との思い出が蘇ってしまったが、不思議ともう胸は痛まなかった。

私の中で、既に淡い初恋は過去のものになっていることに自分でも驚いてしまう。

むしろ、殿下を妹に奪われ、私など何の価値もないとうじうじ悩んでいた1か月間のほうが強く思い出されて、自分の弱さを恥じる気持ちのほうが勝っていた。

どんなにつらい思いも、過ぎ去れば案外笑い話に出来るものなのね。

それも、私に本当の笑顔をくれたリーンハルトさんがいてくれたからこそなのだろうけれど。

「リーンハルトさん、あの書店のほうへ行ってみてもいいですか？」

「人が多いから、僕から離れないようにね」

「ええ、ありがとうございます」

快諾してくれたリーンハルトさんと共に書店の前へと足を進める。

人だかりができているので書店の入り口にも辿り着かないが、それでもすぐに人が集まっている訳は分かってしまった。

書店の前には、立派な姿絵が立てかけられていたのだ。毅然とした面持ちの銀髪の青年が、真っ白なドレスを身に纏った白金の髪の美少女の手を引いて立っている絵だ。

その絵画の意味するところを、私は瞬時に理解してしまう。

思えば、お母様が言っていた時期も今頃だった。

「……ローゼ」

そう、それは殿下とローゼの結婚式の姿を描いた絵画だった。

二人とも誰の目から見ても美しい人たちなので、美化するために余計な筆を加えることもせず、特徴がよく出ているからすぐに分かった。

この様子だと、結婚式が行われたのは昨日や一昨日といったところだろうか。

たった一人の王太子に、神に祝福されたかのような美しさを持つ公爵令嬢が嫁いだのだから、皆お祭り騒ぎになるわけだ。

「……ごめん、レイラ。早く離れよう」

リーンハルトさんは悲痛そうな表情で私を見つめていた。

私がその顔をするならばともかくとしても、リーンハルトさんがそんな苦しそうな顔をしなくてもいいのに。

何だか可笑《おか》しくて、くすりと笑ってしまった。

「お気遣いなく、私は大丈夫ですから」

「でも……」

リーンハルトさんは私が無理をしているとでも思っているのだろうか。本気で心配してくれているのが伝わってくるだけに、場にそぐわぬ喜びを感じてしまった。

「強がりでも何でもなく……今はローゼと殿下が結ばれて、二人とも幸せならばこれで良かったと思えるのです。それに、ローゼはもうすぐ殿下の御子を産むのですよ。アルタイル王国の一国民として、何だかとても楽しみです」

生まれた御子が王子でも王女でも、殿下とローゼを両親に持つのだからそれは可愛いだろう。

公爵家を出た後悔が一つだけあるとするならば、私にとっては姪《めい》か甥《おい》であるその子に直接会えなかったことくらいだろうか。

「レイラは……本当に強い人だ」

「そんなことありませんわ。半ば自棄になって家出を試みたくらいですし。……でも、今思えば公爵家を出るという決断は、私の人生で最良の選択だったのかもしれません。こうして、リーンハルトさんに、お会いできたのですから」

そう言ってしまってから、はた、と私は一体何を言っているのだろうと思った。

私の言葉とは思えないほど、大胆な台詞だ。一気に顔がかあっと熱くなる。

聞きようによっては、まるで、愛の告白のような言葉だわ……。

こんなことをさらりと言ってのけるなんて、恋とは恐ろしいものだ。

私は熱くなる頰を隠すように、両手で顔を覆った。

リーンハルトさんの顔がまともに見られない。

「……っ、レイラのほうがよっぽどずるいじゃないか。そんな不意打ちは反則だよ」

いつも穏やかなリーンハルトさんが取り乱している声を聞くのは初めてで、思わず顔を上げる。

それと同時に、ふわりとリーンハルトさんに抱きしめられた。

抱き上げられたことは何度もあるが、抱きしめられたのは初めてで、緊張と喜びで今にも心臓が破裂しそうだ。

「おいおい、こっちでも美男美女夫婦が誕生しそうだぜ」

「昼間からお熱いなー、お二人さん！」

書店の前に集まっていた人々の声に、ここが人混みの中だということを不意に思い出す。

抱きしめられて喜んでいる場合ではない。恥ずかしくてどうにかなってしまいそうだった。

「つごめん、あんまり嬉しくて、つい……」

リーンハルトさんはぱっと私から手を離すと、私から視線を逸《そ》らしてしまう。

よく見ると、リーンハルトさんの形の良い耳の端が赤くなっていて、彼も私と同じようなときめきを覚えたのかしら、と思うとたまらなくなった。

頬に帯びた熱はいつまで経っても引いてくれない。

恋って怖いわ、本当に。

本日何度目か分からない戸惑いを覚えながら、私はだらしなくにやけてしまいそうになる頬を何とか引き締める。

私、こんなに幸せでいいのかしら。

「と、とりあえずここから移動しようか。何か甘いものでも食べよう」

「……リーンハルトさん、甘いものお好きではないではありませんか」

「い、いいんだ。レイラが美味しそうに食べていればそれで」

「……もう、リーンハルトさんったら」

お互いに戸惑いを残したまま、人混みの中から脱出する。

二人の手は、自然と繋がれていた。


「っ痛」

刺繍針を指先に刺してしまった。

真夜中を知らせる置時計の鐘の音に驚いたせいだ。急いで指先を作品から遠ざけながら、テーブルの上に置いてあった適当な白い布で指先を拭う。

王都へ赴いてから2週間ほど経った真夜中、私は黙々と刺繍に打ち込んでいた。

随分、熱中してしまったらしい。

刺繍を始めると時間を忘れてしまう癖があるのだが、日付が変わるまで没頭したのは初めてのことだ。

普段は、あまり遅くまで灯《あか》りがついていると、リーンハルトさんが心配して私の部屋を覗きに来てくださるのだが、今夜は魔術師団のご友人の結婚祝いらしく、彼はまだ帰ってきていない。

遅くなるから待っていなくても良いと言われたが、「お帰りなさい」を言えるものならば言いたいと思い、刺繍を始めたところ、気づけばこんな時間になってしまった。

もしかすると、リーンハルトさんは私が刺繍に集中している間にもう帰ってきて、お部屋で休まれているかもしれない。

ルウェインの呪いを知った今、ご友人が結婚するという言葉の重みは計り知れなかった。

ようやく、ご友人が長年の孤独から解き放たれるのだ。さぞ盛大にお祝いをなさるに違いない。

一日ではとても足りないくらいだ。

立ち上がり、軽く伸びをすると、ずっと座っていたせいか肩や背中が少し痛む。それに、喉もひどく乾いていた。

こうして少し離れたところから、ついさっきまで作っていた刺繍作品を見下ろすと、全体像が把握できた。

私の刺繍作品の中でも、五本の指に入る出来ではないだろうかと頬を緩める。

このところ私はずっと、リーンハルトさんとシャルロッテさんへの贈り物を製作していた。使う糸はもちろん、この間王都で買った紫紺の糸だ。シャルロッテさんのお店に出す刺繍小物も合間に作っているのだが、ここ2週間ほどの主役は贈り物のほうだ。

シャルロッテさんにはレースで編んだコースターに紫色の紫陽花《あじさい》を刺繍したものを、リーンハルトさんにはルウェインの家紋を刺繍した小さな飾り布を贈ろうと考えているのだが、これがなかなか曲者《くせもの》だった。

今回はデザインにこそ悩まなかったが、紫陽花もルウェインの家紋もなかなかに複雑で、刺繍するのにかなりの時間がかかっている。

その分、見栄えはかなり良いものが出来つつあると自負しているのだが。

……喜んで下さったら嬉しいのだけれど。

二つとも、あと一息で完成といったところだろうか。

お二人に同じ日に渡したかったので、同時に作り進め、両方ともほぼ完成している。

指先を刺してしまったので、今夜はもう中断することにするが、もしかすると明日中には出来上がるかもしれない。

完成させるのが自分でも楽しみだ。丁寧に頑張った作業なだけにそう思えるのだろう。

私は心地よい疲労を感じながら、喉の渇きを潤すためにキッチンへと向かった。

キッチンでガラスのコップに冷たい水を汲み、一気に飲み干す。

褒められた飲み方ではないが、喉の渇きを潤すにはちょうど良かった。

ホットミルクでも淹れて、リビングで気分を落ち着けてから寝ようかしら。

そう考え、トレーの上に温かいミルクの入った容器と蜂蜜の瓶、それからティーカップとスプーンを乗せると、零さないよう細心の注意を払いながらリビングに向かった。

薄暗いリビングに、人影はない。

リーンハルトさんはまだ帰っていないのかしらと思ったが、ソファーに置き去られた魔術師団の外套を見てリーンハルトさんの帰宅を知った。

疲れていたのだろう。いつもはお部屋まで持っていく外套を忘れて行ってしまったようだ。

私はテーブルの上にトレーを置くと、ソファーの前へ歩み寄り、外套を手に取った。

紺色の生地に金の糸で刺繍されたこの外套を見ると、いつからか安心感を覚えるようになっていた。滑らかな生地をそっと撫で、一人頬を緩めてしまう。

アルタイル王国の王都に出かけてからというもの、私とリーンハルトさんとの距離は一層近くなっていた。

はっきり言ってしまえば、まるで恋人同士のような関係に近い。実際、言葉で関係を表していないだけで、私たちの心の距離と親密度は恋人同士のそれだと言っていいのかもしれない。

相変わらずリーンハルトさんに触れられるのは気恥ずかしくて、たまにぎゅっと抱きしめられるので精一杯だけれど、私はかつてないほどの幸福に包まれていた。

こんな幸せをくれたリーンハルトさんの気持ちに早く応えたいのだが、私からどう切り出せばよいのか分からない。

もしも今、出会ったときのように求婚されたら、きっと私は喜んで受け入れてしまうのに。

だが、今のどこかもどかしくも甘い関係も嫌いではなかった。

焦る必要はない。せめて、私の体がもう少し元に戻ったら、きっと私から切り出そう。

女性からのプロポーズなんて貴族社会では考えられないとお母様は仰っていたけれど、本当に心から愛する人の隣を希《こいねが》うのに性別など関係ないだろう。

そんな些細なことはどうでもいいと思えるほどに、私はリーンハルトさんに惹かれていた。

この外套は、皺《しわ》にならないようどこかに掛けておいたほうが良いだろう。

私の部屋に持っていくというのも何だか妙な話であるし、もうお休みになられているであろうリーンハルトさんの部屋まで伺うのも申し訳ない。

リビングに、どこか掛けられる場所があればよいのだが。

そう思い、辺りを見渡した瞬間、外套から何かが滑り落ちる感触があった。

まずいと思って慌てて外套を抱きしめたときには、かしゃん、と乾いた音を立てて何かが床に落ちた後だった。

さっと血の気が引くのが分かる。壊れ物だったらどうしよう。

外套をいったんソファーに置いて、私は慌てて床に屈《かが》みこんだ。

どうやら床に落ちたのは、錆《さ》びた金色のロケットのようだった。

落ちた拍子に蓋が開いてしまったらしく、私は慌ててそれを拾い上げる。

中身が見えてしまったのは、ほとんど偶然だった。

金の鎖に繋がれたロケットはかなりの年代物のようで、中には小さな姿絵が埋め込まれている。

それは、銀色の髪をした女性の姿絵だった。

多少色褪せているが、特徴を捉える分には困らない。

絵の中の女性は百年、いや、それ以上前に王国で流行《はや》ったとされるドレスを身に纏っていた。今の時代に生きる私から見てもそのドレスは贅《ぜい》の凝らされた一級品だと分かる。

何より、女性の頭上に輝くティアラが、彼女が王族かそれに準ずる身分だということを示していた。

このティアラには見覚えがあった。

確か、アルタイル王国の王女が身に着けるティアラだ。王太子妃教育の成果がこんなところでも発揮されるなんて。

つまり、この女性は数百年前に存在したアルタイルの王女なのだろう。

名前までは分からないが、銀色の髪も蒼色の瞳も、アルタイル王家の特徴をよく表している。

しかし、何よりも私の気を引いたのは、女性の顔立ちだった。

絵の中の姫君は、銀髪で蒼《あお》い瞳という違いはあれども、顔立ちは私にそっくりだったのだ。

……でも、どうしてリーンハルトさんが昔の王女様の姿絵を持っているのかしら。

凛《りん》とした面持ちをされているお姫様を好ましく思っていらっしゃったのだろうかと思いながらも、どこか違和感を覚える。

リーンハルトさんは人を見た目で判断するような方でない上に、そもそもアルタイル王国の王女を崇《あが》める立場にもない。

ということは、リーンハルトさんはこの女性に何か思い入れがあって、姿絵を持ち歩いているということになるのだろう。

リーンハルトさんは数百年を生きるルウェイン一族の末裔なのだから、このお姫様が生きておられるときに交流があっても不思議はないのだけれど、こんなに長い間、姿絵を大切にするような親しい間柄だったのだろうか。

ふっと、いつかのシャルロッテさんの言葉が蘇ると共に、嫌な予感が過る。

――不思議なことにね、私たちルウェインの一族は、『運命の人』に出会ったら一目見ただけで分かってしまうのよ。

ロケットを持つ手が震えてしまう。

このところの舞い上がっていた気分が、一気に、痛いほどに冷え込んでいく。

全て推測の域を出ないけれど、あまりにも辻褄《つじつま》の合う悪い予感に動揺が収まらない。

……もしかすると、リーンハルトさんの「運命の人」は、実は私などではなく、この凛とした王女様だったのではなかろうか。

何らかの事情で結ばれることは叶わず、リーンハルトさんの時は止まったまま、今も生き続けているということは考えられる。

何より、この姫君に瓜二《うりふた》つな私を慈しんでくださることが、その推測を裏付けているようでならなかった。

シャルロッテさんは何かの誤解で、私をリーンハルトさんの「運命の人」だと思い込んでしまっただけなのではないだろうか。

……リーンハルトさんは、私にこのお姫様の面影を見ているのかしら。

心臓が、痛いくらいに暴れている。

何とか気分を落ち着かせようと、私は何度も深呼吸を繰り返した。一度悪い方向へ考え始めると、止まらなくなるのは私の悪い癖だ。

考えても仕方が無いわ、全部、ただの推測じゃない。

そう自分に言い聞かせ、私はそっとロケットを閉じるとすぐさま外套のポケットにしまい込んだ。

嫌な動悸《どうき》が止まらない。

私は蜂蜜を入れることもなく冷めたミルクを飲み干すと、落ち着かない気分のまま自分の部屋へ駆け込み、ベッドへもぐり込んだのだった。

翌朝。

結局あれこれと考えてしまってよく眠れなかった私は、目の下の隈《くま》をどうやって隠そうかと悩んでいた。

公爵家にいるときであれば、薄く白粉《おしろい》をはたき、紅を引くことで、かなりマシな顔色に変えることが出来たのだが、生憎、化粧道具は持ってきていない。この街に来てからも、必要な場面が無かったので手元には無かった。

お湯で顔を洗えば、朝食の間くらいは気づかれずに済むかもしれないと思い、少しだけ熱めのお湯で顔を洗う。

リーンハルトさんに心配をおかけするのだけは嫌だった。

たとえ彼が、私越しにあの姫君を見ているのだとしても。

……うん、これで少しはマシかしらね。

鏡の中に映った私は、ぱっと見る限りでは何ら違和感のない顔色をしていた。

これならきっと大丈夫だろう。体調にしたって、公爵家にいたときには勉強やレッスンの復習で夜更かしすることなんてざらにあったのだし、そこまで気にするほどのことではない。

菫色のワンピースに着替え、朝食の準備のためにキッチンへ下りて行った。

準備と言っても、昨夜シャルロッテさんが用意してくれたものを温め直すだけなのだが、昨夜遅くまでお出かけをされていたリーンハルトさんにやって頂くのも申し訳ない。

キッチンにはやはりリーンハルトさんはおらず、私はスープの鍋に火をつけて、保存していたパンを取り出した。

このお屋敷のキッチンは、もともと魔法でのみ火をつけられるような仕様になっていたのだが、魔法が使えない私のためにリーンハルトさんがマッチでも火をつけられるように変えてくれたのだ。

そのおかげで、私はシャルロッテさんにお料理を教えてもらうことが出来るようになった。

こうして考えると、私の日常に染みついたリーンハルトさんの親切が浮き彫りになって、今の心境ではどこか苦々しく思った。

考えても仕方のないことだ、と分かっているのに、頭の中にこびりついて離れてくれない。もうすぐ、きっとリーンハルトさんもいらっしゃる。それまでに、いつも通りに笑えるようにしておかなくちゃ。

スープが焦げ付かないようにくるくるとかき混ぜ、ぐつぐつと煮立ち始めたのを見計らってスープ皿に盛り付ける。

今日はクリームソースが使われているスープのようだ。シャルロッテさんのお料理はいつでも美味しいから、きっとこれも絶品だろう。

「おはよう、レイラ。準備してくれてたのか……。ありがとう」

ほとんど支度が出来たころ、リーンハルトさんが姿を現した。

朝のリーンハルトさんは昼間よりも少し気が抜けていて、どこか可愛らしさを感じてしまう。あれだけ悶々《もんもん》と悩んでいたのに、その柔らかい笑みを見るだけで心が躍った。

「おはようございます、リーンハルトさん。私のほうが先に起きたというだけなのですから、お気になさらず」

私はトレーの上にスープ皿を並べながら、いつも通りの笑みを浮かべた。

作り笑いのようになってしまうのではないかと懸念していたが、リーンハルトさんの前では無用の心配だったようだ。

「外套も掛けてくれていたみたいで、助かるよ。すっかり忘れていた」

リーンハルトさんは手際よくポットに水を入れ、魔法で火にかけながら礼を述べた。不意に外套のことを話題に出され、思わず手元が狂いそうになったが何とか耐え抜く。私はどうにか笑みを保ったまま、バターとジャムの瓶を戸棚から取り出した。

「皺にならなくて良かったです。ご友人の皆さまとは、お楽しみになられましたか？」

「うん、楽しかったよ。結婚が決まった奴《やつ》は、それはもう喜んでて……少し、羨ましかった」

まるで独り言のような調子でつぶやいたリーンハルトさんを思わず振り返ってしまう。ルウェインの呪いを知っているからこそ、リーンハルトさんの想いは複雑なものだろうと思って顔色を窺ったのだが、彼は違った意味に捉えたらしい。

「あ……その、返事を急かしているとか、そういう訳ではないんだ。ごめん、レイラ」

少しだけ耳の端を赤くして、リーンハルトさんは弁明する。

その返しは予想していなかっただけに、こちらまで何だか戸惑ってしまった。

昨夜までの私ならば、ここで返事をしてしまっていただろうか。私はあなたと共に生きてゆきたいのです、と。

今だってその気持ちに変わりはないのだけれど、どうしても脳裏にちらつくのは、あのロケットに大切に仕舞い込まれた、私と瓜二つの姫君のことだった。

「ふふ、全く不快ではありませんわ。むしろ……」

その瞬間、不意に強烈な眩暈《めまい》に襲われて、思わずテーブルに手をついた。

お皿から少量のスープが零れ指先にかかったが、その熱さを気にする余裕もないほどの眩暈だった。

「……レイラ!?」

リーンハルトさんが慌ててこちらに駆け寄ってくる気配があったが、彼の手が届く前に私は床に倒れ込んでいた。

体を支えられず、横顔を床に打ち付けたので唇を噛んでしまう。ぐるぐると揺れる世界の中で、私はぼんやりと昔を思い出していた。

以前、調子が悪くてお茶会で倒れたときには、お母様に酷く叱られたっけ。

私は完璧でなくてはならないのだと、嫌になるほど言い聞かされて、一人で泣いた夜を思い出した。その間にも、ローゼはお父様とお母様と一緒に本を読みながら談笑していて……。

「レイラ!!」

慌てたようなリーンハルトさんの腕に抱き上げられた感触で、少しずつ視界が元に戻っていく。

紫紺の瞳を見開いて、今にも泣き出しそうな顔をしているリーンハルトさんと目が合った。

「レイラ、ああ、レイラ……。すぐに、治してあげるから、だから、死なないでくれ、レイラ……」

私の肩口に顔を埋めるようにして、苦しいほどに私の体を抱きしめながら、リーンハルトさんは祈るように告げた。

たかだか寝不足で倒れただけなのに、死ぬなんて大袈裟だ。

「リーンハルトさん……ごめんなさい。私は、大丈夫ですから……」

「動いちゃ駄目だ、レイラ。お願いだ、いなくならないでくれ。僕を置いて行かないでくれ……」

ついにリーンハルトさんの目に涙が浮かんだときには、思わずぎょっとしてしまった。

綺麗な紫紺の瞳が潤んでいる姿に何も言えなくなってしまう。

「お願いだ、レイラ……」

リーンハルトさんは、再び縋りつくように私を抱きしめると、声もなく泣き続けた。

私は何も言えぬまま、リーンハルトさんに手を伸ばし、彼の背中を摩《さす》ることしか出来なかった。


それから小1時間が経ったころ、私は毛布にくるまれて、その上からリーンハルトさんに抱きしめられていた。

私が倒れてからというもの、リーンハルトさんは片時も私から離れようとしない。

「ほら、レイラ、口を開けて。栄養を取らなきゃだめだ」

リーンハルトさんは銀色のスプーンに乗せたスープを、私の口元に運ぶ。

恥ずかしいことこの上ないが、先ほど断ったところ、リーンハルトさんがこの世の終わりのような絶望の表情を見せたので、恥ずかしさを堪えて過剰なまでのお世話を受けているところだ。子どもでもあるまいし、自分で食べられるというのに。

それでも、リーンハルトさんに手ずから与えられたスープは美味しくて、温かさが体に染み渡っていく。

もっとも、毛布にくるまれた上に、リーンハルトさんに抱きしめられているというこの状況は、心境的には熱くて仕方がないのだけれど。

「偉いね、レイラ。パンも食べられそう？」

リーンハルトさんは、柔らかいパンを一口ちぎって口元に運んでくれる。

再び恥を耐え忍んで素直に受け入れると、リーンハルトさんは嬉しそうに私の頭を撫でた。彼が心配性なのは薄々勘付いていたが、ここまでとは思わなかった。

それとも、性格的な問題ではなく、過去に何かあったのだろうか。

例えば、あの姫君に関わることで。

「……浮かない顔をしてる。どこか具合悪い？　痛い？　大丈夫かい、レイラ？」

リーンハルトさんは食事を運ぶ手を止めて、心配そうに私の顔を覗き込んだ。

本当に些細な私の表情の変化も見逃さないのだから、大した人だと思う。彼に心配をかけないよう、私はすぐに曖昧な笑みを浮かべた。

「……おかげさまで、かなり気分は良くなりました。もう、お離し下さっても大丈夫ですわ」

「駄目だ、手を離して、また倒れたりしたらどうするんだ」

「……でも、リーンハルトさんにはお仕事がありますでしょう？　私のせいで時間を割いていただくのは申し訳なくて……」

今日は魔術師団のミーティングはないが、魔法具を作る予定のはずだ。

彼の予定を狂わせるわけにいかない。

「レイラがこんな状態なのに、呑気に魔法具なんて作っていられない。お願いだから、傍にいさせてくれ……」

再び私の肩に顔を埋めるようにしてリーンハルトさんは私を引き寄せる。

リーンハルトさんの香りと温もりが間近に感じられて、熱が上がるとすればこの行為のせいだと思った。毛布で腕ごと包まれているから抵抗もできない。

倒れたのは寝不足のせいだと説明したところ、刺繍道具を取り上げられそうな勢いで泣きつかれた。

本当は、刺繍は言い訳に過ぎなかったのだけれど、ここでロケットの話を持ち出して彼に余計な動揺を与えたくない。

リーンハルトさんが私に何を見ているのであれ、今は私の体を労《いた》わってくれていることは確かなのだ。その心配は素直に受け入れよう。

それにしても、リーンハルトさんがここまで取り乱すのは予想外だった。

ただでさえ人に心配されることに不慣れな私は、どんな反応をしてよいのか分からなくなってしまう。

だが、子どものころ求めた優しさはこういうものだったのかもしれない。

どこまでも私を心配して、いつもよりずっと優しく甘やかしてくれることを、幼いころの私は望んでいた。

結局、それは公爵家では叶わなかったけれど、その分リーンハルトさんが過剰なまでの心配をしてくれている。また一つ、心が満たされていくのを感じた。

そんなとき、リビングのドアが開き、僅かに焦った様子のシャルロッテさんが姿を現す。

リーンハルトさんが連絡でもしていたのだろう。シャルロッテさんは、私を膝の上に乗せて縋りつくように抱きしめているリーンハルトさんを見て、怪訝《けげん》そうな顔をした。

「……兄さん、レイラを離してあげて。見ていて可哀想だわ」

「駄目だ、離したらレイラはまた倒れてしまう」

「そんな状態で拘束しているほうが倒れるわよ！　ベッドに寝かせてあげなくちゃ」

シャルロッテさんは私たちの前に歩み寄り、リーンハルトさんの手を私から離そうと試みる。

だが、男性の腕の力には敵わなかったのか失敗に終わったようだ。

「シャルロッテさん……申し訳ありません。わざわざお越しいただく形になってしまって……」

「いいのよ。……それより、うちの兄がごめんなさいね。苦しいでしょう……。ラルフを連れて来ればよかったわ」

確かにラルフさんならリーンハルトさんの腕を引き離すことが出来るかもしれないが、そのときのリーンハルトさんの表情を想像するとあまりに可哀想で、私は首を横に振った。

「いいのです。倒れたのは私が悪いのですし……これでリーンハルトさんが安心してくださるのなら」

「レイラは優しすぎるのよ。兄さんはその優しさにどこまでもつけこむわよ？　食事を自分の手で摂れなくなってもいいの？」

「……それは少し困りますね」

「そうでしょう？　ほら、兄さん。そのままレイラを抱きしめたままでいいから、レイラを寝室に運んで頂戴。私はもっと栄養のあるスープを作るわ」

シャルロッテさんにきつめに言いつけられ、リーンハルトさんは渋々立ち上がる。

私を抱きしめたままだというのに、ふらつく様子も見せないなんて、細身の見かけによらず力があるらしい。

「兄さん、言っておくけど、ベッドで一緒に横になるのは駄目よ？　手を握るだけにしてよね」

「……レイラがベッドから落ちるかもしれない」

「あんな広いベッド、どうやって落ちるのよ！　レイラは未婚のレディなのよ。あんまり失礼なことして、嫌われても知らないんだから」

「……レイラが傷つくよりはマシだ」

私が倒れてからというもの、リーンハルトさんはどこかおかしい。

いつも穏やかで紳士的な彼の、数百年の生の内に得た闇を垣間見《かいまみ》た気がして、僅かに身震いした。

シャルロッテさんでさえ、自死を考えるほどに病んだ時期があったのだから、リーンハルトさんにも同様の時期があってもおかしくない。

そしてその闇は、単に乗り越えられたというだけで、今も完全に消えたわけではないのだろう。

普段は隠れていて見えないだけだ。

「……レイラ」

「はい」

「レイラ……」

「はい」

ひたすら私の名前を呼び続けるリーンハルトさんの一言一言に返事を返しながら、私は小さく微笑んでみせた。

その表情を見てなのか、リーンハルトさんの瞳に少しだけ光が戻る。

「レイラ、いなくならないでくれ……」

「私はここにおりますわ、リーンハルトさん」

倒れたのは私のほうなのに、いつの間にか私がリーンハルトさんを励ます立場になっていた。

だが、不思議と不快ではないのは恋の力のせいなのかもしれない。

リーンハルトさんは私の返事に僅かに安堵《あんど》の色を見せると、ゆっくりと階段を上り始め、私の部屋まで運んでくれたのだった。


それから更に1時間ほど後のこと。

リーンハルトさんはベッドサイドの椅子に座ったまま、ベッドに上半身を伏せるようにして眠っていた。

その傍でシャルロッテさんが腕を組んで、ふう、と溜息をつく。

「どうやら効き目が表れたみたいね」

「……リーンハルトさんに何かなさったのですか？」

先ほどシャルロッテさんが私にスープとお茶を運んできてくれた際に、リーンハルトさんはシャルロッテさんに言われて紅茶を飲んでいた。

それまで眠そうな素振りなど一切見せなかったリーンハルトさんが、意識を失うようにして眠ってしまったのはその直後だ。

「ちょっと紅茶に催眠作用をね……。あの様子の兄さんに纏わりつかれていたら、レイラが全然休めないでしょう？」

実の兄の紅茶にさりげなく魔法をかけるとは、シャルロッテさんもなかなか強《したた》かな女性だ。

感謝してよいのか分からず、私は曖昧な笑みを浮かべてシャルロッテさんを見上げる。

「……リーンハルトさんは、かなりの心配性なのですね。日頃から気づいてはおりましたが、ここまでとは考えが及んでおりませんでした」

「普通そうよ。寝不足で倒れたくらいでこの世の終わりみたいな顔をされていたら、鬱陶しくてかなわないでしょう」

シャルロッテさんはリーンハルトさんと反対側のベッドサイドに椅子を運ぶと、再び溜息をつきながら腰を下ろした。

「ふふ、シャルロッテさんが体調を崩されたときなんかも大変そうですね。それとも、もう慣れてしまわれているでしょうか？」

「まさか、兄さんは私が熱を出してもこんな風にはならないわよ。……まあ、今もそうか分からないけれど、少なくともここ数百年は死ぬ心配なんて無かったわけだもの」

リーンハルトさんの過剰な心配は、私が呪いを受けていない普通の人間だからということにも由来するのだろうか。

……それとも、私があの姫君に似ているからこその心配なのかしら。

「……リーンハルトさんは、どなたか大切な方を亡くしていらっしゃるのですか？」

直球な質問だったが、この流れならそう不自然ではないだろう。姫君のことにまで触れる勇気はなかったが、もしも答えが是ならば、それはきっとあの姫君のことだ。

「……そうね、遠い昔にね」

シャルロッテさんは視線を泳がせながら、誤魔化すような笑みを浮かべた。

「ルウェインの血を受ける者は皆どこかのタイミングで心を病むものだけれど……兄さんは長かったわ。あまり詳しいことは言えないけれど、ある大切な人を亡くした後はそれはもう酷かった……。下手に魔力が強いから、周りも苦労したのよ？　本当、困った兄さんだわ……」

そう言いながらも、リーンハルトさんを見つめるシャルロッテさんの目には確かな慈愛の色が満ちていた。

なんだかんだ言っているが、兄妹仲は良いのだろう。

眠るリーンハルトさんの表情はどこか苦しそうで、眠っていても尚、私の手を離そうとはしなかった。

無理矢理引き剝がすのも気が引けるのでこのままにしているが、本当はこうやって縋りたい相手は私ではなく、あの姫君なのではないかとも思う。

「レイラには申し訳ないけれど、２、３日はこんな調子かもしれないわね。私もなるべく顔を出すようにするけれど、身の危険を感じたら殴るなり刺すなり好きにしていいからね」

「そ、そんな乱暴なことは……」

リーンハルトさんに拳や刃を向けることなんてとても考えられない。そもそも私にはそんな技術も無い。

「いいのよ。どうせまだどうしたって死ねないんだもの。レイラに迷惑をかけているのだから、そのくらい問題ないわ」

シャルロッテさんは何でもないことのように言ってのけたが、どうにも悲しい響きのある言葉だった。

死ねなくても、痛くないわけではないだろうに。

それすらも厭わないような諦めがシャルロッテさんから感じられた。

ラルフさんに出会い、呪いが解けたシャルロッテさんでさえそんな雰囲気を醸し出すのだから、リーンハルトさんも似たような考えを抱いているのだろう。

私は繋がれていないほうの手で、リーンハルトさんの頭をそっと撫でた。

思っていたよりもずっと柔らかい黒髪が心地よくて、何度も指を絡めるように撫でてしまう。

「……兄さんが起きているときにそれやったら、きっと離してくれなくなるから気をつけて頂戴ね」

「それは大変ですね。心に留めておきます」

「……レイラが心の広い女の子で良かったわ。さっきのあれで嫌われていてもおかしくないのに」

シャルロッテさんは苦笑交じりに、本日何度目か分からない溜息をついた。

さっきのあれ、とは私を毛布で包んで手ずから食事を与えていたあのことだろうか。確かに思い出すだけでかあっと顔が熱くなるのを感じるが、あれだけでリーンハルトさんを嫌いになどなるはずがない。

「……あんな風に私を心配してくださった方は、リーンハルトさんが初めてですから」

その心配が、私だけに向けられていたものだったならどんなに嬉しいだろう。ロケットを見つける前の私だったら、舞い上がるほどに喜んでいたかもしれない。

「レイラのご両親は厳しい方だったのね……」

「ええ、少なくとも私には。体調を崩したときには叱られこそすれ、心配されたことなどありませんでした」

馬に蹴られて2年間の眠りから醒めたあのとき以外は。

あのときの両親は、普段よりずっと優しく感じた。

流石の両親も娘が死にかけていれば、あのくらいの心配はするということなのだろうか。もしも馬に蹴られたのがローゼだったなら、この世の終わりというくらいに絶望するのだろうけれど。

「だから、確かに恥ずかしかったのですが、それ以上に嬉しかったのです。リーンハルトさんが、あんなにも私を心配してくださったことが」

「ふーん？　なかなかいい感じじゃない。レイラのことを義姉《ねえ》さんと呼ぶ日も近いかしら？」

にやり、と笑うシャルロッテさんに、私は弱々しく微笑んだ。

「それは……どうでしょう。私は、もしかすると――」

――リーンハルトさんの「運命の人」ではないかもしれませんから。

その言葉は、言えなかった。

代わりに曖昧な笑みを浮かべて、改めてシャルロッテさんを見つめる。

「……スープ、ありがとうございました。とても美味しかったです」

「……え、ええ。まだたくさんあるから、温めなおして食べてね」

突然の話題転換に戸惑った様子のシャルロッテさんだったが、それ以上の追及はしてこなかった。

私は再び、眠るリーンハルトさんの髪を撫でながら、ぼんやりと、この複雑な想いの鎮め方を模索するのだった。


「……シャルロッテの奴……やってくれたな」

私のベッドで伏せたまま眠っていたリーンハルトさんが目覚めたのは、夕方になってからだった。

シャルロッテさんはリーンハルトさんにどれだけ強い魔術をかけたのだろう、と心配していたのだが、無事に目覚めてくれてよかった。

「このまま目覚めなかったらどうしようかと思っておりました」

「……レイラの傍で眠り続けられるなら、それはむしろ本望なんだけどね」

いつもはこんな言葉もさらりと流してしまえるのに、今日はリーンハルトさんの翳《かげ》った瞳がやけに言葉を重くしていた。

縋るような視線は、確かに大好きなリーンハルトさんのものであるはずなのに、どこか息苦しくてならない。その視線が私にだけ向けられているものならば、受け止めればいいだけなのだけれど、彼はきっと私越しにあの姫君を見ている。

私にはどうして差し上げることも出来ぬもどかしさに、息が詰まった。

「ふふ、リーンハルトさんにそう言っていただけるなんて……」

いいえ、本当はそう言ってもらえる姫君が羨ましくてならないの。

いつの間に、私はこんなにリーンハルトさんに夢中になっていたのだろう。既に過去の人である姫君に、こんなにも嫉妬するなんて情けない。

「……私も、リーンハルトさんの傍でいつまでも眠っていたいです」

「それはそれで夢みたいだけど……でも、笑った顔のレイラが見られないのは寂しいから、やっぱり駄目だ」

リーンハルトさんの手が、私の頬に伸ばされる。

紫紺の瞳は、確かに私を映し出していた。

縋るような熱のこもった瞳も、左目の下にある黒子も、全部全部愛おしい。

それなのに、彼が見ているのは私に似た姫君かもしれないなんて。

「……リーンハルトさんは、私の笑った顔がお好きですか？」

「うん、好きだよ。レイラの表情なら何でも好きだけど、一番はやっぱり笑顔かな」

「ふふ、照れてしまいます」

「照れた顔も好きだよ」

「口説くのがお上手なのですね」

「好きと言えるうちに言っておかないと」

「過去に後悔されたことがおありなのですか？」

間を置かず続いていた会話が、はたと途切れる。

リーンハルトさんは僅かに私から視線を逸らすと、普段の穏やかな調子に似合わぬ自嘲気味な笑みを浮かべた。

「うん……それは、もう」

それも、あのお姫様に向けての想いなのかしら。

疑念が募るばかりで、本当のことを何一つ訊くこともできない私には、それを責める権利もない。

ただ、この居心地の良い関係を崩したくなくて、いつか向き合わねばならない真実から逃れ続けている。

「……私には、真似できそうにありません」

最近になってようやく好きな食べ物や花について話せるようになったのに、人に対する「好き」なんていつになったら言えるのだろう。

本当は、私はこんなにも、リーンハルトさんやシャルロッテさんのことが好きなのに。

「レイラは恥ずかしがり屋さんだからね」

「そ、そんなことありません！」

「照れてるレイラも可愛い」

「もうっ……リーンハルトさん！」

「どうしたの？　レイラ」

甘い笑みに、結局何も言えなくなってしまう。

その代わりに、私はゆっくりと私の頬を撫でるリーンハルトさんの手の甲に自分の掌を重ねた。

その温かさに、そっと目を瞑って酔いしれる。

人の手の温かさを知ったのも、思えばこの幻の王都に来てからだ。

公爵家では、いつだって絹の手袋越しにしか感じられなかったもの。

リーンハルトさんの手は、温かくて大きくて、少しだけかさついていて、何より優しくて好きだ。

ずっとこの手を取っていられたらどんなにいいか分からない。

しばらく目を瞑ってその温もりに集中していたそのとき、不意に、リーンハルトさんの手の甲に重ねる私の手に温かく柔らかいものが触れた。

驚いて目を見開けば、間近にリーンハルトさんの顔がある。

「っリーンハルトさん!?」

「……これなら、挨拶の範囲内だよね？」

「そ、それは、そうですけれど……」

手の甲に触れたあの感触はリーンハルトさんの唇だったのか。

舞踏会などで手袋越しに殿下にされたことはあったけれど、あんな儀礼的なものとはまるで意味が違う。

またしても顔が一気に熱くなっていくのが分かった。

きっと間抜けなくらい赤い顔をしているだろう。

「こ、このように距離が近いと恥ずかしいです」

「これでも我慢したほうなんだけどなあ……」

でも、シャルロッテに見られたら怒られるかも、と呑気に笑うリーンハルトさんの隣で、私は鼓動を落ち着かせるのに必死だった。

いつもいつも、私は惑わされてばかりだ。

……この調子では、いつか心臓がびっくりして死んでしまいそうだわ。

徐々にいつも通りの笑顔を取り戻しつつあるリーンハルトさんの姿には安心するけれども、あまりに余裕がありすぎてどこか憎たらしくも感じる。

日に日に彼に振り回される回数が増えているような気がしてならない。

「どうしたんだい、レイラ？　もう一回してほしい？」

「あ、あれは一日一回までです！」

「わあ、許可を貰えるとは思わなかったな。これからは毎日しよう」

駄目だ。今の私では何を言ってもリーンハルトさんに上手いこと誘導されてしまう。何とか対抗したいという気持ちもあるのだが、満足そうに、それでいて慈しむように私を見つめるリーンハルトさんを見るとその気持ちも薄らいでしまう。

今は、いいわ。このままで。

姫君のことは気にかかるが、焦る必要もない。

期限があるわけでもないのだから、と私は何とか自分の心を落ち着かせた。

この瞬間にも、アルタイル王国で私を巡る仄暗い企《たくら》みが展開されていることなど、このときの私は知る由もなかったのだ。

第八章　漆黒の告白

早いもので、私がこの幻の王都に来てから3か月が経とうとしている。

ここでの生活にもすっかり馴染んだ私は、今日もシャルロッテさんに料理を教えてもらっているところだった。

スープや簡単なソテーなどはほぼ失敗なく作れるようになったので、今日は遂にお菓子作りに挑戦することになったのだ。記念すべき一作目はアップルパイだ。

甘いものが苦手なリーンハルトさんだったが、どうやらアップルパイだけは食べられるらしいということを聞いて、私からシャルロッテさんに提案したのだ。

我ながら、いかにも恋する乙女という感じがして何だか恥ずかしいが、シャルロッテさんは応援してくれた。

「あ、レイラ、ペンダントに生クリームがついちゃうわ」

シャルロッテさんの指摘に、私は生クリームを絞る手をいったん休めて、慌ててペンダントをワンピースの中に仕舞い込む。大切なものなのに、危ないところだった。

「教えてくださってありがとうございます、シャルロッテさん」

「ふふ、それ、大切にしているのね。兄さんも喜ぶわ」

「ええ……宝物です」

私は皮ひもにぶら下がった、星空を切り取ったかのような石をぎゅっと握りしめた。

紺色の石の中にきらきらと金色や銀色の粉が混じっていて、どれだけ眺めていても飽きない美しさだ。

これは、少し前にリーンハルトさんからいただいた大切なものなのだ。

受け取ったときのことを思い出すだけで何だか頬が緩んでしまう。

私が寝不足で倒れたあのとき、リーンハルトさんは3日ほど私の傍から離れようとしなかった。

しかしながら、魔術師団のミーティングの日になってようやく外に出る気を起こしたらしく、渋々ではあったが紺色の外套を羽織ったのだ。

すっかり体調が回復していた私は、玄関までお見送りに来ていた。

終始不安そうに私を見つめるリーンハルトさんを安心させるように微笑めば、彼も少しだけ表情を柔らかくする。

「……レイラ、これを受け取ってくれるかい」

ふと、リーンハルトさんは外套から小さな革袋を取り出すと、紺色に輝く小さな石のついたペンダントを私に見せた。

皮ひもに繋がれたその石は、息を呑《の》むほど美しく、思わず見惚れてしまった。

公爵令嬢としてありとあらゆる種類の一級品の宝石は見てきたつもりでいるのだが、これほど神秘的な石は初めて見る。

「まあ……美しい石ですね」

「昔から、ルウェインの一族が結婚相手によく贈る石なんだけど……今回はそういう意味合いは置いといて、単純にお守りとしてレイラに渡したいと思ってね」

「お守り、ですか？」

「そう、魔力を込めてあるから、レイラが倒れたり、命の危機に瀕《ひん》したときには僕に伝わるようになってるんだ。今回みたいなことが僕のいないときに起こったら……と思うと気が気じゃなくてね」

魔力のこもったお守りなんて、まるで物語の世界のようで気分が高揚する。

何より、こんなにも美しい石にリーンハルトさんの魔力がこもっていると思うと、それだけで他のどんな宝石よりも特別なものに思えた。

「私がいただいてよろしいのですか？」

「レイラに受け取って貰わないと意味がないよ」

「……ありがとうございます、リーンハルトさん。私、大切に致しますね」

早速首にペンダントをつける。

皮ひもは少し長かったが、これくらいは自分で調節すればいいだろう。

そう思っていたのだが、リーンハルトさんが私の背後に回った。

「レイラは小柄だから、これでは少し長かったね。今、調節するよ」

亜麻色の髪を掻《か》き分《わ》けるようにして、リーンハルトさんが皮ひもに触れる。その拍子に温かい指先が項《うなじ》にも触れて、何だかくすぐったかった。

リーンハルトさんは手際よく皮ひもを結び直すと、すぐに私に向き直る。

「このくらいでいいかな？」

「はい、ちょうど良いです。ありがとうございます」

この流れで、リーンハルトさんへの贈り物も渡せたら良いのだけれど。

私はちらりと横目で置時計を眺める。

リーンハルトさんから聞いた魔術師団のミーティング開始時間までには、まだ少し余裕があった。

「……リーンハルトさん、少しだけお時間よろしいですか？」

「もちろん構わないよ。心細くなった？　やっぱり今日は家にいようか？」

「ふふ、リーンハルトさんと離れるのは寂しいですが、それとは別に少しお渡ししたいものがございまして……」

「僕に？」

「ええ、リーンハルトさんに」

少し待っていてくださいね、と断って私は階段を駆け上がった。

自室のドアを開け、昨夜完成したばかりの小さな飾り布を手に取ると、すぐにリーンハルトさんの元へ向かう。

「レイラ、あまり走ってはいけない。また倒れたら大変だ」

「大丈夫ですのよ、このくらい。でも、ご心配ありがとうございます」

私はリーンハルトさんを軽く見上げて、掌サイズの飾り布を差し出した。

本当は額縁などに入れて用意したかったが、贈り物を渡す絶好のチャンスが来てしまったのだから仕方がない。

「これを、リーンハルトさんに受け取って頂きたくて……。その、いつもお傍に置いていただいているお礼です。本当に些細なものですけれど……」

リーンハルトさんは私の掌からそっと飾り布を受け取ると、じっとそれを見つめていた。

彼にしては珍しい沈黙に、何だかどきどきしてしまう。

「……これを、作るために夜更かししてたのかい？」

「え、ええ……そうです」

怒られてしまうだろうか、と思わず身構えたが、次の瞬間にはリーンハルトさんに抱きしめられていた。たちまち頬が熱を帯びる。

「ありがとう、レイラ。とても嬉しい、一生大切にする」

「い、一生だなんて大袈裟ですわ……」

「いいや、一生だ。こんなに細やかな刺繍、大変だっただろうに……」

「……そんなに喜んでいただけるなら、頑張った甲斐《かい》がありました」

私もそっとリーンハルトさんの肩に頭を預けるようにして彼を抱きしめる。

心臓はせわしなく動いているのに、リーンハルトさんの香りに包まれるととても安心するから不思議だ。ずっとこうしていたくなってしまう。

「ずっとこのまま過ごしたいな」

「……リーンハルトさんは人の心をお読みになれるのですか？」

考えていることを見透かしたようなリーンハルトさんの言葉に、思わずまじまじと彼を見上げてしまう。

リーンハルトさんは私を抱きしめたままこちらを見下ろしていたが、やがてくすくすと笑ってみせた。

「読もうと思えば読めるけど、相手の許可なくそんなことはしないよ。どうしたんだい、急に」

「……リーンハルトさんが、私の考えていることと同じことを仰ったから、つい……」

言うんじゃなかった。

言い終わってからどうしようもない恥ずかしさに襲われてしまう。

顔を隠そうにも、リーンハルトさんの腕の中では難しかった。

「同じこと？」

リーンハルトさんはすぐには分かっていないようだったが、異様に照れる私の姿を見て、ようやく察したようだ。瞬時に耳の端が赤くなる。

「……あ、えっと、嬉しいな。レイラは抱きしめられるのが好き？」

「……リーンハルトさんに抱きしめられるのが好きです」

「そんなこと言われると、毎日でもしたくなっちゃうよ」

「え、ええ……どうぞ。リーンハルトさんになら、何をされたって嫌じゃありませんもの」

恥ずかしさを誤魔化すように、私はリーンハルトさんに回した腕に力を込めた。

リーンハルトさんの香りと温もりがより直接的に感じられて、最早ここが天国かしらと思ってしまう。

「無防備すぎる……神様に試されてる気分だ」

「神様に、ですか？」

「いや……何でもないよ。レイラが可愛すぎて離れたくなくなっただけ」

「ま、また私を口説いていらっしゃるのですね」

「本当のことを言っているだけなんだけどなあ」

リーンハルトさんに抱きしめられながら、私はくすくすと笑った。

本当に幸せだ。姫君のことは今も確かに心の底にこびりついているはずなのに、それを気に出来なくなるくらいの深い愛情に包まれているのを実感したのだった。

そんな風に、ぼんやりとペンダントを受け取ったときのことを思い出していると、ふと視線を感じ、シャルロッテさんのほうを向いた。

シャルロッテさんは、にやにやとしたような笑みを浮かべており、思考を見透かされていたようで途端に恥ずかしくなってしまう。

「本当、幸せそうね。兄さんが羨ましいわ、こんな可愛い子に好かれて」

「シャルロッテさんまで私を口説かれるのですか？」

冗談めかして答えながら生クリームを絞る動作を再開すれば、シャルロッテさんに軽く脇腹を小突かれた。なかなかにくすぐったい。

「言うようになったわね。そうよー、こんな可愛いレイラちゃんは口説いちゃうわよー」

「ふふふっ、くすぐったいです、シャルロッテさん」

シャルロッテさんとはもうすっかり打ち解けた。

姉がいたらこんな感じだっただろうかと思うと同時に、この街でも友人と呼べる存在ができたのが嬉しくて、ついつい甘えてしまう。

少しだけ生意気な口を叩《たた》けるようになったのも、シャルロッテさんのおかげかもしれない。

「グレーテも、あそぶ！」

リーンハルトさんから贈られたスケッチブックでお絵描きをしていたはずのグレーテさんが、シャルロッテさんの足に纏わりついてきた。

4歳になって少し経つグレーテさんは、近頃益々《ますます》可愛らしくなっている。

「グレーテさん、もうすぐアップルパイが出来上がりますから、もう少しお待ちくださいね」

「おてつだいする！　グレーテなんでもできるよ！」

グレーテさんは紫紺の瞳を輝かせて告げた。

どうしたものかと頭を悩ませていると、シャルロッテさんが軽々とグレーテさんを抱き上げて食器棚のほうへ向かった。

「じゃあ、グレーテにはお皿を並べてもらおうかしら」

「うん！　まかせてね！」

以前より滑舌の良くなったグレーテさんは、良くおしゃべりをする明るい女の子だ。

シャルロッテさんとラルフさんの愛を一身に受けて、すくすく育っている。

……ローゼと殿下の御子も、そろそろ生まれる時期かしら。

生クリームをアップルパイの傍に添えながら、ぼんやりとそんなことを思った。

二人のことを思い出しても、もうちっとも胸は痛まない。完全に立ち直ったと言っても過言ではないだろう。

今ならばローゼと殿下にお会いしても、恐らく満面の笑みで会話をすることが出来るはずだ。

御子が生まれたら、肖像画くらいは見てみたいわね。

王子でも、王女でも、それはもう可愛らしいに違いない。ただ純粋に楽しみだった。

同時に、泣いてばかりで人を困らせていたローゼが母になるのかと思うと、不思議な感慨があるのも事実だった。

……あの子も、母になることで少し落ち着けばいいのだけれど。

逃げ出した私が心配するのもおかしな話だが、今はただ、王太子一家の幸せをローゼの姉として、そして殿下の良き友人として心の底から願っていた。


「お帰りなさい、リーンハルトさん」

「ただいま、レイラ」

魔術師団のミーティングから帰ってきたリーンハルトさんを玄関先で出迎える。

リーンハルトさんは外套を脱ぐより先に、ふわりと私を抱きしめた。どちらかが出先から帰ってきたら抱擁を交わすのは、もうすっかり習慣になっている。

それなのに私は、抱きしめられる度に脈が早まってしまうのだから、どうやら心臓はまだこの行為に慣れていないようだ。

慈しむように、リーンハルトさんの手が私の頭を撫でる。

私も彼に頭を預けるようにして、しばらく彼の鼓動を聴いていた。

ゆっくりとした温かな音だ。この音が、数百年という気の遠くなる時間の間ずっと、リーンハルトさんのことを支え続けているのかと思うと、自然と愛おしく感じた。

リーンハルトさんは指で私の髪を梳くのがお好きらしく、この瞬間のために私は髪を下ろすようにしていた。

もちろん、料理や家事をするときなんかは結うこともあるのだけれど、リーンハルトさんを出迎えるこの瞬間には必ず下ろすようにしている。

「何だか甘い香りがするね」

ひとしきり抱きしめ合った後、リーンハルトさんは室内を見渡した。

恐らくアップルパイの香りのことを言っているのだろうと思い、私はリーンハルトさんに微笑みかける。

「今日はシャルロッテさんに手伝っていただいて、アップルパイを作ったのですよ。夕食の後のデザートにお出ししますね」

「それは楽しみだな、アップルパイは好きなんだ」

「ふふ、シャルロッテさんからそう伺いましたので、作ってみようという気になったのです」

テーブルの上には、大体の料理の準備が既にできていた。

近頃の夕食は、少しずつシャルロッテさんと手分けして用意するようにしている。メインのお料理はまだまだ技術が足りず作ることが出来ないので、シャルロッテさんに頼る形になってしまうが、朝食くらいならば私一人でも用意できるようになっていた。

3か月前は包丁を握ったことすらなかったことを考えると、それなりに成長したと言えるだろう。もっとたくさんの料理を作れるようになりたいものだ。

「いつもありがとう、レイラ」

「私にはこのくらいしか出来ませんから、お礼を言われるほどのことでは……」

面と向かって感謝されると何だかくすぐったいような気がして、ついはぐらかしてしまう。我ながら、可愛くない切り返しだ。

「早く、メインのお料理を作れるようになりたいです。リーンハルトさんに食べていただきたいですわ」

「それは楽しみだけど、無理をしてはいけないよ」

本当に、リーンハルトさんは過保護なくらいに心配性だ。

温かな食事とリーンハルトさんの笑みが揃ったこの光景は幸福そのもので、思わずくすくすと笑ってしまった。

やがて、穏やかな夕食を終えると、私はデザートのアップルパイを切り分けた。

リーンハルトさんが用意してくれた紅茶は今日も美味しくて、思わずほうっと息をついた。

「アップルパイ、美味しいね」

「ふふ、ほとんどシャルロッテさんに手伝って頂きましたが、そう言って頂けると私も嬉しいです」

温めなおしたアップルパイはサクサクとしていて、甘く煮込んだ林檎のコンポートが、これまた絶品だった。このレベルのアップルパイを一人で作れるようになるには時間がかかりそうだ。

そのままのんびりとアップルパイの甘さを楽しんでいると、ふと、リーンハルトさんが、あの慈しむような優しい眼差しで私を見ていることに気づいた。

それはいつものことなのだが、その瞳の中に、懐古の情が垣間見えた気がする。

……姫君と、アップルパイを召し上がられたことがあるのかしら。

気づかない、振りをしたほうがいいだろう。

問い詰めるだけの勇気も覚悟も、まだ持ち合わせていない私なのだから。

「……ふふ、そんなに見つめられると食べにくいですわ、リーンハルトさん」

「あ、ああ……ごめん。アップルパイを食べるのは久しぶりで……」

誤魔化すようにアップルパイを口に運ぶリーンハルトさんを眺めながら、私は小さく微笑んだ。

この関係が心地よすぎて、一歩踏み出せない私は臆病者だろうか。

夜眠る前には、明日こそは姫君のことを聞いてみようと思うのに、不思議とリーンハルトさんを目の前にすると何も言えなくなってしまう。

「……甘いですわね」

私は、どこまでも自分に甘い。

リーンハルトさんとの関係に名前を付けたいのなら、踏み出さなければいけないと分かっているのに。

「そうだね、でもこのくらいの甘さも好きだよ」

リーンハルトさんは再びアップルパイを口に運んで微笑む。

その言葉はアップルパイについて述べているはずなのに、なぜだか私の甘さまでも容認してくれるような温かさを感じるのだった。

翌朝、私はいくつかの刺繍作品を持ってシャルロッテさんのお店へ向かっていた。

リーンハルトさんは今日も魔術師団の集まりがあるらしく、出掛けて行ってしまったので、シャルロッテさんのお手伝いをするべく私も外出することにしたのだ。

風が爽やかな、いい天気だ。

帽子が飛ばされないように軽く押さえながら空を見上げる。

ふわふわと浮いた雲の一つがお花のような形をしていて、グレーテさんに教えて差し上げたくなった。

あの雲が流れて行ってしまう前に、お店に着けるだろうか。

この3か月の間にすっかり筋力も元に戻りつつある私は、お店まで10分ほどで辿り着けるようになっていた。

今日もグレーテさんの遊び相手を務めることが出来るのが嬉しくて、意気揚々とお店のドアに手をかける。

だが、いつもは大した力をかけなくても開くそのドアに大きな抵抗を感じた。

鍵がかかっているのだろう。よく見れば、お店の奥のほうは暗いままだ。

普段ならばとっくに開いている時間であるし、今日はお休みの日ではなかったはずだ。

……一体どうしたのかしら。

何か、遅れるような事情でもあるのだろうか。

そのまま10分ほど、お店の周りを見ながらシャルロッテさんの到着を待ったが、一向に姿を現す気配がない。

仕方がないので、街でいくつか果物を買って一旦出直すことにした。

このまま、シャルロッテさんたちが暮らす離れのほうへ様子を窺いに行ってみよう。

確かシャルロッテさんの旦那様のラルフさんは、昨日から商品の仕入れのため家を離れているはずだ。何か困っていることがあるのなら力になりたかった。

再び10分ほど歩いてお屋敷の前まで辿り着いた私は、お屋敷に立ち寄ることなくお庭を横切って離れを目指す。

離れと言っても家族三人が暮らすには充分な広さだ。

お屋敷と繋がっているお庭では、時折グレーテさんが走り回っていることもある。グレーテさんにとっては、のびのびとした環境と言えるだろう。

だが、今日はお庭にグレーテさんの姿は見えない。

どこかへお出かけしているのかしら、と思いながら離れのベルを鳴らす。

数十秒経っても、何も返答がない。

やはり出かけているのかと思い、今日はもうお屋敷に戻ろうと考えたところ、ばたばたと駆け寄ってくる足音が聞こえ、勢いよくドアが開かれた。

「ご、ごめんね、ちょっと手が離せなくって……」

ドアの間から姿を現したシャルロッテさんは、黒髪を僅かに乱して息が上がっていた。本当に慌てて来てくれたのだろう。

「おはようございます、シャルロッテさん。お店にいらっしゃらなかったので、何かあったのかと思い、ご様子を窺いに来たのですが……」

「ああ、そうね、もうそんな時間だったわ。……でも、今日はお店を開けそうにないわね。実は、グレーテが熱を出してしまって、今、お医者さんを呼んでいるところなのよ」

「グレーテさんが？」

それは一大事だ。

シャルロッテさんは私を家の中へ招き入れると、そのまま子ども部屋のほうへ案内してくれた。

薄桃色の壁紙が可愛らしい子ども部屋だ。

窓際に設置されたベッドの上には、赤い顔をしたグレーテさんが横になっている。はあはあ、と繰り返される息が苦しそうで慌ててベッドサイドに歩み寄った。

「グレーテさん……」

意識ははっきりしているようで、紫紺の瞳に私が映り込むと、グレーテさんはにっこりと天使のような笑みを浮かべてみせた。

「レイラお姉しゃま……」

「お可哀想に……。今、お医者様が来てくださるそうですよ。頑張ってくださいね」

グレーテさんの小さな手を握れば、いつもよりずっと熱かった。

普段は元気にはしゃいでいるグレーテさんがぐったりとしている姿を見て、何だかはらはらとしてしまう。

「これ、先ほど買った果物ですが、よろしければどうぞ」

グレーテさんがこんな状態では、買い物に行くにも行けないだろう。

リーンハルトさんが食べるかと思って買った果物だったが、今はグレーテさんのほうが優先だ。

「ありがとう、レイラ。助かるわ……」

シャルロッテさんはひどく心配そうにグレーテさんを見つめていた。目に入れても痛くないほど可愛がっているグレーテさんがこんな状態なのだから、無理もない。

「何か私にできることはありませんか？」

「え……？」

「今日はラルフさんもおられませんし、お一人では何かと不都合でしょう。お買い物でもお洗濯でもお任せください」

せめてラルフさんがいて下されば、シャルロッテさんの気持ちもだいぶ違ったのだろうと思うけれど、いないものは仕方がない。

友人のような姉のような存在のシャルロッテさんが困っているのなら、助けて差し上げたかった。

「……本当にいいの？」

いつもは快活で明るい印象しかないシャルロッテさんがどこか弱々しく見える。

こういうときは私が毅然としていなければ。

「はい、何でもお任せください！」

料理以外の家事ならば大体できるようになっているし、買い物だってお手の物だ。

「ありがとう、レイラ……。じゃあ、ちょっとこっちに来てくれる？」

そう言ってシャルロッテさんが子ども部屋を後にしたのを見て、私はグレーテさんに軽く手を振ってからシャルロッテさんの後を追った。

シャルロッテさんの向かった先はリビングだった。以前、グレーテさんのお誕生日会をした場所だ。

大きなダイニングテーブルの上には、私がシャルロッテさんに差し上げた紫陽花の刺繍のコースターが置かれていて、こんな状況だが、使ってくれていることに密かに喜びを覚えた。

「……あのね、お店にある魔法具を、魔術師団に届けてくれないかしら？　今日、配達するようにお願いされていたの」

「配達、ですか？」

「ええ、本部の場所はわかるかしら？　お店のすぐ近くなのだけれど……」

シャルロッテさんは、戸棚から古びた羊皮紙に描かれた地図を取り出した。

地図があるならば問題ない。私はシャルロッテさんに微笑みかけた。

「私、地図を読むのは昔から得意なのです。お任せください」

シャルロッテさんはそんな私の笑みに応えるように、弱々しく微笑んだ。

「ありがとう、ずっと前からお願いされていたことだから、どうしようかと悩んでいたのよ……」

「そうだったのですね……。お役に立てるようで私も嬉しいです。シャルロッテさんはグレーテさんのことだけを考えて差し上げてください」

数百年生きていても、母になってからはまだ4年と少ししか経っていないのだ。不安に思うことは沢山あるだろう。

ましてやここは幻の王都、今も呪いが解けないままの住民のほうが多いのだから、子育て仲間もそうそういない。きっと心細く思う瞬間は今までもたくさんあったはずだ。

「ありがとう、レイラ……。本当に助かるわ」

「このくらい、何てことありませんよ。……それより、何かご入用の物はありますか？　何かあれば、配達の帰りに買って参ります」

私は古びた地図とお店の鍵を小さな鞄の中に仕舞い込みながら、シャルロッテさんを見上げた。

彼女は少し考え込むような素振りを見せたが、やがてはにかみながら首を横に振る。

「いいえ、大丈夫よ。食材は買ったばかりだし……レイラにこの果物をいただいたから、今のところ問題ないわ」

「分かりました。では、配達が終わったらお店の鍵を返しに来ますね」

「急がなくていいのよ。どうせグレーテが元気になるまでお店は開かないつもりだから。それに、風邪が移ったら大変だから、配達が終わったらそのまま屋敷に戻って大丈夫よ」

「そんな、私のことはお気遣いなく――」

「――レイラが風邪なんて引いたら、兄さんはきっと1か月くらい離してくれなくなるわよ。それは嫌でしょう？」

シャルロッテさんは大真面目にそう言い切った。

確かに、私が寝不足で倒れたときのリーンハルトさんの姿からは想像に難くない。

もっとも、別に嫌ではないのだが、妙に緊張して休むに休めなさそうだ。それに、1か月も私に付き添っていてはリーンハルトさんのお仕事にも支障が出るだろう。

思わず、曖昧な笑みを浮かべると、シャルロッテさんはその心情を察するようにふっと笑ってくれた。

「たまにはレイラにもお休みが必要よ。ね？」

「……分かりました。何かありましたら、いつでもお声がけください」

その後、本当に助かるわ、と再三繰り返して玄関まで見送って下さった。

帽子を頭に乗せたところ、日差しが強いから、とシャルロッテさんに深く被せられてしまった。

いかにも一児の母らしい行動に、思わず、ふ、と笑みが零れる。

「では、行って参ります。グレーテさんには、お大事にとお伝えください」

「ええ、頼むわね。本当にありがとう、レイラ」

私は小さく礼をして、芝生の中を歩き出す。

数歩歩いたところで振り返ると、シャルロッテさんが手を振ってくれていた。その温かな光景に思わず微笑みながら、私もまたゆっくりと手を振り返すのだった。


シャルロッテさんのお店で無事に魔法具を回収した私は、魔術師団の本部を目指していた。

木箱に入った魔法具は、中でカチャカチャと音を立てているので、恐らく壊れ物だろう。間違えて転んでしまっては大変だ。

木箱自体はものすごく重たいというわけではないけれど、ずっと持っていると腕が痺《しび》れそうなくらいの重さはあった。

少なくとも、公爵令嬢だったときには持ったことが無い。

こんな光景、お父様やお母様が見たら失神しそうね。

慎重に魔法具を運びながら、くすり、と笑ってしまいそうになる。

あの両親には、私は今のほうがずっと幸せなのだと言っても通じないのだろう。今この瞬間も大切な友人の役に立っているというこの充足感は、公爵家にいたときには知らなかったものだ。

魔術師団の本部までは、お店からお屋敷の方向とは反対側に歩いて10分弱ほどであり、そう遠い距離ではなかった。

あまり訪れたことのない地区だが、リーンハルトさんが羽織っている外套と同じものを身に纏った方が大勢いて、どうやら道は正しかったらしいと一人安心する。

「お嬢さん、大丈夫？　持とうか？」

不意に、魔術師団の外套を纏った男性に話しかけられ、僅かに肩を震わせてしまった。

完全に気が抜けていたせいだが、相手に不快な思いをさせてはいないかと恐る恐る顔を見上げる。

男性はやはり20歳くらいの見目の青年で、爽やかな笑みを浮かべている。魔術師団の外套を羽織っていることからしても、リーンハルトさんの同僚の方だろう。

持っていただくのは忍びないけれど、この荷物を運ぶ場所を教えていただければスムーズかもしれない。そう思い、口を開きかけたとき、青年の頬を強めに引っ張る女性が現れた。

「ハンス、お前なあ……こんなところで女性を口説くな。ここは仕事場だぞ」

凛々《りり》しい話し方をされるその女性もまた、20歳くらいの見目のレディだ。彼女も魔術師団の外套を纏っている。

魔術師団の男女比がどんなものかは分からないが、女性の魔術師もいるのか、と興味深く思った。

「申し訳ないな、お嬢さん。ルウェイン魔術師団に何か御用かい？」

女性はハンスと呼ばれた青年を私から引き離しながら、にこりと微笑んだ。

女性につねられ続けている青年の頬が痛そうで、思わず苦笑いを浮かべてしまう。

「……私は、シャルロッテ・ベスターさんのお使いで参りました、レイラと申します。本日はこちらを魔術師団の皆さんにお渡しするよう申し付けられましたので、お届けに上がった次第です」

「シャルロッテ……？　ああ、師団長の妹君のお店か！　いつからこんな可愛らしい店員さんが増えたんだ？」

頬をつねられながらも、ハンスさんは目を輝かせて私を見つめる。

見ていてかなり痛そうだが、それよりも、さらりと口にされた「師団長」という言葉が気にかかってならなかった。

「……リーンハルトさんは、師団長をされているのですか？」

「妹君のお店に勤めているのに知らなかったのか。師団長はルウェインの直系子孫だからな。代々ルウェイン家が師団長を務めているんだよ」

女性はそう言いながら、私の手からひょい、と木箱を持ち上げた。

思わず女性を見上げると、軽くウインクをされる。

「受取状がいるんだろ？　ついておいでよ」

ありがとうございます、という前に歩き出した女性を見て慌てて追いかける。

頬をつねられていたハンスさんはいつの間にか解放されていて、やはり痛かったらしく一部分だけ妙に赤くなった頬を摩っていた。

あんまり可哀想で足を止めかけたが、ハンスさんは「ガブリエラについていきなよ」と、助言をくれた。

私はぺこり、と一礼して凛々しい魔術師の女性ことガブリエラさんの後姿を追ったのだった。

「これでよし、と。じゃあ、これを師団長の妹君に。いつも助かっていると伝えてくれるかい」

受取状を書くために私は室内に案内されていた。

調度品や家具は、手入れが行き届いているのだけれども古めかしい感じで、いかにも魔術師の使う部屋という気がして妙に気分が高揚してしまう。シャルロッテさんのお店を初めて見たときに近い感動を覚えていた。

だが、今はお使い中だ。私はなるべく穏やかに微笑んで、書いてもらったばかりの受取状を受け取る。

「承知いたしました。お伝えしておきますね」

私は受取状を小さくたたんで大切に鞄の中に仕舞い込み、目の前のガブリエラさんを見つめた。

長い茶髪をひとまとめにして高く結い上げる髪型が、活動的で素敵だ。

私も真似してみようかしら、と眺めていると、不意にガブリエラさんが私に笑いかける。

「その細腕であんな荷物を運んで疲れただろう。待っていてくれ、今、何か飲物を用意するよ」

そう言ったか否かというううちに部屋から出て行くガブリエラさんの後姿に、私は慌てて告げた。

「あの、お気遣いなく」

聞こえていたかどうかも分からないが、用意してくれるならばありがたくいただいておこう。帰り道もあるのだから、水分補給はしておくに越したことは無い。

部屋の窓からは、魔法の訓練をしているらしい魔術師団の皆さんが見受けられた。

規模にして数十人ほどだろうか。

彼らが何の魔法を使っているのかもわからないのだが、赤やら緑やらの光が飛び交っていて綺麗だ。思わず食い入るように見つめてしまう。時折、光に当たった方が吹き飛ばされたりしていて、何だかハラハラする場面もあった。

そんな中、ふと、訓練に打ち込む皆さんの前に、見慣れた黒髪の青年が姿を現した。

リーンハルトさんだ。訓練をしていた皆さんが一斉に手を止めて、敬礼をする。ハンスさんやガブリエラさんの話は本当だったようだ。

……リーンハルトさんが師団長だったなんて、全く知らなかったわ。

もっとも、魔術師としてのリーンハルトさんの姿は、ほとんど知らないことばかりなのだけれど。

「やあ、ごめん。まともにお茶を淹れられる奴がいなくて、作り置きの紅茶に氷入れて持ってきたんだけど、いいかな？」

「氷、ですか？」

氷なんて、冬の寒い時期に作る業者はたまにいるけれど、今のような温かい季節にお目に掛かれるようなものではない。手渡されたガラスのコップに浮かぶ透明な塊を、思わず食い入るように見つめてしまった。

「氷が珍しいのか？　魔法ですぐ作れるだろうに」

ガブリエラさんは心底意外という風に私を見ていた。

事情を説明してもいいものだろうか、と迷ったが詳細は伏せて話すことにした。

「はい、私は訳あってこちらの街にお邪魔していますが、出身はアルタイル王国なので、魔法に馴染みがないのです」

「へえ、ルウェイン一族の者じゃないのか。珍しいな。ルウェインに嫁いだ親戚でも訪ねに来たのか？　それとも、誰かの『運命の人』か？」

「ふふ、そのあたりは秘密、ということでもよろしいでしょうか」

「そう言われると益々気になるなあ……。でも、秘密というなら仕方がない。無闇に暴くのも無粋だろう」

ガブリエラさんは氷の入った紅茶を一気に飲み干すと、そのまま氷をばりばりと食べた。

冷たくないのかしら、と目を見開けば、ガブリエラさんはくすくすと笑って私を見つめる。

「今日みたいな暑い日には最高だぞ。氷が珍しいなら食べたことも無いんだろう。小さいのを食べてみたらどうだ？」

「そ、そうさせていただきますわ……」

戸惑いながらも、紅茶と一緒に氷の小さなかけらを口にした。硬く冷たいものを歯で嚙《か》み砕《くだ》く感覚は新鮮でなかなか面白い。

思わずふっと笑ってしまった。

「面白いですわ。冷たい紅茶も美味しいですし、いい経験をさせていただきました」

「この程度でそんな反応をしてもらえるなら、こっちも何だかにやけてしまうな。氷を作り出す程度なら、師団長の妹君に頼めばすぐにやってくれると思うぞ」

「そうなのですか？　では、今度暑い日にお願いしてみようかと思います」

言葉通りにどこかにやにやとするガブリエラさんに私も微笑みかける。

そろそろお暇《いとま》したほうがいいだろう。あまりお仕事の邪魔をしてはいけない。

「それでは、私は失礼させていただきますね。お茶と氷、ご馳走《ちそう》さまでした」

「いいんだ。出口まで送ろう。建物の中は結構複雑なんだ」

「何から何まで申し訳ありません」

「気にするな、ハンスに任せるよりずっとマシだからな」

私はガブリエラさんの少し後ろに付き従いながら、廊下を歩き出した。

行き交う人々は皆、紺色の外套を纏っていて、菫色のワンピース姿の私は少し浮いているような気もした。

すれ違う人の視線を受ける度に、当たり障りのない笑みを返す。公爵令嬢時代はよくやっていたことだが、いつの間にか随分ぎこちなくなってしまった。

ずっと沈黙を保っているのも何なので、私からガブリエラさんに話しかける。ガブリエラさんは私の歩調に合わせてくれているのか、随分ゆっくりと歩いてくれていた。

「ガブリエラさんのその髪型、素敵ですね」

「これか？　まあ、今日のような暑い日には鬱陶しくなくていいかもな。レイラ嬢はストレートで淡い色の髪だから、下ろしていても爽やかで羨ましい」

凛々しい言葉でお話になるけれど、女性らしい会話もお手の物だ。その差が何だか微笑ましくて、ガブリエラさんともっとお話ししたくなってしまった。

だが、再び口を開けようとしたそのとき、背後でばさばさっと書類の落ちる音がして、私もガブリエラさんも思わず振り返ってしまう。

振り返った先には、紺色の外套を纏ったリーンハルトさんがひどく驚いた表情でこちらを見つめていた。

リーンハルトさんからしてみれば、私がここにいるのが予想外だったのだろう。紫紺の目を見開いて、こちらを見つめている。

「……レイラ？」

リーンハルトさんの周りには、先ほどまで訓練をされていた魔術師団の方々がいて、書類を落として驚きに目を見開く師団長を気遣うような声が聞こえてくる。

私はその場で軽く礼をし、微笑みかけようと思ったのだが、駆け寄ってきたリーンハルトさんにいつの間にか抱きしめられていた。

お屋敷での出迎えではすっかり恒例になった抱擁だけれど、まさか大勢の目があるところでもなさるとは思わなくて、途端に頬が熱を帯びる。

現に、すぐ傍にいるであろうガブリエラさんの視線が気にかかって仕方が無かった。

「レイラ、どうしてここに？」

ひどく焦ったような声音だった。

過保護なくらいに心配性のリーンハルトさんだから仕方がないのかもしれない。

「お仕事のお邪魔をして申し訳ありません。実は、シャルロッテさんからお使いを頼まれましたので、お店の使いとして魔法具をお届けに上がったんです」

「シャルロッテが……？　レイラを使いに出すなんて……」

「グレーテさんが熱を出されてしまったので、私から申し出たことなのです」

私はそっとリーンハルトさんの肩に手を当て、少しだけ体を離すように力を込める。

「あ、あの、それより……こんな大勢の方の前で抱きしめられるのは恥ずかしいですわ」

私から体を離したせいで、一瞬絶望のような表情を浮かべていたリーンハルトさんだったが、ここが職場だったことを思い出したのか、誤魔化すような笑みを浮かべた。

「そ、それもそうだね……僕としたことが、レイラに何かあったかと思ってつい……」

リーンハルトさんは私から腕を離すと、代わりに私の頬にかかっていた亜麻色の髪を耳にかけた。

そんな何気ない仕草にも愛情を感じて、脈が早まってしまう。

「ちょうど訓練も終わったんだ。一緒に帰ろうか」

「大丈夫なのですか？」

「うん、今日は本当にこれで終わりだったからね」

リーンハルトさんは何気なく私の髪を手で梳きながら、ちょっと待っててね、と私に言い聞かせる。

リーンハルトさんは職場でもこんな調子なのだろうか。

「師団長、ではレイラ嬢を出口付近までご案内しておきます」

ガブリエラさんが敬礼をしてから凛とした声で告げた。

「ああ、それがいいかな。じゃあ、お願いするよ。ありがとう、ガブリエラ」

「お任せください」

リーンハルトさんは再び私の頭を撫でると、踵《きびす》を返《かえ》して魔術師団の皆さんのほうへ戻っていった。

「あの師団長が……」

「師団長が女の子を抱きしめるとか、あるんだな……」

リーンハルトさんが遠ざかっていくと、他の魔術師団の皆さんの声が聞こえてきて何だかいたたまれない気持ちになる。

職場でのリーンハルトさんがどんな調子なのか分からないが、気軽に女性を抱きしめるような人でないことは確かなのだろう。

ふと、視線を感じて見上げれば、ガブリエラさんはどこか気の毒そうな目で私を見下ろしていた。

「……師団長はいつもあんな感じなのか？」

建物の外に出て、日陰になる部分に私を案内したところで、ガブリエラさんはそう訊ねた。

先ほどの私とリーンハルトさんの抱擁を見て以来、ガブリエラさんはずっと私を憐れんでいるような気がする。

「え、ええ……近頃はそうですね」

「師団長に愛されるなんて……その、大変そうだな。あの調子じゃもう逃げられないぞ」

「に、逃げるだなんてそんな……」

大切にされている私が憐れまれるほどの何かが、リーンハルトさんにあるとは思えないのだが。

もしかして、職場ではものすごく厳しかったりするのだろうか。

「魔術師団でのリーンハルトさんは、どのような様子なのですか？」

純粋に気になってしまう。恋焦がれる人の新たな一面に興味があった。

「そうだな……。基本的には優しい人だ。口調も穏やかだし、紳士的だしな。ただ……訓練はかなり厳しい。あの人は自分の魔力が強すぎるせいか、私たちに要求するレベルがどうにも高くてな。

まあ、おかげで日々上達はしているんだが……」

ガブリエラさんは苦笑交じりに小さく嘆いた。お伽噺の姫君の直系子孫であるリーンハルトさんは、やはり魔力が強いらしい。改めて、尊敬の念を深めた。

「あとは……怒らせたら怖いらしいが、まあ、レイラ嬢は気にしなくてもよいだろう。あの調子の師団長がレイラ嬢を叱りつけることなんてないだろうからな」

「それは……どうでしょう」

あのロケットを見てしまったことが知られたら、多分、怒られるんじゃないだろうかと思う。そのくらい、あれは大切なものだったはずだ。

「どうしても鬱陶しくなったら、相談してくれ。魔術師団総員で師団長と戦って……勝てはしないだろうが、時間稼ぎにはなるだろう」

大真面目にガブリエラさんが言うものだから、何だか可笑しかった。

私がリーンハルトさんを鬱陶しく思うはずがないのに。

でも、こんな軽口を叩ける程度なのだから、リーンハルトさんは魔術師団の皆さんに大切に思われているようだ。

あんなにも穏やかな性格だから、心配していたわけではないのだが、それでもこうして実際に見てみると安心感が違う。

「ふふ、今日ここに来られてよかったです」

「そうか？　まあ、実を言うと私も楽しかった。魔術師団に女性は少ないからな。今度は私が師団長の妹君のお店に伺うとしようか」

「まあ、それは楽しみです！　きっといらしてくださいね」

「ああ」

新たな友人が出来そうな予感に、私は頬が緩むのを抑えきれなかった。

にこにこと笑えば、ガブリエラさんもふっと笑ってくれる。なかなかいい調子だ。

そんな中、不意に聞き慣れぬ青年の声が響く。

「……アメリア姫？」

何気なく、声のしたほうへ視線を移すと、紺色の外套を纏った白髪の青年がいた。

例に漏れずこの青年も20歳くらいの見た目なのだけれども、真っ白な髪が印象的だ。瞳は血のような赤で、色合いとしては兎《うさぎ》を連想してもよさそうなものだけれども、青年から滲み出る厳格な雰囲気がそれを阻んだ。

それよりも、聞き慣れない名を呟いたその青年の赤い瞳が、確かに私を見つめていることに気づいて妙な胸騒ぎを覚える。

アメリア姫？

一体どなたかしら、と思いながらも、ふと、ロケットの中のあの小さな肖像画が思い浮かんでしまったのは、恐らく間違いではなかったのだろう。

白い髪の青年は、一気に私との距離を詰めると、私の両肩を揺らすように問い詰めた。

「アメリア姫？　アメリア姫だろ？　何でこんなところに……？　まさかリーンハルトの奴、禁術を……」

ひどく混乱したような青年の様子が怖くて、私は何も言えなかった。

代わりに、ガブリエラさんが私を守るように盾になってくれる。

「ハイノ副師団長、どなたと勘違いなさっておられるのか存じ上げませんが、この少女は師団長の客人です。あまり無礼な真似は避けたほうがよろしいかと」

「客人……？　あ、ああ、本当だ……生きてるんだね、君」

嫌な予感が増幅していく。

いきなり聞き慣れぬ名を呼ばれ、生きていることを不思議に思われるようなことを言われ、不安で仕方が無かった。思わず縋るように辺りを見渡してしまう。

その先で、リーンハルトさんと目が合った。

多分、考え得る限りの最悪のタイミングで。

「ハイノ……レイラに何しているんだ」

「リーンハルト……」

リーンハルトさんはハイノさんに詰め寄ると、今まで一度も見たことのない冷え切った目で彼を見下ろした。

「ああ、なるほど、レイラに余計なことを言ったんだね」

「悪かった、リーンハルト。わざとじゃない。お前がもし禁術を使っていたら止めなければと思ったんだ」

「僕が今も禁術を使うような男だと思われていたなんて、残念でならないよ」

多分、リーンハルトさんは怒っている。

あんなに冷たい瞳は見たことが無いもの。

そう、普段あれだけ穏やかで優しいリーンハルトさんを怒らせるだけの何かがあるのだ、この話には。

そしてそれが、私がずっと気になっていたことに繋がるであろうことも察しが付く。

何が起こっているのか状況がつかめなくて怖かった。油断すれば涙が零れそうなほどに混乱している。

「ごめん……レイラ。怖かっただろう。一緒に帰ろう」

「リーンハルトさん……アメリア姫とは、どなたですか？」

怖くて仕方がないのに、訊かずにはいられなかった。

リーンハルトさんはどこか寂し気に微笑みながら、そっと私の肩を抱く。

「ごめん……全部話すよ。本当はもっと早く、君に言わなければいけなかったんだ」

その優し気な声の響きが、却《かえ》って残酷に聞こえてならなかった。

ずっと知りたかったことが明かされるはずなのに、ただただ私は逃げ出したいくらいの恐怖に捕らわれて震えていたのだった。


お屋敷に戻るなり、リーンハルトさんと私はテーブルを挟んで向かい合うように座った。

部屋の中は、リーンハルトさんが淹れてくださった紅茶の香りに満ちていて、いつもならこの上なく幸せに思うはずなのに、私は今も怯えたままだ。

わざわざ紅茶にお砂糖まで入れて用意してくださったのに、今はとても飲む気になれない。

「ハイノのことは悪かったね。あれでも僕の友人なんだけど……少し思い込みが激しいところがあって」

「構いませんわ。それよりも、アメリア姫のお話を聞かせてくださいませんか」

我ながらどこか棘《とげ》のある言い方をしてしまったが、今はこれが精一杯だった。テーブルの向こう側でリーンハルトさんが寂し気に笑ったのを見て、私は膝の上に揃えた手をぎゅっと握りしめる。

「レイラは……ルウェインの呪いについて知っているかい？」

「……はい、以前、シャルロッテさんに教えていただきました。知っていることを黙っていたことは、申し訳なく思っております」

リーンハルトさんの目をまっすぐに見ることが出来ない。

軽く俯くようにして、私はこの言い知れぬ不安に耐えた。

「……そうか、いや、いいんだよ。いずれは知ることだったし、僕がもっと早く伝えるべきだった。ただ、レイラと過ごす穏やかな時間があまりに楽しくて……」

リーンハルトさんは不意に口を噤むと、どこか自嘲気味な笑みを浮かべた。

いつも優し気な表情ばかり見ているだけに、やけに目に焼きつく笑みだった。

「……ハイノが言っていたアメリア姫というのはね、今から200年ほど前に存在した、アルタイル王国の第三王女だよ。……ルウェイン教の修道院に入った王女様と言えばわかりやすいかな」

「……お名前こそ存じ上げませんでしたが、修道院に入った王女様のお話は聞いたことがあります」

リーンハルトさんは外套のポケットから、例の古びたロケットを取り出すと、開いてから私に手渡した。そこにはやはり、あの小さな肖像画がはめ込まれており、絵の中で私によく似た姫君が微笑んでいる。

「この人が、アメリア王女なんだ。……僕の、恋人だった。とても短い間だったけれどね」

恋人。その言葉に、深く深く、痛いほどに心が抉《えぐ》られるのが分かる。

嫌な予感が当たってばかりいる。

ルウェインの一族が恋人を得るということは、「運命の人」を見つけたも同義ではないか。

「結婚の約束もした。でも、アメリアはアルタイル王国の第三王女。まさか大々的にルウェインの、それも直系の子孫である僕と結婚するなんてできない。だから、ルウェイン教の修道院で落ち合うことにしたんだ。今思えば、ほとんど駆け落ちに近い話だね」

好きな人の前の恋人の話を聞かされることほど、つらい話があるだろうか。

ぎゅっと握りしめた手が震えだす。

それでも、聞きたいと言ったのは私なのだから、最後までちゃんと聞き届けなければ。

「でも、結局落ち合えなかった」

一瞬だけ、リーンハルトさんの瞳から一切の光が消える。大好きなリーンハルトさんの目であるはずなのに、思わずぞわりと身震いしてしまった。

「アメリアは……修道院で殺されたんだ」

「殺された……？」

「そう。魔法なんて力を持っておきながら、僕は結局彼女を守れなかった」

リーンハルトさんは再びどこか自嘲気味に笑ったけれど、その瞳にはあまりにも色濃い寂しさが映し出されていた。

それだけアメリア姫のことが大切だったのだろう。

愛情深い彼のことだ、恋人を相手にしたら、それはもう溺愛に溺愛を重ねるくらいの愛情を向けたはずだ。

それが、私には羨ましくてならない。羨ましくて妬ましくて、醜い感情で一杯になってしまいそうになる。

「……それで、『運命の人』であるアメリア姫と結ばれなかったリーンハルトさんは、今もこうして生きておられる、というわけですね」

これではリーンハルトさんの呪いは永遠に解けないではないか。

私では、やはり彼を救えないのか、と絶望に近い苦い感情を味わう。

「それは一理正しいことではあるし、現に僕が今もこうして生きているのは確かにアメリアと結ばれなかったからだけど……でも、僕の『運命の人』はアメリアであり、レイラであると言うべきなんだ」

「……どういうことですの?」

下手な慰めなら、聞きたくない。そんな気持ちが強かったせいか、僅かにリーンハルトさんを睨むように見つめてしまう。

「ルウェイン一族の『運命の人』がこの世界に生を受けても、僕らは『運命の人』が一生を終える間に、その人を見つけられるとは限らない。それに、アメリアみたいに結ばれることが叶わず命を落とす人も少なからずいる」

リーンハルトさんの紫紺の瞳と、ぴたりと目が合う。

いつの間にか先ほどまでの翳りは消え、夕闇を切り取ったような美しい瞳に戻っていた。

「だから……『運命の人』は何度も生まれ変わるんだ。いつか、ルウェイン一族と結ばれるまでずっとね」

「生まれ変わる……?」

「そう……ここまで言ってしまえば、レイラはもう気づいているかもしれないけど……」

その言葉の先を察して、どくん、と心臓が跳ねる。

やめて、その先は聞きたくない。

幸せなこの恋が終わってしまいそうで怖い、怖いの。

「――君は、アメリアの生まれ変わりだ。アメリアと、同じ魂を持っている」

穏やかな調子なのに、どうしてか婚約破棄を知らされたときよりも深く鋭く、私の心を抉《えぐ》り取《と》る言葉だった。

ふと、リーンハルトさんに初めて会ったときのことを思い出す。

――こんな姿になっても、私は気高く見えますか。

――それはもう、他のどの魂よりも気高く美しいよ。

あのときは、魂なんて妙なことを言う人だ、もしかして死神かしら、と呑気なことを考えていたものだが、そう、結局はそういうことだったのね。

リーンハルトさんにとって、私の魂が美しくないはずがないのだわ。愛してやまなかったアメリア姫の魂と同じなんだもの。

「ふ、ふふ……」

幸せだ、と思っていたのに。

リーンハルトさんは、肩書も何もない「レイラ」としての私を愛してくれていると思っていたのに。

大粒の涙が、頬を伝って流れていく。

それなのに、口元では笑みが止まらなかった。

「そうだったんですね……今までの優しさも、愛も、何もかも全部……私がアメリア姫の生まれ変わりだから……」

「っレイラ！　それは違う、確かに言葉が悪かったかもしれないけど——」

「——何が違うのです？　私は……所詮、あなたの『運命の人』の魂の繰り返しの一部に過ぎない。私が死ねば、また次を待てばいいのでしょう？　リーンハルトさんにとって、私が私でなければならぬ理由など、どこにも無いではありませんか！」

思わず椅子から立ち上がり、リーンハルトさんを糾弾するように声を荒げてしまう。

リーンハルトさんの紫紺の瞳が見開かれ、絶望に近い色が浮かんでいた。

「レイラ、それは違う、違うよ……」

「では、私に求婚したあのときに白百合を渡したのは？　きっと、アメリア姫が白百合を好んでいらっしゃったからでしょう？　私に初めて用意してくださった紅茶のお砂糖の数も、アップルパイを召し上がるときにひどく懐かしむような目で私を見たのも、全部、アメリア姫を思い出してのことではないのですか？　それは結局、リーンハルトさんが私をアメリア姫の生まれ変わりとしてしか見ていない何よりの証でしょう」

「レイラっ！」

リーンハルトさんは椅子から立ち上がると、泣き叫ぶ私の肩を摑む。

いつもよりも乱暴に思える仕草だったが、その分、彼の必死さが滲み出ていた。

だが、そんなリーンハルトさんの姿を見ても、次から次へと言葉が溢《あふ》れ出《だ》す。

「私が倒れたときにあれほど気遣ってくださったのも……結局のところ、アメリア姫の魂の入れ物である私の体が壊れてしまったら、また次を待たなければならないからに過ぎないんですね」

「冗談じゃない……そんなに僕が信じられないのか、レイラ。君と過ごした時間が全部嘘だったと、全て君の魂だけを見て起こした行動だと……本気で思っているのか？」

リーンハルトさんの指が、肩に食い込むようで痛かった。そんなに強い力で押さえつけられていることに、本能的な恐怖を覚える。

リーンハルトさんを怖いと思ったことなんて、これが初めてだ。

やがて、リーンハルトさんはどこか自嘲気味にふっと笑うと、翳った瞳で私を見下ろした。

思わずびくりと肩が跳ねる。

「そうか、僕が我慢しすぎたのが裏目に出たのかな……。もっとちゃんと、君を、君自身を愛しているのだと、行動で伝えるべきだった」

唐突にリーンハルトさんの手が私の顎に添えられたかと思うと、そのまま上を向かされ、キスで口を塞がれた。

生まれて初めての感覚にこんな状況下でも頬が熱を帯びるが、同時に涙も伝っていく。

あれほど憧れたリーンハルトさんとの口付けは、こんな形で迎えたいわけじゃなかった。

深くなっていく口付けを遮るように、私は無理矢理リーンハルトさんから逃れ、彼を突き放すように体を離す。

「っ……」

涙が止まらない。視界がぐちゃぐちゃになる。

気づけば私は、リーンハルトさんの前から逃げるように走り出していた。

お屋敷の扉を開け、扉が閉まったかどうかも確認することなく無我夢中で走り続ける。

涙が横に流れていくのが分かった。泣いているせいで上手く呼吸が出来ないのに、走ることで余計に息苦しくなったが、それすらもどうでもよかった。

外の世界はいつの間にか夕焼けに染まっていて、家路につく街の人々が、走り抜ける私を振り返るのが分かった。

自分がどこに向かって走っているのかも分からない。

ただ、とにかく人の目の無い場所へ行きたかった。全力で走り続けるのは苦しかったが、立ち止まることもできず私は走り続けた。


随分走って、小さな森のような場所を抜けたところで、私は地面にへたり込んだ。

吐息に血の味が混じっている。思わず胸を押さえて大きく咳《せ》き込《こ》んでしまった。

もう、足は動きそうにない。

私は、大馬鹿者ね。

地面に着いた手を、土を抉りながら握りしめる。

僅かに爪がはがれるような感覚があったが、指先に走る痛みが却って私の意識をはっきりさせた。

じわりと赤が土に混じる様子を見て、私は少しずつ冷静さを取り戻し始める。

……あんなにひどいことをリーンハルトさんに言って、私はどうするつもりだったのかしら。

リーンハルトさんの絶望に近い悲し気な瞳が思い出されて、一層涙が零れた。

分かっている。たとえ、私が彼にとって、アメリア姫の魂の繰り返しの一部に過ぎないとしても、それでも諦められないくらいに私は彼を愛してしまっているのだと。

ただ、悲しかっただけだ。私を夢中にさせた彼の優しさが、愛が、温もりが、本当は私自身に向けられたものではないかもしれないということが。

それがどうしようもなく悔しくて、アメリア姫が羨ましくて、そうやって募っていった黒い感情を、リーンハルトさんにぶつけてしまっただけなのだ。

リーンハルトさんが私ではなく、アメリア姫の魂を見ているだけに過ぎないのかもしれないと分かった上で、それでも離れられないほどに彼を愛しているのなら、言うべきではなかった、あんなに酷い言葉を。

彼がくれた愛の全てを否定するような、残酷な言葉を。

私はただ、自分勝手にリーンハルトさんを傷つけただけだ。

そう思うと、再び大粒の涙が溢れだした。涙は血の混じった土の中へと消えていく。

「っ……ごめんなさい」

震える声で、私は一人呟いた。

「ごめんなさいっ、リーンハルトさんっ……」

声を上げて、私は泣いた。見上げた空は紺色に染まりつつあって、それがどうしてもリーンハルトさんの瞳を思い出させるから余計に涙が溢れてくる。

「ごめん、なさいっ……」

恋は、こんなにも痛いものなのか。

私はこの日、初めて恋の苦さというものを知った。


ひとしきり泣き終えた私は、しゃくりあげながら沈みゆく太陽を眺める。

そろそろ帰らなければ、道が分からなくなってしまいそうだ。

どんな顔をしてリーンハルトさんに会えばいいのか分からないけれど、とにかくお屋敷のほうまで戻らなければ完全に日が暮れてしまう。

私はがくがくと震える足でその場に立ち上がり、辺りを見渡した。

どうやらここは小高い丘の上のようだ。

ふと、眼下に映し出された見慣れた光景に思わず息を呑む。

あれは……アルタイル王国の王都だわ。

どくん、と心臓が跳ねた。

以前、リーンハルトさんと王都へ出掛けたときには転移の魔法を使ったから、幻の王都との距離感はよく分かっていなかったのだが、こんなにも近かったのか。

そして、恐らく私は幻の王都の外に出てしまったのだろう。

幻の王都から外を臨める場所なんて、シャルロッテさんから借りた地図にはどこにも無かったはずだ。

……私一人で、帰ることが出来るのかしら。

そんな不安を感じた直後、不意に背後で聞き覚えのある声が響いた。

「……やっと見つけた。――レイラ」

そう、心地の良い、澄んだ少し低い声が。

はっとして振り返れば、そこには今となっては最早懐かしいと言うべき人がいた。

「……王太子殿下？」

王家の証である銀髪が、夕焼けの名残を反射して煌《きら》めいている。

夕闇の仄暗さのせいで、瞳の蒼色まではよく見えなかった。相変わらず威厳のあるたたずまいをなさる殿下の背後には、数人の護衛騎士が控えているようだった。

「一体、どうされたのです？　どうして、このようなところに……」

目の前の光景が信じられなくて、思い浮かんだ疑問をそのまま口にしてしまう。

王都のはずれと言ってもいいこの丘は、殿下がお忍びで来るにしてはあまりにも何も無い。

「見回りの護衛騎士が君を見つけたというから急いで来たんだ。それに……それはこっちの台詞だ、レイラ。何も言わずに僕の前から消えるなんて……許されるとでも思ったか？」

「……殿下？」

ゆっくりと、それでいて着実に、殿下との距離が縮まる。

こんな状況とはいえ、相手は王族だ。正式な礼を取ろうと思ったのだが、殿下の背後で響いた金属音に妙な胸騒ぎがしてならない。

……どうして、殿下の護衛騎士たちが剣を構えているの。

殿下を狙っているわけがない。彼らは、それはもう王家に忠誠の厚い、選《え》りすぐりの騎士たちだ。

そうなれば、彼らの狙いは一人しかいないじゃない。

「殿下……？　その、これは一体……」

じりじりと近づいてくる殿下と護衛騎士たちから、少しでも距離を取ろうと後退ってしまう。こんな真似は無礼に値すると分かっていても、本能的な恐怖がそうさせた。

「大丈夫だ。おとなしくしていれば、痛い目には遭わせない」

殿下はあくまでも冷静にそう言い放ったが、裏を返せば私を狙っているのだと宣言したも同然だ。

やはり、護衛騎士たちの剣は私に向けられているのだ。

そう思うと、夕焼けに光る銀色が、ただただ恐ろしくてならなかった。

「っ……」

これは、まずい。いいえ、かなりまずい。

それを察した瞬間、私は全速力で殿下の前から逃げ出した。

案の定、すぐに護衛騎士たちが追いかけてくる。私は既に走り疲れて痺れるような足に鞭打って、全力で逃げ出した。

殿下の目的は分からないが、私の命を狙っている可能性が高い。

なぜだろう、殿下に恨まれるようなことは何もしていないはずだ。

婚約破棄もあっさり受け入れたし、私の治療費以外は慰謝料だって請求しなかったと聞く。これ以上ないくらい、わだかまりなく綺麗に引いたはずなのに。

それとも、ローゼだろうか。ローゼを疑いたいわけじゃないが、あることないことを殿下に伝えて、私を抹殺するように仕向けた可能性は無くはない――実の妹に、そこまで恨まれているとは考えたくないけれど。

それに、あの美しい妹にお願いごとをされて抗える男性がいるとは考えにくかった。

殿下ほどの権力があれば人の一人くらいは簡単に消してしまえるだろう。それが、たとえ名門公爵家の令嬢であってもだ。

その瞬間、芝生の中に隠れていた木の枝に躓《つまず》いて情けなくも倒れ込んでしまう。

革靴の片方が脱げ、頬に土がついたが、靴を拾うことも土を拭うこともなく、再び走り出した。

殿下と護衛騎士たちは、もう目と鼻の先まで近づいて来ているのだ。ただ、力の限り逃げるしかない。

ひどく咳き込みながら走り続ける中で、脳裏に浮かぶのはリーンハルトさんの笑顔だった。

ここで諦めたら、あの微笑みをもう二度と見られなくなる。

確信に近いその予感が、既に限界を迎えた私の体を走らせ続けた。

だが、次の瞬間、背後から伸びてきた手に思いきり右腕を引かれる。肩が抜けるかと思うほどの強さだった。

振り返れば、殿下が私の腕を掴んでじっとこちらを見下ろしている。その瞳に宿るのが怒りなのか憎しみなのかは分からなかったが、そう浅い感情ではないことは確かだった。

……私がいつ、あなたにそれほどの憎しみを抱かせたの？

「っ……私を殺すおつもりですか。せめて理由だけでもお聞かせ願えませんこと？」

息も絶え絶えに、ほとんど挑発するような目で殿下を見上げてしまう。

もう、いい。本当に殺されるのだとしたら、不敬罪も何もないだろう。

「ああ、レイラ。君はそんな目も出来るのか。……綺麗だ」

殿下の指先が目の際に添えられる。

生きたまま眼球を抉られるような拷問を受けるほどの心当たりはないのだが、殿下がその気ならばせめて自死を願い出よう。

一応、私はまだ公爵令嬢のはずだ。

高貴な家柄の罪人には、罪状にもよるが大抵処刑か自死の選択肢が与えられる。まさかこれだけ証人がいる中で、自死を願い出た公爵令嬢を拷問にかけるなんて真似はしないだろう。

「殿下、私の命がお望みでしたら、どうか剣をお貸しくださいませ。アシュベリー公爵家に生まれた娘として、せめて最期は高潔に死にとうございます」

覚悟は決めた。死にたいわけではないけれど、こうなってしまったらもう仕方がない。きっと、あの優しいリーンハルトさんを傷つけた罰が当たったのだ。

……リーンハルトさんには、また次の生まれ変わりを待っていただく形になりそうね。

殿下は、相変わらず強い感情を宿した目をしていたが、やがてどこか面白そうに口元を歪ませた。

そしてくすくすと小さく声を上げて笑い出す。

「僕がレイラの命を、ね。……やっとのことで見つけ出したのに、そんな勿体ないことするわけがないだろう？」

殿下はにこりと微笑むと、私の目の淵《ふち》に添えていた指先で頬をなぞった。

どうしてだろう、リーンハルトさんにされるときは心地よくすら感じるその行為が、今は悪寒しか呼び起こさない。

「……私を、捜しておられたのですか？」

「当たり前だろう」

殿下の指先が私の首筋に伸び、頸動脈《けいどうみゃく》の辺りに爪の先を押し付けるように抉った。そのまま、殿下は今まで私に見せたことも無い幸せそうな笑みを見せる。

「――だってレイラは、僕の物だから」

言われていることに理解が追い付かない。

きっと、私は間の抜けた顔をしていただろう。

そうしている間に、背後から口を覆うように布を当てられた。慌てて声を出したが、もごもごとした響きになって遠くへは届かない。

それどころか、遂に足が限界を迎えたのか、思わずその場に崩れ落ちてしまう。

殿下に腕を引かれたままなので、肩が抜けそうなほどに痛んだが、それでももう立ち上がれないほどに私は体力を消耗していた。

「そんな華奢な体で無理をするからだ」

殿下はそう呟きながら、私の背中と膝裏に腕をあてがうと、そのまま私を抱き上げた。

ただでさえ力の差があるというのに、既に手も足も動かないほどに疲れ切ってしまった私には、抗うことすらできない。

殿下を睨むように見つめることで抗議の意を示すが、それすらも嘲笑うかのような笑みを彼は浮かべた。

「……戻るぞ。誰にも見られるなよ」

「はっ」

殿下が護衛騎士たちに淡々と指示を下している光景が、どうしてか現実のものに思えなかった。

このまま、私は一体どうなるの。殺されてしまうの？

命の危機を覚えながら、こんな訳の分からない状況の中で、自分勝手だと分かっていながらも、心の中に思い浮かべるのはやはりあの人だった。

――助けて、助けてください、リーンハルトさん。

言葉の代わりに零れ落ちた涙は、音もなく地面に吸い込まれていく。

紫紺の空は、もう見えなくなっていた。

第九章　鈍色の再会

「……っ」

いつの間にか、私は眠ってしまっていたらしい。久しぶりに馬車に乗り込んだあたりまでは覚えているのだが、その後の記憶が無い。

いくら体が限界を迎えていたとはいえ、私の命を狙っているであろう殿下の目の前で眠るなんて、我ながらあまりの無防備さに身震いした。

目の前は妙に薄暗く、ふわふわとした質の良さそうなベッドが背中に当たっている。

そのままベッドに両手をついてゆっくりと体を起こすと、全力で走った名残なのか、両足が引き攣るような感覚があり、手の指先には鈍い痛みが走った。

そういえば、素手で土を抉って爪がはがれたのだっけ。

いやに静まり返った部屋は随分と広く、青白い月の光が差していた。

その光を背負うようにして、ベッドサイドに腰かける青年と目が合い、思わずびくりと肩を震わせる。

「起きたのか」

心地の良い少し低い声は、紛れもなく殿下のものだ。

逆光でその表情はよく見えないが、どうしてか笑っているような気がした。不思議だ。殿下は滅多に笑わない人なのに。

「……ここは……一体どこなのでしょうか。私は何の咎で捕らえられているのですか」

起きたばかりだったが、眠る前に起こった逃亡劇の恐怖がまざまざと思い起こされて、おかげですぐに状況を把握することが出来た。

恐らく、私は捕らえられたのだ。何らかの、心当たりなど全くない罪で。

衣服は、罪人に着せるにしてはやけに質の良い純白のネグリジェに替えられていた。

指先や怪我をした部分には手当てが施されている。

だが、何よりもリーンハルトさんにいただいたペンダントが無くなっていることが気がかりだった。近頃は、眠るとき以外はずっとつけていたものなので、ペンダントが無いと何だか落ち着かない。

「ここがどこかなんてどうでもいいことだ。でも、後者の質問には答えてやってもいい」

相変わらず感情を感じさせない、淡々とした調子で殿下は言う。

私は何を言い渡されるのだろうかと、逆光でよく見えない殿下の顔を見上げて続きを待った。

「君の罪は、僕を捨てて逃げたことだ」

「え……？」

瞬時に言葉の意味を理解できず戸惑ってしまう。

殿下は、そんな私を嘲笑うかのような冷たい瞳でこちらを見つめると、ベッドの上に手をついて僅かに距離を詰めた。

「どこへ行くつもりだった？　国外か？　海を渡ろうとしていたのか？　それとも恋人のもとにでも行くつもりだったか？」

質問攻めにされて、どう答えればよいか分からず視線を彷徨わせてしまう。

「私が……殿下を捨てた、というお言葉からご説明を願えませんか？」

「ああ、それすらも分かってないのか。それくらい、僕は君にとってどうでもいい存在だったってことだな」

やけに憎しみのこもった声だった。感情こそ読めないけれど、いつも毅然として冷静沈着だった殿下からは考えられない。

「……殿下？」

「まあ、いいか、もう……。君にとって僕がどうでもいい存在だったとしても、どうせ君はこの部屋から出られないんだ」

「どういうことです？」

「君は知らなくていい」

改めて、今、自分がいる部屋を見渡してみる。

やはり、罪人を捕らえておくには相応しくない、豪華で広々とした部屋だった。

公爵家の私室より広いのではないだろうか。壁と言っても差し支えないようなガラス張りの大きな窓のお陰もあって、決して閉塞感は感じない造りになっている。

揃えられた調度品は遠目から見てもどれも一級品で、新しいものばかりだと分かった。しかも所々に飾られた刺繍作品やレースの掛け布などは、見事に私の趣味に合うものばかりで、まるで私のために用意された部屋のように思えてしまう。

それなのに、どうしてこんなに息苦しく感じるのかしら。

私は恐る恐る殿下の様子を窺った。

その瞳に宿る強い感情が何から来るものなのかも、私には分からない。殿下の御心の中が読めないのは昔からだけれど、これほど殿下のことを分からないと思ったのは初めてだ。

殿下は、私が殿下から逃げたことが罪だと仰った。

それはつまり、私が王家への忠誠も忘れて、公爵令嬢の責務を放り出し逃亡したことをお怒りになっているという意味だろうか。

もっともそれは建前で、可愛いローゼの実の姉が出奔しただなんて外聞が悪いから、私を連れ戻したという可能性のほうが濃厚だけれども。

そう考えれば、色々と疑問は残るが一応の納得はいくだろうか。

私と親しくしてくださったご令嬢たちは、ローゼのことを良く思っていないだろう。加えて私が行方を眩《くら》ましたとなれば、ご令嬢たちがローゼに嫌味の一つでも言うのは想像に難くない。

それを面白く思わなかったローゼが、殿下に頼んで私を連れ戻すよう仕向けたのかもしれない。

あまりに子どもじみているが、ローゼの今までの行動を思うとやりかねない、と思うのが本音だった。

しかし、それにしては殿下の言葉には不穏な部分が多々あった。

まるで私をこの部屋に捕らえたかのような発言まである。それに、私に向けるあの異様なまでの強い感情は何だろう。思わず身が竦んでしまう。

これはもしかすると、私が考えているより悪い事態になっているのではないかしら。

「……やはり、私がこの部屋から出てはいけない理由だけでも、お聞かせ願えませんか」

殿下のお言葉に逆らうようで心苦しいが、それが分からないことには身の振り方を決めようがない。

たとえ誰かに嵌《は》められた上で何らかの罪を負わされ、既に逃げ場などないのだとしても、心の準備をしたかった。

「君を二度と逃がさないためだ」

「その……私が逃げると殿下に何らかの不都合がおありなのでしょうか……？　公爵令嬢としての責務を放棄したことは大変申し訳なく思っておりますが、もし、そのことについてお怒りなのでしたら、一度公爵家のほうへ戻らせていただいて話を――」

「――そんなどうでもいいことのために、君を捜していたわけじゃない」

相変わらず淡々とした声だったが、長年傍にいる者であれば分かる。その声に確かな苛立ちが含まれていることを。

だが、殿下の苛立ちの理由を察するにしたって、手掛かりが少なすぎる。

殿下は、私に一体何を求めているのだろう。

訳も分からずに無駄に豪華な部屋に連れて来られ、ある種の不気味さしか感じない。

護衛騎士の剣を向けさせるほどに、私のことを憎んでおられるはずなのに、なぜ何も仰らないのかしら。

「……訳をお聞かせ願えなければ、この先どうすればよいのか分かりませんわ」

「ただ、ここにいてくれればいい」

「何もせず、ここにいるように、と仰るのですか？」

「そうだ」

「それほどまでの罪を犯した覚えはございません」

「……そんなにここが嫌か？」

「訳も分からず連れて来られ、罪状さえも誤魔化されて幽閉され、喜ぶ者がどこにおりましょうか」

思わず皮肉気に返してしまった。

3か月の平穏な幻の王都生活で、随分と感情的になったらしい。以前なら殿下に皮肉気な言葉を返すなんて、とても考えられなかったのに。

「罪状ならもう言った」

ふと、殿下の右手が私の手首に伸ばされ、そのまま押し倒されるようにバランスを崩してしまう。

あまりに突然のことに、目を見開いて殿下を見上げてしまった。決して強い力ではないのだが、状況が飲み込めず、抵抗するに至っていない。

「……レイラはそんな風に驚くんだな。綺麗な亜麻色の瞳がよく見えて、悪くない」

私の手首に添えていないほうの手の指先で、殿下は私の目の淵をなぞった。

私を捕まえたときもそうだ。それが癖なのだとしたら随分悪趣味だと思う。

ローゼにも似たようなことをしているのだろうか。

いや、可愛いローゼを怯えさせるような真似はしないだろう。恐らく、私が憎いからこその横暴だ。

「君の罪は、僕から逃げたこと。それがすべてだ」

目の淵に添えられていた指先が、私の顔の輪郭をなぞるように滑る。その感触に息を呑んで耐えながら、何度となく繰り返した疑問を口にする。

「……それがどうして、幽閉されるほどの罪になるのです？」

殿下は、その蒼色の瞳に得体の知れない強い感情を宿したまま、ふっと端整に微笑んで見せた。

それはもう、恐ろしいほどに。

「……何故《なぜ》なら君が、僕のものだからだ」

そう告げるなり殿下は、私の亜麻色の前髪を掻き上げて、うっすらと残る傷跡に口付けを落とした。その仕草は本当に丁寧で、２年前の私であれば舞い上がるほどに喜んでいたことのはずなのに、今はただただ衝撃しか覚えない。

殿下の瞳に宿るその感情は、執着だ。

それに気づいたとき、何も言えなくなってしまった。

私は、一体どこで間違えたのだ。常に冷静沈着な殿下にここまでの執着を覚えさせるほどの何かを、私はしてしまったのだろうか。

殿下はローゼを愛しておられるのだから、この執着が愛情のはずもない。

そうなれば、私に心当たりなどあるはずもなかった。

ただ、私の予感は当たっていたらしい。

私は、考えていたよりも、ずっとまずい状況にあるようだ。

第十章　王太子ルイス・アルタイルの初恋

結婚式を挙げた。

ずっと好きだった女性《ひと》の妹と。


広大で豊かなアルタイル王国のたった一人の王子として僕、ルイス・アルタイルは生まれた。

アルタイル王家の象徴である銀髪と蒼色の瞳という形質を色濃く表した厳格な父と、正妃である美しい母から生まれた僕の生まれには一点の汚点もなかった。

そして「王家の直系子孫は必ず銀髪蒼瞳を持つ」という迷信じみた、それでいて一度の例外も無い法則から外れることなく、僕もまた銀髪で蒼色の目を持っていた。顔立ちこそは母に似ていると言われることが多いが、髪の色や蒼色の瞳は父にそっくりで、自らに流れる王家の血を実感したものだ。

そう、僕は誰がどう見たって正当な王の子だった。

兄弟もいないため、次の国王となることは生まれたときから決まっていたと言ってもいい。

そのため、大きな権力争いに巻き込まれることもなく、次代の国王として実に穏やかな暮らしをしていたと思う。

質の良い衣服、一流の料理、高度で不足の無い教育、どれをとっても何一つ不満はなかった。

自分の将来が既に決められていることに、子どもらしく反発したような覚えすらもない。

国王夫妻という国内最高峰の肩書を持つ両親である以上、交流できる機会は少なかったが、それでも大切にされていることは分かっていた。

それに、両親に会えない物寂しさは高貴な家柄の友人たちや、気の置けない使用人たちが埋めてくれていたし、僕は精神面でも満たされていた。

一見すれば華やかで、それでいて波一つ立たぬ静まり返った水面のような日々を、僕はとても好ましく思っていた。

だが、完璧に整えられ、満ち足りていた僕の心を乱す少女が現れることを、このときの僕はまだ知らない。


異変が起こったのは、僕が12歳を迎えた誕生日のことだった。

王城では盛大な舞踏会が開かれ、国中の貴族や近隣諸国から招かれた使者たちが華やかな光の下でくるくると踊り続けている。

もう見慣れた光景だったが、退屈を感じるわけでもなく、むしろ今日も静寂を保った自分の心に満足していた。

12歳になったということで、遂に僕にも婚約者があてがわれることになったようだ。

聞けば相手は、創国以来王の右腕として忠誠を誓い続けて来た名門アシュベリー公爵家の令嬢らしい。王家からも度々王女などが嫁いでいるから、王家と親戚関係にあると言っても過言ではないほどの家柄だ。

これまた誰にも文句のつけようのない肩書の令嬢を選んできたものだと、僕は内心ほくそ笑んだ。全て順調だ。僕は正当な王の後継者、高貴な家柄の令嬢を婚約者に迎えて、明日からも穏やかで満ち足りた日々が続いていく。そう、思っていたのに。

「ルイス、こちらがアシュベリー公爵家のご令嬢、レイラ・アシュベリー嬢だ」

父に紹介された先で、まだ9歳だというのに完璧な礼を見せる小さな少女に、僕は一瞬で心を乱された。

それは、ほとんど衝撃と表現しても良かったと思う。

この世界に、こんなにも美しいものがあったのか。

亜麻色というのは、派手な容姿の多い貴族社会の中では地味に思われがちだが、静かな知性と凛とした意思を携えた少女の瞳は、思わず息を呑むほどに綺麗だった。

瞳より淡い亜麻色の髪には艶があり、真っ直ぐな毛先が品の良さを醸し出している。

何よりすっと通った目鼻立ちと、形の良い小さな唇で構成された顔は、誰が見たって人形のように美しかった。

「お初にお目にかかります。アシュベリー公爵家の長女、レイラ・アシュベリーと申します」

ああ、声までも美しいのか。

社交界では、艶やかな声の女性がもてはやされているものだが、僕にとってはこの少女の声のほうがずっと心地良かった。

小鳥のさえずりを思わせる慎ましやかな、静かな美しさのある声だ。鈴の音に例えるのも申し訳なくなるほどに可憐だった。

そんな中で、不意に大人たちの視線を感じて、彼らが僕の言葉を待っているのを察した。

だが、このときの僕はまともじゃなかった。

無理もない。平穏を保ち続けていた、波一つない穏やかな水面のような心に、突然白鳥が舞い降りたくらいの衝撃があったのだから。

「……ルイス・アルタイルだ。どうぞよろしく、レイラ嬢」

自分でも驚くほどの無愛想な声に、失敗したという思いだけが募る。

しくじったと思ったのはこれが初めてだ。普段はもう少し人当たりの良い話し方をするだけに、両親も僅かに驚いたような顔をして僕を見ている。

レイラ嬢がこれで気分を悪くしたらどうしよう。

そう思い横目でちらりと彼女の様子を窺ったが、レイラ嬢は不機嫌な素振り一つ見せず、にこりと可愛らしい笑みを浮かべていた。

その笑みに、僕は殺された。

完全敗北だ。抗いようもないほど完璧に、僕はこの可憐な少女に心を奪われてしまった。

この日、僕は平穏を保ち続けていた心に別れを告げたのだ。

それからというもの、僕の心はレイラに乱されてばかりだった。

レイラはとにかく完璧だった。

成長するにつれてますます美しくなっていく容姿に驕《おご》ることなく、教養もマナーも大人たちを唸《うな》らせるほどに身に付けていく。そのひたむきさを、とても好ましく思った。

努力を怠らない健気《けなげ》な姿を見ると、ますます惹かれていった。

そんなレイラに相応しい人間になるために、僕も必死に勉学に打ち込んだものだ。

義務としてこなしていた勉学も、レイラのことを思えば楽しくなった。

淡々とした生活が、レイラの登場によって途端に刺激的で新鮮なものに変わっていったのだ。

何よりレイラは人当たりもよく、大勢の人に慕われていた。

もっとも、名門公爵家の令嬢であり王太子の婚約者というレイラの肩書に畏怖を抱いているのか、無闇に彼女に近付く者はいなかったが、レイラは貴族令嬢たちの憧れの的だったといってもいい。

レイラが微笑めば、まるで女神様のようだと皆称賛したものだし、それはなかなか的確な表現だと思った。レイラが王太子妃になった暁には、さぞかし人気者になることだろう。

もちろん、そんな女神のようなレイラに邪《よこしま》な感情を抱く貴族子息たちも当然出てきて、僕は初めて苛立ちという感情を知ったものだ。

多くの子息たちの間では、社交界の華と呼ばれるレイラの母君によく似た妹君のほうがもてはやされているようだったが、少し見る目のある者は皆、レイラを称賛していた。

僕の友人たちも例外ではない。

「今日もレイラ様はお美しいな。ルイスが羨ましいよ」

ある舞踏会の夜、父親に付き添われているレイラを見て、友人のアーロンが呟いた。

「あまりじろじろとレイラを見るな。不快だ」

アーロンは、かなり本気でレイラに恋い焦がれているようだった。

彼はエイムズ公爵家の名を背負っていることもあり、王太子である僕の婚約者を奪うような真似はしない賢明な男であったが、その瞳は確かにレイラに釘付《くぎづ》けになっていた。

僕が手を離せば、レイラはあっという間に他の男に奪われるのだろう。その予感が、ますますレイラへの想いを募らせていく。

絶対に、僕から手を離すことなんてするものか。

以前は何とも思わなかった舞踏会も、いつからか気に食わないと思う瞬間が増えていた。

嫌でも、レイラが他の男と話をする場面を見せつけられるからだ。

貞淑なレイラだから、会話の内容も挨拶の域を出ないあっさりとしたものだと分かっているのだが、それでも気に食わないものは気に食わない。

「いっそ閉じ込めておけば、安心するんだがな……」

だが、レイラは王太子妃になる令嬢だ。僕以外の誰にも会わせないなんて不可能だろう。

それに、レイラを閉じ込めるなんて非道な行いをして、彼女に嫌われるのは何よりも嫌だった。

僕の独り言のような呟きを聞いていたのか、アーロンが若干引いたような目で僕を見てくる。

王太子である僕にこんな真似をするのは、アーロンくらいだ。

「……相変わらずの執着ぶりだな、ルイス。その割にレイラ様の前では無愛想なんだから、可愛い奴だよ」

「煩《うるさ》いな……」

「なんでなんだ？　レイラ様の前では、冷静沈着な王子様も緊張して話せなくなるのか？」

「……限られた時間しか会えないのなら、レイラの声を聴いていたほうがいい」

そう、レイラと会える貴重な時間を、わざわざ聞き飽きた僕の声ばかりを発して潰す必要はない。

それならば、レイラの小鳥のさえずりのような声を聞いていたほうがずっとよかった。

幸いにも、僕が時折相槌《あいづち》を打てばレイラは話を続けてくれる。

彼女の可憐な声で紡がれる話は、どんなに他愛のない内容でも、まるで一冊の詩集のように味わい深く感じるのだ。

「ああ、はいはい。聞いた俺が悪かったよ……惚気《のろけ》やがって」

アーロンは大げさに溜息をつきながら、羨ましいだの、お前には勿体ないだのと、公の場では不敬罪になりそうなことばかりぶつぶつと呟いていた。これもいつものことだ。

「でもなあ、そんな様子じゃ、レイラ様はお前の気持ちになんか気づかないぞ」

「時間はまだある。結婚してから気づかせていけばいい」

レイラは必ず僕のものになる。焦る必要はない。

彼女の可憐な声も綺麗な瞳も髪も何もかも全部、３年後には僕だけのものだ。

その予定調和の甘い未来だけが、僕のこの恋心を制御している気がした。

「きゃっ」

舞踏会の人混みの中、アーロンと喋りながら歩いていたせいか、左腕が誰かに当たってしまう。

謝罪をしようと振り返ったところ、そこにはレイラの妹君のローゼ嬢が大きな目を見開いてこちらを見上げていた。

ローゼ嬢は、白金の髪と青色の瞳が美しい令嬢だ。

その華やかな美しさで貴族子息たちを魅了しているらしく、中には耳を疑うような噂もある。

婚約者のいる貴族子息までも誑《たぶら》かしているようで、聞けば貴族令嬢たちの中ではあまり評判が良くないらしい。「あのレイラ様の妹君なのに」という言葉をよく聞くくらいだ。

正直に言えば、僕はこの令嬢が苦手だった。

やがて義理の妹になる人なのだから、なるべく親切にしようとは思っているが、出来ることならばあまり関わりたくないのが本音だ。

「すまない、ローゼ嬢。怪我はないか？」

「あ……ルイス殿下。少し、足をくじいてしまったみたいで……」

それほど強くぶつかった記憶はないが、長いドレスの下に隠れている足の様子など分からないから信じるしかない。

それに、潤んだ目をしたローゼ嬢をこのまま放っておくのも外聞が悪かった。

「それは大変だ。すまないことをした。アーロン、隣の休憩室まで連れて行ってやってくれないか」

何で俺が、とでも言いたげな目で見られたが、第三者の目がある以上、大人しく従うことにしたようだ。アーロンもローゼ嬢が苦手なことは知っていたが、婚約者のいる僕が連れて行って妙な噂を立てられるよりは、婚約者のいないアーロンが連れて行ったほうがいい。

「分かったよ、ルイス……。ローゼ嬢、どうぞお手を」

「あ……いえ、あの、思ったほど痛みませんでしたわ。休まなくとも大丈夫です」

ではごきげんよう、とローゼ嬢は逃げるように人混みの中へ消えていく。

アーロンはその後ろ姿を見つめながら、大きな溜息をついた。

「……あれはお前目当てだな、ルイス。気をつけろよ……。レイラ様の妹君との妙な噂なんかたったら、女神のようなレイラ様だって愛想を尽かすぞ」

「……愛想を尽かしたって、レイラが僕のものであることに変わりはない」

もちろん、レイラに愛想を尽かされるなんて考えたくもないし、それを回避するためならばなんだってするつもりだ。

だが、どう足掻いたってレイラが僕から逃れられるわけがないのも事実なのだ。僕に愛想を尽かしたところで、レイラは僕の隣で生きていくしかない。

そんなのはレイラがあまりにも憐れだと、この友人は言うのかもしれない。

だとしても、その不憫さすらも愛おしいと思う程度には、僕の心の中はレイラで一杯だった。

こんな幸福で甘い日々が、これからも延々と続いていくのだろう。

そう、信じていた。

信じていたのに。

レイラが16歳になった初夏、僕はレイラを誘って王都の植物園に行くことになった。

例の舞踏会の夜をきっかけに、妙に僕につきまとうようになったローゼ嬢から、レイラが植物園に行きたがっているという話を聞いたからだ。

普段は鬱陶しい存在でしかないローゼ嬢だが、たまにレイラについての情報を流してくれることだけはありがたかった。

やはり、家族にしか分からないこともある。

レイラが植物園に行きたいとは思ってもみなかった。

植物園というと、女性を連れていくには少々味気の無い場所のような気もするが、博識なレイラならば植物を見ているだけでも楽しめるのだろう。あるいは植物を観察して、彼女の好きな刺繍の参考にでもするのかもしれない。

鬱陶しいと思われたら困ると思って、僕からはあまりレイラを誘って出かけることはしなかったが、今回ばかりは話が別だ。

レイラ自身が植物園に行きたいと言っているのならば、きっと喜んでくれるに違いない。

普段は、王家と公爵家の暗黙の了解のもと用意された席でレイラに会うのだが、それもせいぜい月に一回程度のことだ。

物足りないと感じているのが本音だった。

本当はもっと、いや、毎日のように会いたい。あの可憐な声を、飽きるまで聴いてみたい。

そう思い、レイラを誘おうと思ったことは数えきれないほどあったが、何とか理性で抑え込んだ。

レイラにもレイラの事情があるはずだ。

友人と交流を深めたり、読みたい本だってあるだろう。彼女は刺繍も好きだから、何か素晴らしい作品を作ろうとしているかもしれない。

ただでさえ多忙な彼女は、自分の好きなことをする時間も少ないのだ。それを思いやらず、僕の欲望だけを押し付けて会いに行ったら、レイラを困らせてしまうだろう。

「女神様」の呼び名に違わず、どこまでも寛容で心優しいレイラならば、きっと可憐な微笑みを浮かべて受け入れてくれることは分かっているが、無理をさせたくなかった。

それに、結婚式を挙げれば、この先ずっと僕の隣にいることになるのだ。

もちろん結婚後も、出来る限り彼女の望みは叶えるつもりだが、今のように自由な時間はどうしても減ってしまうだろう。

だからこそ、今だけは彼女の好きなように過ごしてほしかった。

そう思えば、レイラに会いたい気持ちも、彼女が今日一日を楽しく過ごしてくれればいいという願いに変えて我慢することが出来た。

実際、このくらいの距離感をレイラも好んでいるような素振りであったし、僕の選んだ道は正解だったのだと、彼女の微笑みを見て思った。

この調子ならば、僕はきっとこの先も、レイラの笑顔を隣で見ることが出来るだろう。

植物園に行くその日は、久しぶりのレイラとの外出が楽しみで、予定より少し早くアシュベリー公爵家についてしまった。

馬車を停《と》め、今日の予定を確認するなどして何とか時間をやり過ごし、約束の刻限ぴったりにレイラを迎えに行く。

その日のレイラは清楚な菫色のドレスを着ており、相変わらずの可憐さに眩暈がした。

何より、僕が贈った髪飾りをつけていてくれたことが嬉しかった。

レイラは僕が贈ったものを大切にしてくれているようだ。そのままそっと手を引けば、ほんの少し頬を赤らめて握り返してくれる。

これらのことを総合して考えると、恐らく僕らの関係は良好な部類に入ると思われた。

長年婚約者の関係を続けている僕らだが、実のところ恋人らしいことは何一つしたことが無い。

こうして手を引くのはエスコートに過ぎないので、実質、手すら繋いだことも無いようなものだ。

欲を言えば、出来ればそろそろ口付けくらいはしたいところだが、もしもレイラが嫌がったら、と思うとどうしてもできない。

いや、焦ることは無い。

結婚式まであと3年もあるのだし、ゆっくり距離を詰めていけたらいい。

そんな呑気な計画を立てていたそのとき、突然、馬車に繋がれているはずの白馬が暴れだした。

そしてその光景を認識した直後には、暴走した白馬がレイラに迫っていたのだ。

全ては、本当に一瞬のことだった。

「っレイラ!!」

思わず叫んで彼女の手を引いたが、遅かった。

馬の蹄が容赦なくレイラの頭に振り下ろされ、華奢な体が地面に投げ出される。

赤い血が、彼女の額から流れ出していた。

「レイラっ、レイラっ!!」

彼女の名前を何度も叫びながら、力の抜けた細い体を抱き起こす。あれほど焦がれたレイラとの初めての抱擁は、こんな形で迎えたいわけじゃなかったのに。

見る見るうちにレイラの顔から血の気が失《う》せていく。

辛《かろ》うじて息はしているようだったが、最悪の結末ばかりが頭を過った。

暴走した馬に蹴られて命を落としたという使用人の話は何度も聞いたことがある。王都では、それなりに起こることだと。

でも、まさか、レイラがこんなことになるなんて。

大した信心もないのに、このときばかりは神様というやつに祈った。

こんなに美しいレイラだから、神様とやらが傍に置きたがっているのかもしれないがそんなのは許さない。絶対に許さない。

レイラは、僕のものなのだから。

祈りが通じたのか、レイラは一命を取り留めた。

だが、数日経ってから面会が許されたレイラの姿は弱り切っていて、遠目に見れば人形のように儚かった。

「レイラ……」

頬にかかった亜麻色の髪をよけて、青白いレイラの顔を見下ろす。

レイラは眠っていても綺麗だ。

「……起きているレイラ嬢にお会いしたかったのですが、今はお休みになられているんですね」

ベッドサイドでレイラの様子を見守る公爵夫人に、さりげなく言葉をかける。

公爵夫人は社交界の華と呼ばれる人なだけあって、どこか陰鬱さの漂うレイラの寝室の中でも艶やかだ。だが、普段より覇気のない様子にどことなく胸騒ぎを覚える。

「殿下……これは、今朝、医者から告げられたことで、まだ国王陛下にもお話していないのですが……」

僕の隣でレイラを見下ろしていた公爵が、俄《にわ》かには信じがたいことを告げる。

「レイラはもう、目覚めないかもしれません」

「は……？」

公爵に対する礼儀も忘れて、思わず聞き返してしまった。

よく見れば、公爵の目の下には深い隈がある。いつも隙を見せない公爵が、ここまでやつれ切っているということがその言葉を裏付けているようで思わず目を逸らした。

「……王国で一番……いや、あらゆる分野で一流の医者をすぐに呼びよせます。レイラが目覚めないなんて、そんなこと――」

「もう、この国で一番腕のいい医者に診てもらいました。……しかし、現在の医学の力ではどうすることもできない、と。どれほどの名医に診てもらっても、手の尽くしようがないのです……」

「……また明日も来ます。いや、これからは毎日会いに来ます。レイラはアネモネの花が好きでしたね。毎日色の違うものを持ってきましょう。そうすれば、目が醒めたときにレイラも喜ぶ」

「殿下」

窘めるような公爵の声に、自分がひどく取り乱していることに気づいた。

公爵は苦しげな表情で首を横に振る。

「王太子殿下ともあろう方が、目が醒めるかもわからぬ令嬢のもとに通われる必要はございません。……恐らく、この婚約の話も白紙に戻るでしょう」

「何を言って――」

「レイラも、殿下には美しかったころの姿を覚えておいてほしいはずです。どうか、レイラの想いを汲んでくださいませんか」

「……何を言っているんだ、レイラは眠っていても美しい。それに、レイラは僕と結婚すると随分前から決まっている」

そう、レイラは僕のものだ。今更、縁談が白紙に戻されてたまるものか。

思わず丁寧な言葉を使うことも忘れて、公爵を睨み上げる。

「とにかく、また明日も来ます」

混乱する頭を必死に落ち着かせながら、僕は城に戻った。

その後、悲痛な表情をした両親から告げられた言葉はやはり同じようなもので、僕は暫く公務にも勉学にも打ち込むことが出来なかった。


それから1か月して、僕とレイラの縁談は正式に白紙に戻された。

しかも、なお悪いことに、新しい婚約者にはレイラの妹のローゼ嬢があてがわれることになったのだ。

王太子妃を輩出する家自体が変わるよりは混乱を避けられる、という思惑と、僕とローゼ嬢が懇意にしているとの情報から決められたことらしい。

後者については、近頃ローゼ嬢が僕につきまとっていたことから生まれた誤解だと思われるが、最早、それを否定する気力もなかった。

もう、どうでもいい。何でもいい。レイラじゃないならば誰だって変わらない。

加えて、新しい婚約者であるローゼ嬢に配慮して、レイラにはもう会ってはいけないとまで言われたときには本気で自死を考えた。

神様とやらは、レイラを生かす代わりに僕を見放すことにしたようだ。

それからは、自暴自棄な日々が続いた。

公務も勉学も、求められるだけのことを義務的に成し遂げたが、レイラが婚約者だったときのような達成感も刺激も何も得られない。

いっそレイラを忘れてしまえばいいのかもしれないと思ったが、僕の心を初めて動かした彼女を忘れるなんて、どうやったってできなかった。

僕の心はもう、他が入り込む隙が無いくらいに、レイラで染め上げられていたのだ。

せめてレイラのことを考えないようにしようとしても、アネモネの花や彼女の好きそうな刺繍を見る度に、あの可憐な笑顔ばかりが思い出される。

もう、レイラは傍にいないというのに。

衝動的にアネモネの花を握りつぶしながら、レイラに対して憎しみのような感情を抱いたことすらある。

それを繰り返していくうちに、多分、僕は段々おかしくなっていったのだと思う。

新たな婚約者となったローゼ嬢は、べたべたと僕につきまとった。

エスコートしようにも、胸を押し付けるように腕を組むことしか出来ないらしく、とても名門公爵家の令嬢とは思えぬ下品さに辟易《へきえき》してしまう。

だが、僕にとってはそれすらもどうでもよく、注意する気にもなれなかった。

ローゼ嬢の唯一の長所と言えば、レイラと声がよく似ていることだった。

その派手な見た目とは裏腹に、声だけは鈴の音のように可憐な声なのだ。

もっとも、普段話しているときにレイラを彷彿《ほうふつ》させるようなことは無いのだが、ローゼ嬢が妙に甘えてくるときや、一方的に口付けてくるときの声は、そういう状況のレイラの声を知らないだけに、レイラに置き換えることが出来た。

我ながら、ローゼ嬢に対してあまりにも不実だと思ったが、次第にそれだけがローゼ嬢を傍に置く理由になっていった。

だからこそ、僕は過ちを犯したのかもしれない。

今でも信じられないことだが、ある舞踏会の翌朝、控室とは名ばかりの、密会の温床になるような小部屋のベッドで僕は目を覚ました。

かつてないほどに痛む頭を抱えながら、何気なく隣を見れば下着姿のローゼ嬢が眠っていた。

乱れた自分の衣服といい、シーツに付着した赤色といい、ただ眠っていただけというにはあまりにも不自然すぎる光景だった。

婚約者とはいえ、相手は未婚の子女。

こんな失敗を自分がするなんて。一瞬だけ、血の気が失せていくのが分かった。

ローゼ嬢絡みでこんなに動揺したことは、これが初めてかもしれない。

舞踏会に参加していた記憶はあるが、その後のことはまるで覚えていなかった。

確かに酒は飲んだが、もともと友人たちの誰よりも酒に強い僕が酔えるような濃度の酒は無かったはずだ。何より、人の目がある舞踏会の席で、記憶を飛ばすほど飲んだということが信じられない。

だが、自暴自棄になっている自分だから、もしかしたら、と思うのもまた事実だった。

レイラを思わせるローゼ嬢の甘い声に、誘われた可能性も否めない。

眠るローゼ嬢をどこか冷えた気持ちで見下ろしながら、一人溜息をつく。こんな状況になっても、ローゼ嬢に対して何の感慨も感情も湧き起こらないのが不思議だった。

とにかく、この状況では僕が何を言っても言い訳になるだろう。

幸いにも相手は婚約者なのだし、新たな命が宿ったところで最悪結婚式が早まるだけだ。

相手がもしもレイラだったのなら、自分のことを呪い殺すほどに責めただろうが、ローゼ嬢に対しては罪悪感すら抱かなかった。

我ながらその屑《くず》っぷりに、起きて早々自嘲気味な笑みを零してしまう。

それでもローゼ嬢は、こんな僕の傍にいたいと願うのだろうか。


結論から言えば、この夜にローゼ嬢はお腹に子を宿し、結婚式は早まることになった。

その結果を受けても、ローゼ嬢には申し訳ないことをした、とすら思えない自分に益々嫌気が差して、着々と進められていく結婚式の準備を眺めていた。

そんな絶望の最中、神様とやらは更に残酷なことを引き起こす。

レイラが、目覚めたのだ。

2年間もの長い眠りから。弱ってこそいるが、後遺症は何もない奇跡の状態で。

約2年ぶりの心を揺り動かす吉報に、僕は一人で涙を流して喜んだ。

レイラが、目覚めてくれた。

またあの綺麗な亜麻色の瞳で僕を見つめてくれる。小鳥のようなあの可憐な声を聴かせてくれる。女神のような優しさに触れることが出来る。こんなに喜ばしいことが他にあるだろうか。

だが、同時にこのときほど、自分を呪ったことは無かった。レイラが目覚めたというのに、これほどの絶望を味わうことになるなんて。

どうして、よりにもよってこのタイミングなんだ。

せめて、あと半年ほど早く目覚めてくれていたのなら、レイラと婚約を結び直すことも可能だったかもしれないのに。この状況では、どう足掻いても無理だ。

ローゼ嬢が、僕の子どもを身ごもっているのだから。

いや、たとえ子どもがいなくても、既成事実がある以上、今更ローゼ嬢との婚約破棄は難しかっただろう。

もう少し、自分がしっかりしていれば。あの夜に酒さえ飲まなければ。

後悔してももう遅い。

レイラは一生手に入らない。

この先ずっと、レイラが他の誰かと幸せな家庭を築き上げる様を見続けることしか出来ないなんて。

生殺しもいいところだ。

いっそ、目覚めてくれなければ諦めもついたのに。そんな自分勝手な願いさえ抱いた。

でも、そんな醜い感情すらも、2年ぶりにレイラの微笑みを見た瞬間に吹き飛んだ。

レイラが、生きていてくれる。笑ってくれる。

それがどれだけ素晴らしいことか、僕は分かっていなかったらしい。

もともと女神とさえ呼ばれていた少女だ。レイラはそこにいるだけで、こんなにも簡単に僕の心を救ってしまう。

夫婦にはなれなくても、良き友として、たった一人の最愛の女性の傍にはいられるのだ。

レイラが嫁いでいく様を見るのは、それはもう辛い上に、相手の男を憎まずにはいられないだろうが、それでも、レイラが眠ったままであるよりはいくらかマシだろう。

僕のものでなくなっても、レイラが幸せに生きている様を見るのは悪くない。

2年ぶりのレイラの笑顔は、どこか歪んだ僕にそう思わせるくらいの破壊力があった。

それに、真っ直ぐにレイラの幸福を願えるようになった自分が誇らしかった。

レイラはいつも、僕を正しい道に導いてくれる。それは恐らくこの先も変わらないのだろう。

レイラが笑い、可憐な声で話し、華奢な足で踊るために安寧が必要だと言うならば、義務としか思っていなかった公務でさえ進んで取り組める気がした。

ローゼ嬢の手前、レイラを優先するような態度は避けたので言葉らしい言葉はかけられなかったが、次は一人で見舞いに来よう。

レイラの可憐な声と笑顔はきっと、僕の爛《ただ》れた2年間すらも浄化してしまうだろう。

そんな風に現実を受け入れて、レイラの幸せを願えるくらいの心の余裕を取り戻したはずなのに。

レイラは、僕を裏切ったのだ。

僕の目の前から、逃げ出してしまった。

その知らせを受けたとき、僕は温室に咲いていた一番見事なアネモネの花を持って、レイラを見舞いに行こうとしていたところだった。

震える手でアネモネの花を握りしめながら、何とか冷静になろうと試みる。

どうして、レイラが逃げるんだ。

2年間の眠りから醒め、これからようやく幸せになれるというのに。

僕の目を見るなり怯えたような顔をした使用人を下がらせると、部屋には僕だけが取り残された。

小刻みに震えた手から、アネモネの花がするりと抜け落ちる。

さまざまな色の花弁が、床に散らばった。それを踏みにじるようにして、僕は窓辺に足を進め、空を見上げた。空には一面灰色の雲がかかり、静かな雨音が響き渡っている。

僕のものにならなくても、レイラが幸せになれたらそれでいいと思っていた。

知らせを受ける直前まで、確かにそう思っていた。

でも、それはすべて僕の目の届く範囲での話だ。レイラが僕の見えないところに逃げ出すというのなら話は変わってくる。

「……馬鹿だなあ、君は」

逃げさえしなければ、きっと幸せになれたのに。

僕は冷え切った窓に手を当て、爪で引《ひ》っ掻《か》くようにズルズルと手を下ろした。窓越しに雨空を見上げれば、自然と笑みが浮かんでくる。

君が僕を捨てて逃げると言うのならば、こちらにも考えがある。

君を必ず見つけ出して、そのまま二人だけの世界に閉じ込めよう。

そうして、逃げる気力すら無くすほどに痛めつけて弱らせたところで、存分にこの愛に溺れてもらおう。

もう決して、僕の手から擦り抜けないように。

僕から逃げようだなんて、二度と思わないように。

誰も立ち入らない塔の最上階で、一生を過ごしてもらうのだ。

そんなことをすれば、君は僕を嫌うのだろうか。

でも、君に嫌われることを恐れて我慢し続けた結果がこれならば、もう何も遠慮することは無いじゃないか。

君に嫌われるよりも、君が傍にいないことのほうがずっとずっと苦しくて仕方がない。

逃げた理由などどうでもいい。

ただ、こんなにも君に掻《か》き乱《みだ》された僕の心を踏みにじって、あっさりと僕を捨てて逃げた罪の重さを、君は思い知るべきだ。

絶対に、レイラを見つけてみせる。そしてそのまま、公爵家には返さない。

機を見て適当に死んだという知らせでも送ればいい。

そうすれば、今度こそレイラは僕のものになる。

誰にも見つからない場所に、「名前もない」少女を監禁することなど造作もないのだから。

「……最初から、こうすれば良かったんだな」

レイラは、僕のものだから。

これがきっと正しい道だ。誰より先にレイラを捕まえて、もう誰の目にも触れない場所に閉じ込めてしまおう。

レイラと二人きりで過ごす時間は、どれだけの幸福で満ちているだろうか。きっと、想像もつかないくらいに甘美であるに違いない。

「レイラ、ああ、レイラ……。すぐに見つけてあげるから、いい子で待っているんだよ」

部屋中に飾ったレイラの肖像画の一枚にそっと口付ける。

僕の心を乱して止まないこの少女は、もうすぐ、僕だけのものになるのだ。

第十一章　薔薇色の大罪

あの後、殿下はただ「おやすみ」とだけ告げて部屋を後にしてしまった。

一応扉が開かないか試してみたけれど、予想通りびくともせず、大きな窓はそもそも開くような仕組みではなかった。

ガラス張りのこの窓がどれだけの強度であるか分からないが、割ろうと思えば割れないことも無いだろう。

ただし、窓越しに地面を見下ろせば、それはもう恐ろしいほどに高く、地面に咲き乱れた薔薇の輪郭がぼんやりとしているくらいなのだから、飛び降りて助かるようなものではないことだけは確かだった。

結局どうすることも出来ず、私は不安な気持ちを抱えたまま、ベッドで眠らざるを得なかった。

ただでさえ、あまりにも色々なことが起こり過ぎた一日だったのだ。

リーンハルトさんのこと、アメリア姫のこと、殿下のこと、どれも考えたところで解決しない問題ばかりだったが、それらについて悶々と考えているうちに気づけば私は夢の中にいたのだった。

ふわふわとしたベッドの上で、ゆっくりと目を開く。見慣れない天蓋が、ふと公爵家を思い起こさせて複雑な気持ちになった。

リーンハルトさんのお屋敷では、天蓋付きのベッドを使っていなかったせいかもしれない。

せめて夢の中だけでも、リーンハルトさんにお会い出来ればよかったのに。

リーンハルトさんは、自分勝手な私の夢の中になど現れてくれなかったようだ。

私はシーツをぎゅっと握りしめて、心の中に浮かぶリーンハルトさんの笑顔に縋った。

起きたところで、まだ状況はつかめないままだ。ただ、殿下がどうやら私に並々ならぬ執着を抱いているようだということが分かっただけで。

ふと、天蓋から降ろされた絹のカーテンが揺れる。

殿下かと思い慌てて顔を上げたが、そこにいたのはメイド服を着た小さな少女だった。

癖のある赤毛とヘーゼルの瞳が可愛らしい少女だ。

恐らく十代前半くらいだろう。ここがどこだか知らないが、彼女の纏っているメイド服は王城勤めのメイドが着ている物と同じだった。

その年齢で王城勤めが出来るなんて、ものすごく優秀な少女なのかもしれない。

「……おはようございます、えっと……あなたは？」

私が問いかければ、赤毛の少女は少しだけ眉尻を下げて微笑み、やがて自分の喉元に手を当てた。

そしてゆっくりと首を横に振る。

「……もしかして、声が出せないのですか？」

少女は、にこりと微笑んだまま頷いた。

ここが幽閉されている部屋だということも忘れさせるくらいに、可愛らしい笑顔だ。

「では、文字は書けるでしょうか。あなたのお名前が知りたいですわ」

私はベッドから立ち上がり、テーブルの上に置かれていた羽ペンと羊皮紙を少女の前に差し出す。

だが、またしても少女ははにかんだまま首を横に振る。

「そうですか……」

この王国の識字率は近年上昇しているが、誰もがみんな必ず読み書きが出来るかと言われるとそうでもない。

王都に暮らすような住民たちは読める場合が多いが、王都を出ると一気に識字率が下がると学んだことがある。この少女は王都の外からやってきたのかもしれない。

「あなたは、殿下に言われてここにいらっしゃったのですか？」

頭一つ分小さい少女になるべく穏やかに話しかける。少女はこくりと頷いて見せた。

「そう、じゃあ後で殿下にあなたのお名前を聞いてみなくちゃいけませんね」

ひとまず、私はこの少女に手伝ってもらいながら、朝の支度を整えることにした。

ここから出る手段を探すにせよ、殿下と話し合いをするにせよ、寝起きの姿のままでは事が進まない。

用意されたドレスは見るからに一級品で、菫色の生地にレースがあしらわれた清楚なものだった。

悔しいが、不覚にもときめいてしまうくらいに気に入るデザインだ。

このドレスを用意したのは殿下なのだろうか。

この部屋の調度品といい、刺繍の小物といい、昨夜から私好みの物ばかり見ている気がする。

そのまま、少女に昨夜殿下が出ていったドアとは別のドアの前に案内された。

まさか、続き部屋まであるとは思わなかった。

少女が規則正しいノック音を鳴らすと、ゆっくりと扉が開かれる。

扉の先には、白いテーブルクロスの上に湯気の立つ豪華な朝食が並び、殿下が座って私を待っていた。窓から差し込んだ陽の光に輝く銀髪を見て、ようやくまともに殿下の顔を見たような気がした。

以前、お見舞いに来てくださったときよりも、僅かに痩せられたような気がする。

「よく眠れたようだな」

相変わらず感情の読めない表情で、殿下は私を見上げた。

テーブルを挟んで殿下の向かいに設置された椅子は、私のために用意されたものなのだろう。

すかさず少女が椅子を引いて私に座るよう促した。

「……おはようございます、殿下」

「そのメイドは気に入ったか？」

「え、ええ……きちんとお仕事をしてくれましたわ。声が出せないようですので、このメイドのお名前を伺ってもよろしいでしょうか」

殿下はその質問を受けて、じっと私を見つめた。

一晩明けても、やはりその蒼色の瞳には執着が宿っていて、見つめられるだけでびくりと肩が震えてしまう。

「……レイラは、使用人のことも名前で呼ぶのか」

「そう、ですわね……。いつも一緒にいるのですし、私的な場ではなるべくお互いに居心地が良いほうがいいかと思いまして……」

これは、教えてくれなさそうだ、と何となく察する。それどころか、殿下の機嫌を損ねた気がして、朝から胃が痛くなりそうだった。

「僕のことは名前で呼ばないのにか」

「そ、そんな恐れ多いですわ……。2年前ならいざ知らず、今となっては婚約者の立場でもなんでもありませんし……」

殿下を名前呼びなんてしたら、ローゼに睨まれてしまいそうだ。もっとも、幽閉されているこの状況で、ローゼに会えるかどうかも分からないのだけれども。

「なんでもない、か……」

やけに意味深に復唱する殿下に、私は怯えてばかりいた。

こんな態度、失礼だとは分かっているが、未だに状況が摑めないのだ。気丈に振舞っているだけ、むしろ褒めてもらいたいくらいだが、思えばこの王国にはそんな風に私を甘やかしてくれる人などいない。

途端に幻の王都が恋しくなって、早くここから脱出する手段を探さなければ、と考えてしまった。

「まあいい、朝食にしよう」

その言葉を合図に、少女は部屋から姿を消してしまう。

ぱたり、と完全に閉じられた扉が何だか新鮮だった。

今までは殿下と二人でお茶をするときも、誰かが控えていたり、少しだけドアが開かれたりしていたのだから。

当然のように朝食を摂り始める殿下を前に、私は思わず尋ねてしまう。

「……ご朝食は、ローゼ――……いえ、王太子妃殿下とお摂りにならなくてよろしいのですか。それに、殿下はご結婚あそばされたとはいえ、私と二人きりではよろしくない噂を立てる者もおりましょう」

もっとも、昨夜の時点で、既に騒ぎ立てられてもおかしくない状況ではあるのだが、それで流されていいわけではない。この国では、一応私は名門公爵家の令嬢なのだから。

殿下は手に持った銀のナイフをそっと置くと、どこか自嘲気味に微笑んだ。

殿下の笑みは見慣れていないけれど、昨日からずっとこのような笑みばかりだ。

決して愉快な気持ちから生じる笑みではないだろうと予想されるだけに、見ていてこちらまで息苦しくなる。

「……君のその慎ましさと聡明さが、ほんの少しでもローゼにあれば良かったんだがな」

やけに不穏な言葉に、さっと血の気が引く。

「……王太子妃殿下と、何かおありになったのですか」

「あんな奴のことを王太子妃などと呼ばないでくれ……！　それも、君の口から……」

「……殿下？」

珍しく――いや、昨夜からの様子から考えればもう珍しくもないのだけれど――取り乱す殿下を前に、嫌な予感が収まらない。

王太子一家は、今はそれこそ幸せいっぱいな時期ではないのか。

「一体どうなさったのです？　何か事情があるにしても、今は……ローゼと御子とお過ごしになられたほうがいいかと思いますわ……。もう、お生まれになったのでしょう？　お姫様ですか？　王子様ですか？」

「ああ、生まれたさ。性別がどっちだったかなんてもう覚えてない」

「……そんな、それはローゼがあまりにも――」

「僕の子じゃなかった」

「え？」

「ローゼが産んだ子は、僕の子どもじゃなかったんだ」

息が、止まるかと思った。いや、一瞬だけ確かに呼吸を忘れていたかもしれない。

ローゼの生んだ子が、殿下との子ではない？　まさか、そんなことってあるのかしら。

「……失礼ですが、どうしてそのようにお思いになったのですか？」

「『王家の直系子孫は必ず銀髪蒼瞳を持つ』……。レイラなら、この法則を知っているだろう？」

「え、ええ……」

それは、アルタイル王家にまつわる有名な話だ。

ルウェインの一族と革命軍の戦争が終わり、新たな王国を作り上げることとなったそのときから、一度の例外もなくその法則通りになっている。

国王の子どもは必ず銀の髪、蒼の瞳であり、その形質は次の国王の子どもにまた引き継がれる。ただし、王位を継がなかった王位継承者の兄弟たちの子どもには、銀の髪、蒼色の瞳という形質は受け継がれないのだ。

実際、現在の国王陛下の弟君も銀髪蒼瞳を持つが、弟君のご子息やご息女にその形質は現れていない。

その話を聞いたときには何とも不思議な話だとは思ったが、偶然に偶然が重なっているのだろうと思うしかなかった。

殿下は、話す調子を変えることなく淡々と告げる。

「ローゼが産んだのは、茶髪に鳶《とび》色の瞳の子だった」

「……それだけで、殿下の御子ではないと？」

絶対なんてない、突然変異だって有り得るはずだ。それだけでローゼの不貞を疑われるのは、同じ公爵家の者としては黙っていられなかった。

彼女を庇うというよりは、体に染みついた公爵令嬢としての発言と言ってもいい。

「……王家に代々伝わる話によれば、王家の始祖、ルーカス・ルウェインは、アルタイル家に婿入りするとき、戦争という悲劇が二度と繰り返されぬよう、自らの魔力を封じることにした。その際に、最後の魔法をかけたんだ。王家への贈り物として」

殿下は私の目を見ることなく、淡々と昔話を語り始めた。

聞け、ということなのだろう。本当は追及したい気持ちだったが、仕方なく昔話に耳を傾ける。

「その最後の魔法こそが、『王家の直系子孫は必ず銀髪蒼瞳を持つ』というものだった。ルーカス・ルウェインの銀髪と、彼の愛する妻の蒼色の瞳が、いつまでも王家に残るように、そして、彼らの子どもたちが醜い権力争いに巻き込まれたり、出自を疑われて貶められることのないように、と」

魔法。その言葉に、どくん、と心臓が跳ねた。

「それ以来、国王や国王となる者の子どもは必ず銀髪蒼瞳で生まれてきた。一度の例外もなく、だ。次第に銀髪蒼瞳こそが、王の子どもたる証とされるようになり、逆を言えば、王や王位継承者に心当たりがあり、その上で銀髪蒼瞳の子どもが生まれれば、予定外に授かった子どもであっても認めることになっていた。それくらい、これは絶対的な慣習なんだ」

……まるでルウェインの血の呪いと一緒だわ。お伽噺の時代からこんなに時間が経っても、まだ魔法が解けないなんて。

少し前の私なら、納得できないと食い下がっただろう。

けれども、今の私は魔法の存在を知っている。

膝の上で握った手が、がたがたと震えていた。

「実際、数代前の王の側室が金髪で琥珀《こはく》色の瞳を持つ子どもを産んだとき、その側室は処刑されたんだ。調べれば、かねてから懇意にしていたある貴族と密会を重ねていたという証言も出て来て、状況証拠も揃っていた」

「……処刑」

王家を欺こうとしたのだから、それも当然かもしれない。

だが、今はその言葉を聞きたくなかった。

まさか、ローゼは、もう。

「……迷信に縋る愚かな王家だと笑うなら、それもいい。だが、ローゼはあらゆる男と逢瀬《おうせ》を重ねていたからな。そもそもこの話が無くとも、周囲からの疑いの色は随分濃かった」

「……まさか、ローゼが？」

「レイラは知らなかったのか。……まあ、女神様と呼ばれる君に伝えるには、あまりに汚らわしい話だ。レイラのご友人方も遠慮したんだろう」

そんな、そんなことあるはずが無いわ。

確かにローゼは男性に大変人気があったけれど、お父様やお母様に言えないようなことはしないと信じていたのに。越えてはいけない一線があることを、理解していると思っていたのに。

ローゼがそこまで浅はかな子だなんて、思いたくなかった。

だが、今は自らの認識の甘さを恥じる時間ではない。ローゼのことを訊かなければ。

「ローゼは……ローゼはどうしているのです？　まさか、もう……」

「……この話を聞いても、君はまだあの女の心配をするのか。あいつのせいで、僕らは婚約を結び直せなかったのに。君にとってはそんなこと、あの女よりどうでもいいことなんだな」

何を仰っているのだ、この方は。

思わず呆れるような目で殿下を見つめてしまう。

結果的にローゼの産んだ子は殿下の子ではなかったが、ローゼが身ごもったときに反論しないということは、殿下に心当たりがあったということだろう。殿下とローゼの間に子どもがいると聞かされたときの私の絶望も知らずに、よくもそんなことを言ってのけるものだ。

初恋の人を前にしているとはいえ、隠し切れない苛立ちが言葉に滲《にじ》み出《で》てしまう。

「……殿下がローゼの話を受け入れたのは、お心当たりがあったからでしょう？　ローゼが罪を犯した今はともかく、かつてはローゼを愛していたときがおありだったのに……それを棚に上げて、私を薄情な女だと思われるのはあんまりではありませんか」

「その心当たりすら、捏造《ねつぞう》されたんだ。ローゼが酒に睡眠薬を盛ってそれを僕に飲ませ、そのまま眠る僕と共に朝を迎えた、それだけのことだ」

「ローゼが、殿下に薬を？」

本当に、何をやっているのだあの子は。再び血の気が引いて、気を抜けば倒れてしまいそうだった。

今聞いた話だけで、二回は処刑されていてもおかしくない。

「……証拠はあるのですか？」

「少し責め立てたら、すぐに自白した。睡眠薬を用意した使用人からも話は聞いている」

何も、言えなくなってしまう。身内でも庇いきれない事実ばかりが明かされていく。

本当に、一瞬目の前が真っ暗になった。

まさか、ローゼがここまで愚かなことをしていたなんて。

自然と、公爵家にいるお父様とお母様の顔が浮かぶ。

アシュベリー公爵家は、一体どうなってしまうのだろう。

思わず、両手で顔を覆った。

こうなってしまっては、私に出来ることなどもう何もないではないか。

妹は、王家を欺き薬まで盛った大罪人なのだ。公爵家は破滅の一途を辿るしかない。

「ローゼは……ローゼはどうしているのです？」

顔を覆ったまま、自分の声とは思えないほど弱々しい声で尋ねた。今の話を聞く限り、もう処刑されていたって文句は言えない。

「地下牢《ちかろう》に入れてある。……会いたければ、会わせてやってもいい」

まだ、命はあるのか。

それを喜んでいいのか分からなかったが、そうなれば選択肢は一つだ。

「……どうか、会わせてください。姉として、ちゃんと話を聞きたいですわ」

弱々しい私のその言葉に、殿下はどこか面白そうに口元を歪めたのだった。

衝撃の告白の後、殿下は私に朝食を摂るように仰ったが、とても喉を通らなかった。

しかし、何か食べないと部屋から出してくれなさそうな気配だったので、仕方なくスープを少しだけ飲んで、ようやく殿下のお許しを得る。

一流のシェフが作っているスープのはずなのに、何の味もせず、無理やり流し込んだスープの温度で吐き気を催しただけだった。

それから間もなくして、数人の殿下の護衛騎士が、鎖に繋がれたローゼを私のいる部屋に連れてきた。護衛騎士たちはローゼを乱雑に床に放り出すと、さっさと退室してしまう。

見るからに質の悪そうなワンピースを纏ったローゼは震えており、人形のように美しかった手足には生傷が痛々しく刻まれていた。

決して仲が良いとは言えない妹だとは言っても、思わず憐れみを誘うような姿だ。

かしゃん、と乾いた金属の音が響き渡る。

ローゼに繋がれた鎖が、彼女が動く度に音を立てているのだ。粗末な布で目隠しをされているせいか、ローゼはここがどこだか分かっていないようだった。

「っローゼ!」

思わず駆け寄ろうとするも、殿下に腕を摑まれて止められてしまった。

私と殿下で床に座り込むローゼを見下ろすような構図になる。

素足のまま床の上に座るのはきっと冷たいだろう。

だからこそ、思わず駆け寄ろうとしたのだが、殿下に痛いほど腕を摑まれたままなので、それも叶わない。

「っ殿下」

抗議の意を示すべく殿下を見上げれば、殿下は恐ろしく冷たい笑みを浮かべて、私に言い聞かせるように告げる。

「駄目じゃないかレイラ、あんなのに触ったら、レイラの綺麗な手が穢《けが》れる」

「お姉様……？　お姉様なの……？」

目隠しをされているせいで確信には至らずとも、私の声で分かったのだろう。

ローゼは不安げに顔を左右に揺らして、私の姿を捜しているようだった。

非礼を承知で殿下の手を振り払い、私はローゼの傍に膝をついた。

すぐに目隠しを外してやると、眩《まぶ》しかったのかぎゅっと目を瞑ったローゼの素顔が露わになる。

相変わらず、私の妹とは思えないほど可愛らしい顔立ちをしている。

だが、少し痩せただろうか。以前のような、健康的な頰の赤みは薄れていた。

「ローゼ……あなた、何てことを……」

「あ、ああ、お姉様、お姉様なのね！」

ローゼは不意に私の両腕を摑むと、どこか安心したような笑みを見せた。

「よ、よかった……生きていらしたのね、私、私……」

「……勝手にいなくなって悪かったわ。でも、まさか、あなたが心配するなんて……」

今までのローゼの様子からして、私を心配してくれるなんてことは考えにくかった。

殿下の前だから、姉想いの少女を装っているだけなのだろうか。ローゼの行動は、いつまで経っても演技なのか本当のことなのかわからないから戸惑ってしまう。

「レイラ、その女の戯言《たわごと》に惑わされるな」

「……しかし」

「お姉様、どうしてここにいらっしゃるの？　お姉様が王太子妃になるの？」

ローゼは震えながら私に縋りつくようにして尋ねてきた。その行動に以前のようなプライドの高さや美しさはかけらもなく、あまりにも不憫な姿だった。

「違うのよ、ローゼ……これには、色々あって」

「ふふ、ふふふ、そうよね、だって、殿下の花嫁は私だもの。そう、結婚式を挙げたのよ、お姉様。みんなに、みんなに祝ってもらったの。お姉様にも見せて差し上げたかったわ……」

「そ、そう……」

空色の目を見開いて、嬉々《きき》として結婚式の様子を語りだすローゼに、私は恐怖を感じてしまった。少し、おかしくなっているのではないだろうか。

苛立ちだとか憐《あわれ》みよりも、ローゼを怖いと感じてしまう。

「ローゼ、余計な口を利くな。この場で斬り殺されたいか」

殿下が無理やり私とローゼを引き離すと、ローゼは途端に目に涙を浮かべ、指を組んで許しを請い始めた。

「っ、ごめんなさいごめんなさいごめんなさいっ……。殿下、次からは、ちゃんと、ちゃんとしますから、ローゼを許して……」

どの口が言っているのだ、というのがもっともな感性なのだが、これがローゼの見事なところだ。涙を流せば、自然と相手のほうが悪く感じてしまう。

私はそれに抗えるつもりでいたのだが、思わず殿下を縋るように見上げてしまった。

「……このようなことを申し上げる立場にないことは承知しておりますが、殿下、どうか、最後にお慈悲を。ローゼは、これでも公爵家の令嬢……いえ、今では王太子妃殿下なのです。処刑なさるおつもりならば、ローゼが弱り切る前に執行なさってくださいませんか」

「ローゼは処刑されない」

「え……？」

「……ローゼが不義の子どもを産んだという事実は、王家と出産に立ち会った医師団、護衛の者たちしか知らないからな。公には死産だったことにして、子どもは使用人に引き渡し、今は療養の名目でローゼの姿を隠している」

「……まさか、お許しになるのですか？」

王家を欺き、殿下に睡眠薬を盛った大罪人を許すというのか。

それほどまでに、殿下はローゼに夢中になっていたのだろうか。

いや、それにしてはこの扱いに納得がいかない。殿下の考えていることが、まるでわからなかった。

「先ほど話したような側室ならまだしも、ローゼは正式な王太子妃だからな。処刑というのは外聞が悪い。アシュベリー公爵家には何らかの処分が内々に言い渡されるだろうが、公には隠し通すつもりだ」

「……国王陛下も納得されているのですか？」

殿下がお許しになっても、陛下もそうとは限らない。

あまりに問題の多すぎるこの件を勝手に処理することは、いくら王位継承者である殿下でも許されないだろう。

「僕が王太子としての責務を果たすのなら、この件は自由にしていいと仰せつかっている」

こんな、上手い話があるだろうか。

いくら王家と近いとはいえ、王家がここまでしてアシュベリー公爵家を守る理由が見当たらなかった。

裏がありそうで怖いが、それにしたって寛大な対応には変わりない。

ここは素直に感謝の意を示すのが妥当だろう。

私はそっと正式な礼を取り、軽く視線を伏せたまま口を開いた。

「……寛大な御沙汰、アシュベリー公爵家を代表して心より感謝を申し上げ――」

「――ローゼを生かしておくとは言ってないぞ」

不意に殿下が、腕を引っ張るようにして私を立ち上がらせる。

鈍い痛みに思わず顔を歪めたが、それよりも物騒な殿下の言葉のほうが気にかかった。

「……どういうことですの？」

「ローゼを公には処刑せずとも、内密に殺したっていいんだ。それだけのことを、あの女はしでかしているのだからな。公には、産後の肥立ちが悪く、亡くなったとでも説明すればいい。むしろ、僕も王家も今、その方針で動こうとしている」

「っ……」

何も、言えなかった。

むしろ公に処刑する辱めをローゼと公爵家に負わせないだけ、異例と言えるほど充分に寛大な処置なのだ。

「――でも、君が僕のものになるというのなら、ローゼを殺さないでおいてやってもいい」

「……私が、殿下の、ものに？」

それは、どういう意味だろう。

側室として？　いいえ、ローゼが王太子妃の立場にいる以上、ローゼの実の姉である私を側室に置くなんて真似は出来ないはずだわ。

では、公には隠された寵姫として、ということだろうか。

思わず、殿下の蒼色の瞳をまじまじと見つめてしまう。

「ああ。君が僕のものになるのなら、ローゼの命だけは保証しよう。もっとも、療養を名目にして姿を隠し、二度と表舞台には出られない身の上になるだろうが……それでも、公爵閣下と夫人を、悲しませたくないだろう？」

「あ…………」

あれだけ溺愛していたローゼが殺されてしまったら、お父様とお母様はどれだけ悲しまれるだろう。それこそ、もう生きていられないほどかもしれない。

お二人にとっては、ローゼは命に代えても守りたい宝物のはずなのだから。

ローゼを失い、更に内々に処分を言い渡され、公爵家が断絶するようなことになったら、お父様とお母様があまりにも不憫だ。

……変なの、私は私を愛してくれない人を心配してばかりだわ。

「すぐに結論を出せとは言わない。2週間だけ待ってやる。それまでに答えを出すんだ」

「……もし、私がお断りしたら？」

「そのときは、君はこの部屋で生きていくだけだ。昨夜と同じような日々が、死ぬまで続くと思ってくれればいい」

「……つまり、私が体を許せばローゼの命を助けてくださるということですか」

「驚いたな、レイラがそんな品の無い言い方をするなんて」

殿下は私の腕を摑んだまま、くすりと笑ってみせた。

以前は少しでも微笑んでくださったら胸が高鳴ったものなのに、今はその端整な笑みが憎らしくて仕方がない。

この方は、どれだけ私を蔑ろにすれば気が済むのだ。大罪人であるローゼの罪を揉《も》み消《け》してまでも、私を貶めて笑いたいのだろうか。

「要はそういうことでしょう。殿下が私に何をお求めになっているのか、まるで分かりませんわ……」

殿下のお相手を務めたい女性など、星の数ほどいるだろうに。

こんな問題の多いアシュベリー公爵家の令嬢である私に拘《こだわ》らずとも、家柄も見目も一流のご令嬢はこの王国にごまんといる。

それなのに、どうしてこうもまどろっこしいことをしてまで私に執着するのだろう。

「……ああ、分からないだろうな、君には」

そう言って、私の前髪を掻き上げて傷跡に口付けを落とす。

その仕草は言葉とは裏腹に妙に丁寧で、ますます混乱してしまった。

「……たとえ答えがいいえでも、これだけは許してくれよ」

「っ……」

何も言い返せなかった。

思わず睨むように見上げれば、殿下はそれすらも嘲笑うような調子で私の頬を撫でる。

「さて、レイラはあまり朝食を食べていなかったから早めの昼食にでもするか。……ああ、その前に、あの女に触られて汚れてしまったドレスを替えないとな」

殿下は私の肩を抱くようにしてエスコートする素振りを見せる。今も震えているローゼのことなど目に入らない様子で。

「っお待ちください、殿下。おこがましいとは重々承知ですが……どうか、私が答えを出すまで、ローゼの環境をもう少し整えてはくださいませんか。ローゼは子どもを産んだばかりなのでしょう……？　このままでは、本当に死んでしまいますわ」

「それは王家としては願ったり叶ったりなんだが……そうだな」

殿下は私の喉元に手を添えると、不敵に笑ってみせた。

「レイラが、僕のことを名前で呼ぶなら、ローゼにもう少しましな食事と衣服を与えてやってもいい」

「殿下を、お名前で……？」

ふと、朝食のときに交わした会話が蘇る。

思えば殿下は私が殿下を名前で呼ばないことが気に食わないご様子だった。私の立場からすれば当然のことなのに。

だが、名前を呼ぶくらいのことでローゼの環境が改善されるならば躊躇うことは無い。

「……ルイス王太子殿下」

「敬称は無しだ」

殿下を、敬称なしでお呼びする？　そんなことが許されるのは、国王陛下と王妃様くらいだ。

そもそも、殿方を呼び捨てで呼んだことなど、今まで一度だってないのに。

そう、恋焦がれているリーンハルトさんのことでさえも、だ。

リーンハルトさんのことを思い浮かべると、不思議と開きかけた唇が震えた。別に名前を呼び捨てにするくらい、なんてことないはずなのに。

「……ルイス」

殿下を見上げて躊躇いがちにそう口にすれば、殿下はふっと満足そうな笑みを浮かべた。

それは珍しく負の感情が含まれていない穏やかな笑みで、ますます戸惑ってしまう。

私を蔑ろにするようなことを言ったかと思えば、名前を呼んだだけでそんな表情をするのか。

本当に、殿下という方は良く分からない。

「あの……最後にもう一度だけローゼと話をさせてください」

「君も物好きだな」

私は殿下の元を離れ、ローゼの傍に再び膝をつく。

ローゼは可哀想なくらい震えていた。

いや、同情すべき相手ではないとは分かっている。

王家を欺き、公爵家を危機に晒しているのだ。厳しく接するのが正解なのだと分かっているのだが、私の人間としての甘さが出ているのか、どうしても、弱っているローゼを更に追い詰める気にはなれなかった。

あのプライドの高かったローゼがこんな仕打ちを受けているのだ。

それに、ローゼは浅はかな思考しか出来なかったというだけで、根はいい子なのだと信じていたい。姉としての甘さだと言われれば、それまでなのだけれど。

「ローゼ……今の話を聞いていたかしら。今日からもう少しちゃんとしたものを食べさせてもらえるわ。力をつけて、気を確かに持つのよ」

「お姉様……私、私……」

縋るような目で見つめてくるローゼに、私はなるべく穏やかに微笑みかける。

「大丈夫……きっと私が何とかするわ」

「お姉様、私、どうしても、どうしても言いたいことが……」

「何かしら？」

その瞬間、不意にローゼは私のドレスの胸元を摑むと、自分の方へ引き寄せて嘲笑うような声で囁いた。

「──あの日、馬を暴れさせたのは私の指示なのよ、お姉様」

それは、先ほどまで震えていたローゼのものとは思えないほど、はっきりとした声だった。

ローゼの言葉に理解が追い付かず、そのまま固まってしまう。

あの日、あの日？　何のことかしら？

思わず、呆気にとられるようにしてローゼを見つめる。だが、悪戯《いたずら》っぽく輝いている空色の瞳を見て、さっと血の気が引いていくのが分かった。

……まさか、私が馬に蹴られて額を怪我した日のことを言っているの？　あれは、王家の白馬で、でも、どうしてローゼが──。

「……ふふ、そのお顔が見たかったのですわ。善人面ばかりなさるお姉様でも、そんな風に驚かれるのですね」

知らなかった。私が、ローゼにそこまで憎まれていたなんて。

殺したいほど、嫌われていただなんて。

「どう、して……？」

私が王太子妃では困る者に頼まれたのだとか、誰かに脅されたのだとか言ってほしかった。

信じたくない、ローゼが、私を殺そうとするなんて。

「お姉様が傷物になれば、殿下とお姉様の婚約は白紙になるかと思いまして」

まさか、そんなことで？

一瞬、頭の中が真っ白になる。それはあまりにも短絡的で単純な動機だった。

私を傷物にしたいがために、いや、殿下の隣に立ちたいという欲望を叶えるためだけに、私はあんな事故に巻き込まれたのか。

……ああ、馬鹿みたいだわ。

それでは幼少期から繰り返してきた血の滲むような努力は、一体何だったの。

目覚めた瞬間から完璧な令嬢であることを求められたあの朝は何だ。いやに厳しい家庭教師たちに、完璧な回答を出せるようになるまで折檻《せっかん》された昼は何だ。丈夫な靴のヒールが折れ、踵の赤い肉が見えるまでダンスのレッスンを繰り返したあの夕暮れは何だ。年齢に相応しくない高度な専門書を押し付けられて、内容をきちんと理解するまで眠らせてもらえなかった夜は何だったのだ。

ローゼは起きるなりお母様に甘え、日中は自分の好きなことをして自由に過ごし、夕暮れにはお母様と小さなお茶会を開いて、夜にはお父様とお母様の間に座ってお伽噺を読んで貰っていたのに。

私が欲しいと思っていた、何もかもを持っていたのに。

あまりに馬鹿馬鹿しい真相に、涙も出なかった。代わりに、手が小刻みに震えている。

今となっては殿下の婚約者という立場を追われたことよりも、私が必死に積み重ねてきた努力をいとも簡単に、こんな浅はかな妹に打ち砕かれたことが悔しくてならなかった。

私は目の前のローゼの空色の瞳をじっと見つめる。

きっとこの子は分かっていないのだろう。

自分の行いのせいで水泡に帰した私の努力に、どれだけの犠牲が払われていたかなんて。

本当ならば、頬を叩いてやりたいくらいだ。実際、私がそれを実行に移したところで、それを止める者はここにはいない。

この衝動に任せて、ローゼを傷つければ、いくらか胸がすくのだろうか。

私のそんな姿を見れば、彼女はようやく満足するのだろうか。

……悔しいわ、本当に、悔しくて悔しくて仕方がない。

私は自分の手を自分で握りしめるようにして、何とか震えを抑え込もうとした。

だが、ここで感情的になってしまっては、私が積み重ねてきた公爵令嬢としての教養はきっと本当の意味で無駄になる。逃げ出した私にも残る、たったひとかけらの誇りまでもが、泡沫《うたかた》のごとく消えてしまう。

こうなれば、もう意地だ。

ローゼの前でだけは、死んでも完璧な令嬢として振舞ってみせる。

それは、姉としてではなく、ローゼに貶められた一人の人間としての決意だった。

この場で冷静に振舞うことこそが、私が怒りに泣きわめく姿を望むローゼへの、何よりの復讐になる気がしたのだ。

腸《はらわた》が煮えくり返るくらいの怒りをぐっと鎮めて、ローゼの両肩に手を添える。粗末なワンピースから僅かに露出した彼女の肩は冷え切っていた。

「ふふ、これには流石のお姉様もお怒りに――」

「――ローゼ、このことは絶対に殿下に言っては駄目よ」

「え？」

囁き声で告げた私とは反対に、ローゼはきょとんとした目で私を見つめた。

殿下は、私に執着を見せている。

私を大切にしているのとはまた違うとは思うが、それでも先ほどまでの殿下の態度を見る限り、殿下と私の婚約が白紙に戻ったあの事故が、ローゼによって引き起こされたものだと知ったら、ローゼはただでは済まされないだろう。

私に持ち掛けた取引すらも解消して、その場でローゼを殺してしまうかもしれない。

こんな状況では、案外、ローゼはそれを望んでいるのかもしれないが、死に逃げなんて許さない。

それに、ローゼがせめて紙の上だけでも王太子妃として生きていてくれれば、少なくともしばらくは公爵家が取り潰されることは無いと踏んでいた。

ローゼの犯した罪を考えると、いずれは取り潰しに近い処分を受けることは避けられないだろうが、今すぐに公爵家が無くなるよりは混乱を避けられる。

絶妙なパワーバランスで成り立つ貴族社会への打撃を最小限に留めることはもちろん、公爵家に勤める使用人や、公爵領の管理をする役人たちのこの先を考える時間も稼げるはずだ。私たちの身勝手で、いきなり彼らを路頭に迷わせるような真似はしたくなかった。

だから、何としてもローゼには生きていてもらわなければならない。

「いい？　これは、私とローゼだけの秘密よ」

「……どう、して……」

ふと、ローゼは鋭い眼差しで私を睨みつけてくる。

初めて見るローゼの激しい感情を前にして、思わず息を呑んだ。

「……どうして、お姉様はそうも簡単に許せるのよ……っ。悔しくないの!?　悔しい、私が憎いって泣いてみせなさいよ！」

ほとんど摑みかかるようにして飛びついてきたローゼを受け止めきれず、私は床に押し倒される形になった。見上げるローゼの空色の瞳は、先ほどまでの弱々しい姿など想像もできないほどの強い憎しみに染まっていて、一瞬怯《ひる》んでしまうほどだった。

「……悔しいわ、本当に。あなたのことなんて妹だと思いたくないくらいには」

一瞬だけ、睨むような強い視線でローゼを射抜く。

私のその表情が予想外だったのか、僅かにローゼは怯むように肩を震わせた。

「でも、あなたを憎みはしないわ。……不思議とね、逃げてからというもの、私は幸せだったのよ。公爵家にいたころよりもずっと、ずっとね」

ローゼのことは、心の底では許せない。

でも一つだけ、ローゼには感謝しなければならないことがあるのも確かなのだ。

ローゼがあの事故を引き起こしてくれたおかげで、私は最愛の人に巡り会うことが出来たのだから。

……リーンハルトさん、あなたに会えたから私は幸せを知ったのよ。

その言葉は口に出来なかったけれど、リーンハルトさんを思えば自然と頬が緩んだ。

ローゼは、そんな私を信じられないものでも見るような目で見下ろしている。

「っレイラ!!」

慌てて駆け寄ってきた殿下が、ローゼを突き飛ばすようにして私から引き離す。殿下は私の上体を起こし抱きしめたまま、ローゼを睨んだ。

「……ローゼ！　レイラは実の姉だろう。なぜここまで憎む……？」

「っ大嫌いですわ、そんな女。……姉と思いたくありません！」

「なるほど、そんなに殺されたいのか……」

殿下がほとんど衝動的に剣に手を伸ばすのを見て、思わず私は殿下の腕に縋りつくようにしてそれを止めた。

「っルイス！」

私の声に我に返ったのか、殿下の蒼色の瞳が私を見つめる。

「ここでローゼを殺せば、私は一生手に入りませんわよ」

「……レイラも意外と言うじゃないか」

「ふふ、今まで猫を被っておりましたもので。お嫌いでしたら、どうぞここから逃がしてくださいませ」

「いいや、どんなレイラでも手放す気はないな」

絶対に、あの事故の真相だけは殿下に知られるわけにはいかない。無理にでも、話題を逸らさなければ。

殿下の蒼色の瞳と私の目は、お互い譲らないとばかりにぶつかり合っている。

かつてないほど不穏な2週間が始まる。

そんな予感を感じながら、私は殿下に腕を引かれるようにして歩き出したのだった。

第十二章　公爵令嬢ローゼ・アシュベリーの策略

お姉様が消えた。

つまらないお伽噺と、刺繍針だけを持って。


私、ローゼ・アシュベリーは、アルタイル王国の名門公爵家の次女として生まれた。

お母様譲りの白金の髪と空色の瞳を誰もが褒《ほ》め称《たた》え、私は特別な人間なのだと物心がついたころから知っていた。お姉様のような亜麻色の髪と瞳の地味な姿に生まれなくて、本当に良かったと子どもながらに思ったものだ。

それなのに、いざというときに注目されるのはお姉様のほうばかり。

息をしているだけで可愛いはずの私は、もうちょっと丁重に扱われてもいいんじゃないかしら。

お父様とお母様はお姉様に厳しく接していたから、私の可愛さが正当に認められた気がして気分が良かったのだけれども、年を重ねるにつれ、あの厳しさは期待の大きさに比例していることが分かった。

未来の王太子妃として、お姉様が社交界で恥をかくことのないように、出来得る限りのことをしてあげたいという愛情の表れだということも。

もちろん、私が蔑ろにされていたというわけではない。

むしろ溺れそうなほどの深い愛に包まれて育ったと思う。

お父様とお母様は私がどれだけ特別な存在なのかを、よく理解しておられるのだ。

だが、そんな私にも、初めはかなり厳しい教育が施されていた。

美しく高貴な生まれの私に、そのような地道な努力は不要だと思ったけれど、そのときは仕方がなく、言われるがままに頑張っていた。

しかし、そもそも机に向かってじっとしていることが嫌いな私にとって、家庭教師と一対一で向き合う時間は苦痛でしかなかった。問題を間違える度に、「大丈夫ですよ、分からないところはもう一度説明して差し上げますね」と見下してくる家庭教師にも腹が立った。

どうして由緒正しい公爵家の令嬢である私が、せいぜい子爵家か男爵家上がりのような学者に馬鹿にされなければならないの。

穏やかに微笑む家庭教師の眼鏡越しに彼女の瞳を睨み上げながら、そんな屈辱を覚えたものだ。

そんな日々の中で、ある日、教養を深めるためと用意された本の分厚さに嫌気が差して、私はどうにかこの場から逃れられないものかと頭を働かせた。

勉強は嫌いだけれど、面白そうなことを考えるのは好きだ。

――そうだ。少し泣いて、この生意気な家庭教師を困らせてやるのはどうかしら。

私が泣けば、どんなに些細なことでも使用人たちは慌てるのだ。きっと、この家庭教師も例外ではないだろう。

一体どんな顔で私を見るのか見物だわ。

無理難題を押し付けようとしてくる家庭教師を前に、心の中でくすりと笑いながら、早速少しだけ目を潤ませてみる。

案の定、家庭教師はぎょっとしたように私を見つめた。いい気味だ。

「お嬢様……？」

ひどく慌てた様子の家庭教師の女性は、本を置いて私に視線を合わせるように屈みこんできた。眼鏡の奥の瞳が心配そうに細められているのを見ると、どうしてか心の奥底がちくりと痛んだような気がしたけれど、一度流れ出した涙はなかなか止まらない。

「……ローゼお嬢様、分からなければもう一度説明して差し上げますから……」

どうか、泣かないでください。この家庭教師はそう言いたかったのだろう。

けれど、予想外の人物の登場がその言葉の続きを妨げた。

「……奥様？」

先に気づいたのは、家庭教師だった。

お母様は、いつもは私の勉強姿など見に来ないのに。今日に限ってどういうおつもりなのかしら。

家庭教師は、心配そうな表情の中に焦りも浮かべて、いつもの知的な雰囲気を台無しにしていた。

これは、面白い展開になった。

私は心の中でほくそ笑みながら、涙で一杯の目でお母様を見上げげる。

「っお母様……」

驚いて何も言えないご様子のお母様のドレスにしがみ付いてみる。

いつもはこんなことをすると、はしたないと叱られてしまうのだけれども、泣いている私を前にすれば叱責する気も起こらなかったようだ。

「どうしたの、ローゼ……」

聞き分けの良いお姉様への対応しか知らないお母様は、涙に弱いようだった。私が一粒涙を流す度、お母様はいつもの毅然としたお姿からは考えられないくらいに動揺なさる。

「先生がね、意地悪言うの……私が、お勉強できないから……」

全くの嘘ではないだろう。

あれだけ私を見下したような言葉ばかりかけるのだから、私に意地悪しているのと同義だ。

お母様は私の言葉を真に受けて、鋭い眼差しで家庭教師を睨んだ。

社交界の華と呼ばれるお母様は、お怒りになる姿もお綺麗だ。

「っ奥様、私はただ、ローゼお嬢様に分からない箇所をもう一度説明して差し上げようとしただけで……」

震える声で弁明を始めた家庭教師の言葉を遮るように、思わず私は口を開いた。

「どうせ私は、お姉様みたいに上手くできないわ！」

お母様のドレスを握りしめながら、涙を流して叫んだ。

お母様が、はっとしたような表情で私を見下ろす。

いえ、本当は私もはっとしていた。

私は今、何を言ったのかしら。これではまるで、お姉様と比べられていじけている妹のようじゃない。

違う、違う違う。

決してお姉様を羨んでなんかない。

お姉様なんて、ちょっとお勉強が出来るだけじゃない。

私は、あんな地味なお姉様よりも容姿に恵まれているし、ずっと幸せなはずなのに。

「……可哀想に、ローゼ」

お母様は今にも泣き出しそうな顔で、そっと私の髪を撫でてくれる。それがまた、私が自分でも気づかなかった劣等感を刺激するようで不快だった。

「……いいのよ、ローゼはローゼの出来ることをすれば」

お母様の指先が、私の頬をそっと撫でる。

その慈しむような仕草に、紛れもない愛情を感じた。

そう、私は愛されているのだ。幸せになるべくして生まれた、公爵家の姫なのだ。劣等感なんて、感じる必要はない。

「……本当？　お母様」

明確な輪郭を得ようとする劣等感を心の奥底に沈めて、見えないようにする。

私はそう、私の好きなことをして目一杯幸せに暮らせばいいの。私は、その権利を神様から頂いた、特別な存在なのだから。

「ええ、本当よ」

私の頭を撫でながら、お優しい微笑みを浮かべるお母様にそっと寄りかかる。

私は、確かに温かな幸せに包まれていた。

それからというもの、私に施される教育は途端に甘くなった。

少し泣いただけで、これだけ思い通りに事が運ぶというのはなかなか面白い。私の涙は、どうやらかなりの武器になるようだ。

こんな真似、あの地味なお姉様には出来ないだろう。

お姉様が泣いたところは見たことが無いけれど、きっと陰鬱な雰囲気が漂うだけに違いない。

私はこうも簡単に自分の好きなように生きる道を手に入れたというのに、お姉様は相変わらず勉強とレッスン漬けの毎日を送っていた。

お姉様が朝も夜もなく机に向かうお姿を見ると、何が楽しくて生きていらっしゃるのかと思ってしまう。

地味なご容姿をお持ちだから、それを補うように血の滲むような努力を強いられているのかしら。

そう思うと何とも言えない充足感を覚えた。

だが、同時に胸の奥底でピリッと何かが痛むことも確かだった。

その正体は恐らく、幼いころに心の奥底に沈めたお姉様への劣等感であるだろうことには薄々気づいていたが、それを認めるのは私のプライドが許さなかった。

そんな私の葛藤を嘲笑うかのように、お姉様は淡々と無理難題をこなしていく。

およそ年齢に相応しくない難問を出されても、神経が磨《す》り減《へ》るような細かすぎるマナーのレッスンを受けても、踵から血が出るまで踊り続けても、お姉様は文句ひとつ零さない。

それどころか、目が合えば非の打ちどころのない微笑みを返してくるのだ。

正直、そこまで完璧に振舞うお姉様が気持ち悪かった。

一瞬も崩れないその善人面が、疎ましくもあった。

そんな負の感情が、いつからかお姉様自身に向くようになったのはある意味自然なことだったのだろう。

私は得意の涙で、お姉様を困らせる遊びを始めた。

一方的にお姉様を困らせて私が泣きわめけば、お姉様に厳しいお父様やお母様は必ず私の肩を持つ。きっと、社交界で私がお姉様にいじめられているような印象を与えたくないという思惑があるのだろうけれど、こういうときに、年少の立場は便利だ。

あれだけお姉様が必死で積み重ねた努力も教養も、私の涙には敵わないのだ。

そのことが、私をとても満足させた。

努力は生まれ持った才能にはどうやったって敵わないのだと、そう周囲が認めているのだ。気分が良くて仕方がない。

その遊びは思いのほか楽しくて、気づけば習慣になっていた。

思えばそのころから、お姉様との仲はだんだん疎遠になっていった気がする。完璧だと思っていたお姉様も、私のことは苦手なのね、と思えば人間味を感じられて、不思議と悪い気分ではなかった。

社交界に出れば、男性に注目されるのはお姉様よりも私のほうであった。やはりここでも、お姉様の努力より私の生まれ持った容姿のほうが、ずっと価値があるのだ。

それに、ちょっと優しい言葉をかければ、すぐに私に夢中になる男性たちの反応は面白い。言い寄ってくる男性の婚約者の有無なんて知らなかったから、ご令嬢たちには嫌味なことを言われるときもあったけれど、涙を流せば必ず男性たちが私の肩を持ってくれた。

婚約者をそろそろ決めるのはどうか、とお父様に打診されたこともあったけれど、適当にはぐらかした。

私はまだまだ遊びたいのだ。

一人の男性に縛られて、行動を制限されるなんて御免だ。幸い私は男性たちの注目の的であるのだし、その気になればいつでも結婚できるだろう。

それからも、未婚の子女としてはかなり際どい、お父様やお母様には決して言えないような遊びを沢山した。

でも、その日が楽しければそれでいい。

明日を憂うような身の上にもないし、それより神様に祝福されたようなこの容姿を活用しないと勿体ない。

そんな愉快な日々の中で、私は運命の人に出会った。

それは、ある舞踏会の夜のことだった。

すらりと背の高い、美しい銀髪の青年に、私の目は釘付けになったのだ。

あれが、王太子殿下なの？

以前、お姉様との婚約の挨拶に来たときには、まだ少年というに相応しい年で、確かに綺麗な顔立ちをしていたことは覚えているが、可愛すぎてとても異性としては見られなかった。

それからというもの、お姉様の婚約者など興味もないから王太子殿下のことは気にも掛けていなかったのだけれども、いつの間にかこんなにも魅力的な青年に成長していたらしい。

……こんな綺麗な王子様、お姉様には勿体ないわ。私のほうがずっと相応しいじゃない。

早速、よく使う手段で殿下にぶつかって、どうにか二人きりになろうと目論《もくろ》む。

どうせ奥手なお姉様とはキスの一つもしていないんだろう。二人きりになればこちらのものだった。今まで、私の魅力に抗えた男性などいないのだから。

しかし、殿下も一目見れば私を気に入ると思ったのに、事はそう上手く運ばなかった。

殿下は親切にしてくれたけれど、私のエスコートを友人の男性に頼み始めたのだ。

その男性も顔はまあ悪くなかったけれど、今の狙いは殿下なので慌てて身を引いた。

たまに、婚約者のいる男性はこういう反応を示す。

私との噂を囁かれることに怯んでいるつまらない男などこちらから願い下げだから、そういう場合はさっさと手を引くのだけれど、今回ばかりは諦められなかった。

あんなに綺麗な男性、他にいないわ。

何より、一目惚《ひとめぼ》れした男性がお姉様の婚約者だというのも面白い。

お姉様から殿下を奪うことが出来たなら、長年胸の奥底で燻《くすぶ》り続《つづ》けているこの劣等感も、きっときれいさっぱり消えてくれるだろう。それに、私に婚約者を奪われたら、完璧なご令嬢であるお姉様がどんな顔をするのか見てみたかった。

殿下がお姉様に惚《ほ》れ込《こ》んでいるという話は聞かないし、お姉様が殿下に恋しているという様子も見受けられない。これは私にかなり勝機がありそうだ。

だが、肝心の殿下は先ほどの様子を見る限り慎重な男性らしい。余程のことが無ければ私の手を取ろうとしないだろう。

「レイラお嬢様、ローゼお嬢様、お屋敷に到着いたしました」

舞踏会からの帰りの馬車で、ぼんやりと作戦を練っているうちに屋敷についてしまった。

向かい側の席では、誰も見ていないというのにお姉様が綺麗な姿勢で座っていて、それが何だか余計に腹立たしい。

いつでもいい子でいるお姉様は、息苦しくないのかしら。

私が見つめていることに気づいたのか、降りようとしていたお姉様はにこりと微笑む。

私のことは苦手に思っているはずなのに、決して突き放そうとしないところも嫌いだ。慈愛に満ちた女神様のような方だとご令嬢の間では人気らしいが、さぞかしつまらない毎日を送っていることだろうと思う。

馬車から降りれば、公爵家の御者が丁寧に手入れをしている毛並みの良い馬がしっぽを振っていた。御者はよしよしと馬の首を撫でている。

そうだわ、これがいいかもしれない。

実際、お姉様は私と殿下の恋路を邪魔しているわけだし、なかなか皮肉も効いているわ。

「どうしたの？　ローゼ」

なかなか屋敷に入ろうとしない私を振り返って、お姉様は鈴の音のような綺麗な声でこちらを気にかけてくれる。

月を背にしたお姉様の姿は、地味な容姿のはずなのに、女神様と呼ばれる理由が分かってしまうくらい神秘的で品があり、それが余計に悔しくて私は計画の実行を決めた。

「何でもありませんわ、お姉様」

「そう？　早く戻らなければお父様もお母様も心配してしまうわ。行きましょう」

「はい、お姉様」

遠ざかっていく馬の蹄の音を聞きながら、再び歩き始めたお姉様の背中を見つめ、小さな笑みを浮かべる。

これは、久しぶりに面白いことになりそうだ。

結論から言えば、計画は上手くいった。

遊び相手の男性から、馬の興奮剤を手に入れて、私に夢中な使用人の一人にそれを託した。

私はただ「女神様を驚かせてあげて」と耳元で囁いただけ。実際、使用人にはそれで伝わる程度の能はあったらしく、実に上手くやり遂げた。

そう、やりすぎなくらいに。

お姉様が殿下と出かけるある初夏の日の朝に、それは実行された。

お姉様は一人ではなかなかお出かけにならないから、今まで機会が無かったのだけれども、殿下に「お姉様は植物園に行きたがっているようですわ」と耳打ちしたところ、ようやく殿下はお姉様を誘って出掛ける気になったらしい。

殿下も、お姉様の妹である私に言われてしまえば、誘わざるを得なかったのだろう。

その日、珍しくおめかしをしたお姉様はどこか楽しそうだった。

お姉様は殿下のことは特に何とも思っていないはずなのに、と不思議に思ったけれど、お花が好きだから植物園に行けるのが嬉しいのだと考えて納得した。

これから起こるであろう不運な事故を思えば少し可哀想にも思えたけれど、お花くらい、私がお見舞いで差し上げればいいだろう。

時間ぴったりに迎えに来た殿下はどこか無愛想で、地味なお姉様との婚約が不服なことは火を見るより明らかだった。折角の美しいお顔が台無しだ。

でも、大丈夫。私がお姉様から解放して差し上げますわ。

使用人は王家の馬に興奮剤を与えたようで、暴走した白馬は見事にお姉様の許《もと》へ向かった。

一瞬、殿下がお姉様を庇うような素振りを見せたから焦ったけれど、間に合わず馬の蹄がお姉様目掛けて振り下ろされる。

その瞬間飛び散った赤色に、私は一瞬気が遠くなるのを感じた。

お姉様はそのままその場に倒れてしまった。

どうやら額を負傷したらしく、見る見るうちに、ただでさえ白かった顔が青ざめていく。医学の知識なんてまるでない私が見ても、怖いくらいの急激な変化だった。

え、待って頂戴。私、ここまでは望んでいないわ。

お姉様が怪我をして、人前に出られない程度に傷物になり、婚約が解消されればいいというくらいにしか思っていなかった。命まで奪いたいだなんて思っていない。

「……お姉様？」

慌てて駆け付けた使用人たちに紛れて、私はぽつりとお姉様の名前を呼んだ。

取り乱した殿下に抱きかかえられているお姉様はぐったりとしていて、呼びかけに答えてなどくれない。

「レイラ、レイラっ!!」

声が枯れそうなくらいに力の限り叫ぶ殿下を見て、ふと、私は間違ったのだと悟った。

殿下は、きっとお姉様を好ましく思っておられる。もしかしたらお姉様も、殿下に惹かれていらっしゃるから、今日はおめかしをしていたのかもしれない。

――もしかして、馬に蹴られなければいけないのは、私のほうなのかしら。

今更後悔したって遅い。

私は、このとき初めて、取り返しのつかないことをしてしまったのだと気づいた。

お姉様は、一生目覚めないかもしれないと医者に言われた。

お姉様が怪我をしてからというもの、お父様もお母様も見るうちにやつれていった。

人は、悲しみでここまで変わるものなのかと、眠り続けるお姉様を見るよりも、塞ぎ込むお父様とお母様を見て恐怖を抱いたものだ。

こんな状況で、お姉様が怪我をした原因が私にあると知られたら、私は一体どうなるだろう。

お父様とお母様は、きっと私を許してくださらない。

家から出されることだって考えられる。

絶対に、何があってもこの秘密だけは守り通さなくちゃ。

そんな恐怖から逃れるように、私は再び遊び始めた。

でも、前より楽しくない。破滅するに足る理由があるというだけで、心はこんなにも追い詰められるものなのか。

知らなかった、罪を隠し続けることがこんなにも苦しいことだなんて。

そして、もやもやとした気持ちのまま、私が目論んだことは怖いくらいに上手くいってしまった。

殿下とお姉様の婚約は破棄され、代わりに私が殿下の婚約者となったのだ。

殿下は、まるで人が変わったように自暴自棄になっていた。

綺麗な蒼色の瞳からは光が消え、常に翳のあるお顔をされるようになってしまったのだ。

それはそれで美しかったけれど、舞踏会の夜に見たあの優しい王子様の姿はどこにもない。

殿下のお姉様への愛の深さは、ほとんど執着に近いくらいのもので、お姉様に会いに行くことを禁じられた殿下は、ひたすらお姉様の肖像画を眺めるようになってしまった。

壊れかけの殿下を見ているのは心苦しかったけれど、同時に苛立ちも覚える。

お姉様より美しい私が傍にいるというのに、私はお姉様の絵に負けるなんて。

分かっている、私が腹を立てるなんてお門違いもいいところだということくらい。でも、今更どうしようもないなら、前を向くしかないじゃない。

私はひたすら殿下に迫った。

今まで男性と遊んできた際に身に付けた技術を、目一杯活用して。

でも、殿下は私のほうを向くどころか、ますます離れて行くばかり。

公爵家にいても、お父様やお母様はおろか使用人に至るまで、眠り続けるお姉様のことを気遣ってばかりで面白くなかった。

メイドたちがお姉様の痩せ細った体を一生懸命マッサージしたり、関節が固まらないようにと手足を動かしていたときには彼女たちを憐れに思ったけれど、いつからかその中にお母様の姿も混じるようになって、私は何も言えなくなってしまった。

医者からも見放され、王家からも婚約を破棄されたお姉様のことを、お母様もメイドたちも諦めていないのだ。

いつか目覚めることを信じて、少しでも早く歩けるようにと毎日、マッサージを繰り返している。

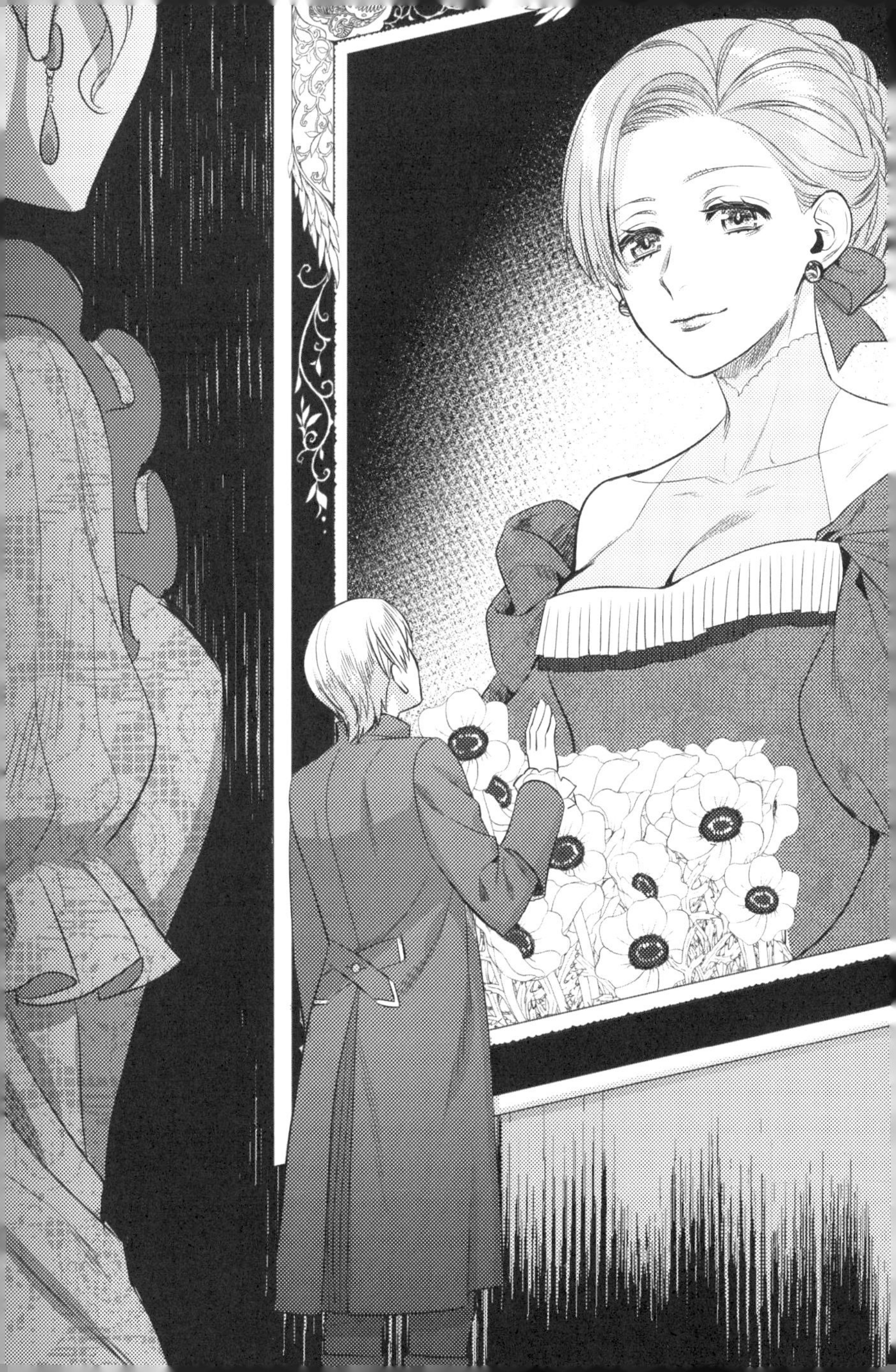

馬鹿馬鹿しい、と思わず呟いたときには我ながら笑ってしまった。

この悲劇を生みだしたのは、間違いなく私だと分かってはいるのだけれど、みんなしてお姉様にしがみ付く姿がどうしても滑稽でならなかったのだ。

つまらない、悔しい、怖い。

あらゆる感情がぐるぐると混ざり合って、どうにもならなくなったときは、私に惚《ほ》れている男性たちと遊んだ。

このころには貴族のめぼしい男性とは遊びつくしていたから、見目の良い騎士なんかとも付き合ってみた。

中でも私の護衛騎士のエリクは、平民出身なだけあって、私には馴染みのない新鮮な話ばかりしてくれて面白かった。何より、貴族の男性とは違って、真っ直ぐに私に愛を乞う姿が何とも私の心をくすぐった。

そんなエリクを気に入った私は、ある時期から彼とばかり遊ぶようになっていた。

私とエリクの親密さに気づいていた人も恐らくいただろうけれど、噂になっても関係ない。

殿下はどうせ今日も、絵の中のお姉様とお話しされているのだから。

むしろ、殿下が噂に反応を示すようなら上々だ。


そんな日々の中で、私はある失態を犯す。

あまりにも熱烈に愛を囁くエリクに流されて、ある夜に一線を越えてしまったのだ。

お互い、体が熱くなる程度にはお酒も飲んでいたから、判断能力が鈍っていたのだろう。

今まで散々男性たちとは遊んできたが、未婚の子女として守るべき一線は守っていた。

貴族子息である男性たちもそれを分かっていたから、無理に一線を越えようとしてくることも無く、過ちを犯したことなどなかったのだけれど、平民のエリクにはその感覚が無かったらしい。

流石にこれには焦ってしまった。

たった一度の過ちとはいえ、新たな命が宿っていないとは言い切れない。

それに、もしも子が宿っているようなことがあれば、殿下に心当たりなどあるはずもないのだから、間違いなく私の不貞を疑われる。

そうなれば、私に待ち受けているのは今度こそ破滅だった。

普段ならば面倒なことは人に縋って解決してもらうけれど、これればかりは自分の手で解決しなければならない。

月のものが来る時期まで待っていたら、本当に命が宿っていたときに取り返しがつかなくなる。

こうなったらもう、お腹に子がいると考えて次の行動を起こすべきだ。

……とにかく、どうにかして、殿下との間に出来た子だということにしなくちゃいけないわ。

そう決意したのは、エリクと一夜を明かしてから3日後のことだった。

今すぐ殿下との既成事実を捏造すれば、まだ充分誤魔化せるはずだ。子どもは何も、ぴったりの日数で生まれてくるわけではないのだから。

……ここまで来たら、とことんやってやるしかないわ。

それから更に2日後のある舞踏会の夜、私は殿下がお飲みになるお酒に睡眠薬を仕込んでおいた。殿下はお酒に強く、舞踏会で出されるような可愛いお酒で酔うことは絶対にないと知っていたので、薬を盛ることにしたのだ。

これだけで、処刑されてもおかしくないほどの罪だとは分かっていたが、待っていたところで私に待つのは破滅の道だ。それならば、たとえ危険でも出来る限り抗ったほうがマシだろう。

私はふらつく殿下を支えながら休憩室と名のついた小部屋に移動し、殿下を寝かせた。

髪飾りを外し、先の尖《とが》った留め具で自分の指先を少しだけ刺して、シーツの上に適当に赤を散らせておく。

傷一つない白魚のような私の手を刺すのは嫌だったけれど、今回ばかりはやむを得ない。

そして殿下の衣服をそれらしく乱してから、自分もドレスを脱ぎ、殿下の隣に横たわる。このまま朝を迎えれば、まず殿下は言い逃れできないはずだ。

もっとも、言い逃れすらしなさそうではあるのだけれど。

結局、その目論見《もくろみ》は驚くほど上手くいった。

エリクとたった一度の過ちを犯したあの夜に、やはり私のお腹には新たな命が宿っていたのだが、既成事実を捏造した甲斐あって、私のお腹の子は殿下の子と見なされた。

結婚式の予定が大幅に早まり、なるべくお腹が目立たない内に式を挙げることになったのだ。

着々と進められていく結婚式の準備を眺めながら、王家を欺くことに今更ながら恐怖心を抱いたけれど、もうどうにもならない。

私はまた一つ、秘密を抱えてこの先も生きていくしかないのだ。

私が妊娠しても、結婚式が早まっても、殿下は顔色一つ変えず、ろくな言葉も掛けてくださらなかった。

正直、それは想像以上に私の心を抉った。本当に辛くて仕方が無かった。

私が悪阻《つわり》でどれだけ体調を崩していても、殿下がお見舞いに来てくださったことは一度も無く、殿下の御心にいるのは相変わらずお姉様だけのようだった。

それがやっぱり悔しくて、そして私にこんな惨めな思いを味わわせたお姉様が憎らしくて、私はますますお姉様への負の感情を募らせていった。

そして、そんな最高のタイミングで、お姉様がお目覚めになったのだ。

お姉様がお目覚めになったと聞いたとき、私は思わず声を上げて喜んだものだ。傍目《はため》には姉想いの妹に見えていたことだろう。

……素晴らしいわ、お姉様。私の幸せを見届けるために、わざわざ目を覚ましてくださるなんて！

殿下との婚約破棄を告げられ、私のお腹に子どもがいると知ったら、流石のお姉様も無様な姿を見せてくださるだろう。

あの善人面が醜く歪む瞬間を想像して、私は久しぶりに心が躍るのを感じた。

知らせを受けた翌日、私は殿下と共にお姉様のお見舞いに向かった。

私一人で行くよりも、殿下と二人でお見舞いに行ったほうがきっと衝撃的だろう。

殿下は渋るようなご様子だったけれど、目を潤ませれば小さな溜息と共について来てくださった。

2年間もの間眠り続けていたお姉様は、最低限の栄養で命を繋いでいたせいか、醜いほどに痩せ細っていた。沢山食べれば次第に体は元に戻るでしょうけれど、馬に蹴られた額の傷は今もうっすらと残っているという。

本当に久しぶりにお姉様の姿を見ただけに、正直かなり戸惑ってしまった。

私がお姉様をこんな姿にしてしまったのか、と一瞬だけ、罪悪感のような感情が湧き起こる。

だが、それは本当に一過性の感情で、私の心はすぐに醜い気持ちで一杯になった。

こんなにも弱り切ったお姿を見ても尚、私の初恋の人の心を憎いくらいに独占するお姉様への負の感情は、ほんの少し弱まっただけに過ぎなかった。

殿下のお心はきっとこの先も、お姉様に向けられ続ける。私は一生手に入れられない。

それどころか、触れることすら叶わないかもしれない。

それならば、やっぱり少しくらいの意地悪は許されるんじゃないかしら。

この状況で私に意地悪をされたら、流石のお姉様も嫌味の一つくらい言ってくるだろう。完璧なご令嬢であるお姉様が取り乱す瞬間を、改めて楽しみにしてしまった。

それなのに、お姉様は私に微笑まれたのだ。

私のしていることなんて何一つ知らずに、相手を慈しむような可憐な笑みを、こんな私に向けられたのだ。

そのときに感じた苛立ちは、本当に言葉に出来ないものだった。

お姉様のその微笑みは、燻り続けた劣等感を綺麗に晴らしてくれるどころか、もう二度と無視できないくらいにはっきりとしたものに変えてしまった。

多分、私はどうやったってこの人のことは越えられないのだ。

認めたくなかったけれど、ほとんど直感的にそう思ってしまった。そのときに感じた敗北感を、私は一生忘れないだろう。

何とか強がって嫌味な態度を取り続けたが、本当はその場をやり過ごすことで精一杯だった。

もう、いいわ。お姉様にはこの先、関わらないようにしよう。

お姉様だってきっとそれをお望みでしょう。

お姉様を気にする分だけ醜い感情が募っていくのではキリがないもの。どれだけお姉様を憎み続けても、これでは私が惨めなばかりじゃない。

この件で、いっそ私のことなど嫌いになってくれればいい――いや、既に嫌われていても不思議はないのだけれど。そうして早く私を忘れてほしい。

額に傷が残っても、お姉様との結婚を望む男性は大勢いる上に、お姉様が目覚めることを待ち望んで何度も刺繍作品をお見舞いに送ってきたご令嬢もたくさんいるのだ。

そうよ、きっとお姉様ならすぐに社交界に復帰できるわ。

私に関わらないところで、さっさと幸せになって頂戴。

どこか皮肉気な気持ちだったけれど、そう、密かにお姉様の幸せを願った。

そして、もう二度とお姉様に近付かないことを心の中で誓った。

私はもういい加減、お姉様から解放されたかった。お姉様もきっと同じ気持ちだろう。

でも、お姉様にその願いは届かなかったらしい。

お姉様は逃げ出してしまったのだ。

小さな旅行鞄に、つまらないお伽噺とお気に入りの刺繡道具だけを詰めて。

その荷物の少なさからして、恐らくルウェイン教の修道院に行かれたのだろうと思ったのに、どの修道院を探してもお姉様の姿はないという。

お姉様が目覚めたことで久しぶりに光が戻ったかのようだった公爵家は、この出来事で再び絶望を味わうことになった。

生粋のご令嬢であるお姉様が、一人でお金を稼いで生きて行けるはずが無い。

そうなれば残された可能性は、誘拐されたか、どこかで亡くなられているかの二択しかなかった。

1か月が経ったころには、お父様とお母様は覚悟を決め始めているようだった。

お姉様は、もう戻ってこないのかもしれない、と。公爵家に散々届いていたお姉様への縁談を、一つずつ断り始めたのだ。

お姉様が逃げ出してくれたことで、ようやくお姉様への劣等感から解放されると清々《すがすが》しく思ったのだけれども、絶望を刻み込んだお父様とお母様の表情を見て、私は再び心が蝕まれていくのを感じた。

私はいつもそうだ。自分の行動の意味に、手遅れになってからじゃないと気づけない。

……そうか、お姉様は、どこかで一人ぼっちで亡くなっているかもしれないのね。

雨に打たれるお姉様の遺体を想像すると、なぜか胸の奥底がちくりと痛んだ気がした。いつか、家庭教師を貶めたときに感じたのと同じ痛みだ。

思えば、お姉様がいなくなったらどれほど清々するかと考えたことはあったけれど、死んでほしいとまで考えたことは無かった。

ただ少しだけ、あの完璧な善人面が歪む瞬間を見ることが出来たら、それで心は軽くなるはずだったのに。

……分かっている。これも全部、全部私のせいよ。

せめてお姉様をお見舞いしたとき、病み上がりのお姉様に意地悪さえしなければ、何かが変わっていたかもしれない。私のあの態度が、お姉様を追い詰めていたのかもしれない。

……そうか、私さえいなければ、お姉様は今も殿下の隣で笑っていたはずなのよね。

事が起きる度に自分の犯した罪は分かっていたつもりだったけれど、お姉様がいなくなったことでようやくその重さに気がついた。

お姉様を不幸にしたのも、好きで好きでたまらない初恋の人を塞ぎ込ませてしまったのも、全部私なのだ。

本当はここまでのことを引き起こしたいわけじゃなかった。

ただ少し、みんなに愛されるお姉様にざまあみろと言って差し上げたかっただけで。

誰に対する弁明なのかも分からないままなのに、ぽたり、と涙が零れ落ちた。人を動かして遊ぶためではない涙を流すことなんて、本当に久しぶりだ。

それくらい、どうしてか心が痛くて苦しくて仕方が無かったのだ。


時が経つのは早いもので、お姉様が見つからないまま1か月半が経った。

王国で最も腕の良い職人に作らせた最高級品の純白のドレスに身を包み、豪華な飾りのついた姿見で自分の姿を確認する。少し膨らみ始めたお腹を隠すようにデザインが変更になったけれど、ふわりとした形もまた可愛らしかった。

そう、今日は私と殿下の結婚式だった。

あれほど焦がれた殿下との結婚式だったけれど、朝からずっと気分が重い。

鏡の中の私は、相変わらず他を圧倒する美しさだけれども、どうしてかそこまで幸せそうではなかった。

本当ならば、このドレスはお姉様がお召しになるはずだったのね。

地味だけれど清楚なお姉様がこの豪華なドレスを着たら、「女神様」の異名も頷けるほど綺麗だっただろう。民はそんな美しく清廉な王太子妃を、心から祝福したに違いない。

対して私はどうだ。

お姉様を殺しかけたという秘密と、お腹の子の父親を偽る罪を背負った私は、この王国のどの罪人よりも醜く罪深いのではないか。

見目はこんなにも華やかなのに、私の本当の姿は真っ黒だ。頭の上に乗せられたティアラが、まるで枷《かせ》のように重苦しくて仕方ない。

こんなことになるまで、私はどうすることもできなかったのかしら。

油断すれば涙が零れそうだった。

これから盛大な式を挙げるというのに、花嫁が泣いていては一大事だ。私はこのとき初めて、自分の感情に背いて表情を作った。

お姉様は、ずっとこんな辛いことを、あんなにも涼しい顔でこなしておられたのね。

殿下の婚約者になってからというもの、私の心は満たされるどころか荒《すさ》んでいくばかりだ。

……まるで生き地獄の始まりね。

王国で一番立派な教会の中、にこやかな笑顔で私たちを祝福する人々を眺めながら、私は重苦しい気持ちでバージンロードに足を踏み出したのだった。

第十三章　蒼色の執着

「そう、これはこのように書くのですよ」

早いものでこの部屋に来てから数日が経とうとしている。

陽の光が存分に差し込む部屋の中で、私はソファーに座ってメイドの少女に読み書きを教えていた。

幽閉生活を懸命に支えてくれるこの少女に、何かしてあげられることは無いかと考えた結果がこれだった。

それに、少女に文字を教えるという生産性のある時間は、この鬱屈とした幽閉生活の中で私の心を確かに軽くしてくれていた。

少女がこちらを見上げたのを見て、私は小さな微笑みを向ける。

書きつけた単語の綴《つづ》りがあっているか、視線で問いかけているようだ。

「ええ、それであっていますよ。お上手です」

そう答えれば、少女は安心したように再び羊皮紙に向かった。名前も分からないままだけれども、この赤毛の少女は私にとてもよくしてくれている。

お喋りが出来ないのは寂しいが、こちらの言葉には笑顔で反応してくれるので、この幽閉生活の確かな慰みになっていた。

私は窓越しの陽の光に軽く目を細めながら、小さく息をつく。

殿下の訪れを待ち望むようになったら終わりだと思うが、この生活ではそれも時間の問題な気がしていた。

何せ、私が会えるのは殿下とこの少女しかいないのだ。時間だけがゆっくりと流れて行くようなこの部屋にいると、正直、油断すれば塞ぎ込んでしまいそうだった。

私の趣味に合わせた調度品も、私の好みを知り尽くしたドレスも、ありがたいとは思うけれど、どうしても真綿で首を絞められているような感覚を覚えてしまう。

この部屋にはこんなにも陽の光が差しているのに、息苦しくてならない。

それに、この部屋の場所もよくわからないままだった。

恐らく王城の敷地内《しきち》だと思うのだが、このような広い部屋があるなんて聞いたことが無い。下手をすれば、王太子妃の部屋よりも広いかもしれない。高貴な家柄の罪人を収容する牢獄《ろうごく》にしては環境が整いすぎている気もする。

だとすれば、私のような人々がこっそりと幽閉されてきた部屋なのだろうか。

公には言えない寵姫や恋人を、誰の目にも触れさせないように囲うための、部屋。

それならば、この息苦しさにも納得がいく気がした。

ここは鉄格子がついていないだけで牢獄と大差ない。

思わず、胸元に触れる。ここに来る前には、リーンハルトさんから頂いたペンダントの石の部分があった場所だ。何もないはずのその部分を両手で包むようにすれば、少しだけ寂しさが和らぐ気がした。

リーンハルトさんは、今頃どうしていらっしゃるかしら。

自分勝手にリーンハルトさんを傷つけた私がいなくなって清々しているだろうか。

こんな面倒な女は諦めて、この魂が生まれ変わるそのときまで待つことにしただろうか。

想像するだけで、ずきんと胸が痛んだ。

リーンハルトさんはそんな薄情な方ではないと分かっているけれど、嫌な想像ばかりが過ってしまう。

ふと、少女の視線を感じて彼女のほうを振り向けば、少女は何とも言えない悲しそうな顔をしていた。

この少女には、既にペンダントの行方を尋ねているのだ。

もし、私がここへ連れて来られたときに没収されて、今もどこかで保管されているのであれば、何とか返してくれないだろうかと頼んだのだが、少女は申し訳なさそうに首を横に振るだけだった。

無理もない。彼女は雇われの身だ。たとえ行方を知っていても持ってくることなど出来なかったのだろう。

それに、下手なことをして殿下の機嫌を損ねれば、職を失うだけでは済まないかもしれない。

「……いいのですよ、仕方がありませんわ」

自分のことのように悲し気な表情をする少女の頭をそっと撫で、私は少女が書いていた羊皮紙に視線を落とす。まだ不格好だが、記憶力が良いようでこの数日間で既に大体の文字を書けるようになっていた。

あとは単語の綴りを練習していけば、すぐに簡単な文章も書けるようになるだろう。

そう思いながら少女の練習の成果を眺めていたとき、ふと、意味もなく書きつけられた単語の中に、名前らしき響きのあるまとまりを見つける。

「……モニカ？」

拙い字を何とか読み解くと、少女は私を見上げて目を輝かせて頷いた。

「あなたは、モニカという名前なのですか？」

少女は再び頷いて見せる。ここに来て、ようやく少女の名前が分かったことに、私も小さな感動を覚えた。

「そう、モニカ。素敵なお名前ですね」

少女改めモニカは、何度も何度も頷いて見せた。

私よりも4、5歳年下なだけだと思うのだが、その無邪気な瞳の輝きにこちらまで嬉しくなってしまう。澱《よど》んだこの部屋で、モニカの純粋さは本当に救いになっていた。

「ふふ、ようやくお名前を知ることが出来て嬉しいですわ。次は何を書きましょう――」

刹那《せつな》、輝いていたモニカの瞳が、私の後ろを見て怯えるような色に変わる。

その視線を辿るように振り返れば、そこには公務に赴くようなフォーマルな格好をした殿下のお姿があった。確か、今日は隣国の使者との会食があるとか言っていたはずだ。

「……ルイス、公務はどうなさったのです？」

名前呼びを強要されるようになってからたったの数日だというのに、随分抵抗感が薄れてしまった。慣れとは恐ろしい。この息苦しささえも、いずれ気にならないようになってしまうのではないかと思うと、怖くてならなかった。

「少し時間が空いたから、君の様子を見に来たんだ」

「……わざわざ足を運ばれずとも、私はどこにも行けませんのに」

思わず皮肉気に返せば、殿下はふっと私を嘲笑うような笑みを浮かべて、私の左隣に腰を下ろした。恋人でもない男女が座るにしては近い距離に、僅かに身構えてしまう。

私が答えを出していない以上、殿下は無闇に私に触れてくることは無いのだが、それでも怖いものは怖い。

私の右隣に座っていたモニカは、可哀想なくらい怯えてしまって、慌てて立ち上がると逃げるように部屋の隅へ引っ込んでしまった。

やはり、第三者から見ても今の殿下は怖いのだ。

蒼色の瞳に宿る執着も、些細な一言で機嫌を損ねるその張り詰めた精神状態も。

殿下は無言でモニカが文字を練習していた羊皮紙を拾い上げると、少しの間それを見つめていた。

失敗した、と思った。

殿下がいらっしゃると知っていれば、こんなことはしなかったのに。

この部屋で私が勝手なことをして、殿下が気分を良くしたことなど一度だって無いのだから。

「あのメイドに文字を教えていたのか」

「……その、勝手な真似をして申し訳ありません」

「レイラは優しいな。読み書きも出来ぬ民を憐れに思ったのか？　それとも――」

不意に、殿下は何の前触れもなく私をソファーに押し倒した。肩に添えられた殿下の手に痛いほど力がこもる。

「――声を出せぬメイドに文字を教えて、誰かに助けを求めるつもりだったのか？　こんな状況でレイラが縋る相手は誰だ？　公爵家か？　友人のご令嬢方か？　君に惚れ込んでいた貴族子息どもか？　ああ、それとも……恋人か？」

恋人。その言葉で思い浮かぶのは、おこがましいとは思いつつもリーンハルトさんだった。

リーンハルトさんに手紙の一つでも出せれば、確かに助けに来てくれるかもしれないが、どこにあるかもわからない幻の王都にどうして手紙を届けられようか。

「ああ、そうか、僕には言えないような相手がいるんだな……」

リーンハルトさんのことを考えて返答に間があったことが気に入らなかったのか、不意に殿下の手が私の首に伸びる。その仕草の意味するところを考える間もなく、殿下の手に力が込められた。

「っ……」

首の圧迫感と耳鳴りに、すぐに涙目になってしまう。

咄嗟に殿下の手を掴み、必死に足をばたつかせて抵抗するけれど、力勝負で勝てる訳が無かった。

殿下の蒼い瞳を縋るように見上げてしまう。

「ああ、こうすれば、ようやくレイラは――」

殿下の口の動きで何か呟いていらっしゃるのだということは分かったけれども、耳鳴りに掻《か》き消《け》されて最後まで聞き取ることは出来なかった。

それよりも、意識を失いそうな圧迫感に耐えることで精一杯だ。

苦しい、苦しい苦しい痛い。

目尻に溜まった涙が、横顔を滑り落ちていく。

こんなにも私が苦しんでいても、殿下は愉悦の混じった端整な微笑みを浮かべておられて、ますます殿下が怖くなってしまう。

この方は、そんなにも私が憎いのね。

それも当たり前だろう。私たちアシュベリー公爵家が殿下にしたことを思えば、こんな苦しみはきっとまだ甘いくらいだ。

私たちは、冷静沈着だった殿下にこんなにも強い憎悪を抱かせてしまったのだ。

私には、ただただそれが悲しくてならなかった。

ごめんなさい、殿下、ごめんなさいごめんなさいごめんなさい。

声には出せなかったけれど、殿下を欺いたアシュベリー公爵家の者として、心の中でひたすら謝罪した。どれだけ謝ったところで、もうすべて、手遅れであることに変わりはないのだけれど。

次第に抗う手にも力が入らなくなり、いよいよ命の危険を感じ始めたころ、不意に駆け寄ってきた小さな影が殿下の腕にしがみ付いて、私の首から殿下の手を振り払った。

ようやく息が吸えるようになり、私は咳き込みながら何とか上体を起こす。

「……っモニカ」

可哀想なほどに殿下に怯えていたモニカは、目を瞑りながらも今も殿下の腕にしがみ付いていた。

私を、助けてくれたのだろう。自分より何歳も年下の少女の健気さに、胸が熱くなる。

「はっ……メイドに慕われているようで何よりだな、レイラ」

殿下は鬱陶しそうにモニカを振り払うと、自嘲気味な笑みを浮かべたまま彼女を見下ろした。

「殺すわけないだろ、そんなに必死になるなよ」

モニカは目を潤ませながらも殿下を睨みつけていた。

普段の気弱な様子とは打って変わって随分と挑戦的な態度だ。

これだけで不敬罪として断罪されてもおかしくはないのだが、どうやら殿下にその気は無いようだった。

「……死を覚悟するには充分でしたけれど」

意図せずして言葉に棘が出てしまった。

もっとも、殿下はそんなことを気にする素振りすら見せず、何が可笑しいのかくすくすと笑って
私の首筋を撫でた。その掠めるような指先の感触に、ぞわり、と寒気が走る。

「ああ、そうだな。とても苦しそうな顔をしていた」

それを分かっていて、あんな愉悦の混じった笑みを浮かべていたのか。

また少し、殿下に対する恐怖が増した。

アシュベリー公爵家の罪深さを思えば、殿下に手ひどく扱われても文句など言えない立場だと分かっているけれど、怖いものは怖い。

返す言葉もなく、ただ殿下の視線から逃れるように俯いた。

「――悪くないな、その顔も。レイラの怯えた顔なんて、婚約者だったころは見られなかったからな」

殿下は恐怖に震える私を嘲笑うように、親指で私の目尻に溜まった涙を拭う。

「……また来る。あまり余計な真似はするなよ」

殿下は私に言い聞かせるように告げると、私の前髪を掻き上げて額に口付けを落とした。

人の首を絞めておいて、よくも口付けなどする気になれるものだ。

信じられない目で殿下を見上げれば、彼はそんな私の反応すら面白がるような笑みを浮かべて立ち去ってしまう。

完全にモニカと二人きりになったのを確認して、私は恐怖と緊張で震える指をぎゅっと握りしめた。殿下に絞められた首元に触れればうっすらと汗ばんでおり、思ったよりも体が危険を訴えていたことに改めて身の毛がよだった。

モニカは床に膝をついたまま私の傍に擦り寄ってくると、私のドレスに縋るようにして声もなく泣き始めた。

怖かったのだろう、可哀想なことをしてしまった。

「ごめんなさい、モニカ……。でも、助かりました。モニカが殿下を止めてくれたおかげです」

恐らく、殿下に私の命を奪う気は無かったと思うけれど、それでもあのまま続けられていたら意識を失うくらいの事態にはなっていたかもしれない。

モニカの赤毛をそっと撫でてやれば、彼女は更に涙を流した。

出会ってたった数日しか経っていないが、私たちが共に過ごした時間は長い。モニカが私をこんなにも気にかけてくれることだけが、この非現実めいた日々の中では本当に救いだった。


その夜、私は殿下と夕食を摂り終えた後、繊細な飾りのついた籠の中の金糸雀《かなりあ》に餌をあげていた。

モニカは私の手を煩わせると思ったようで私が餌やりをすることを止めようとしていたけれど、このくらいの楽しみが無ければ息が詰まる。

「綺麗な声で鳴くのね」

窓から差し込む月明かりは、妙に私を寂しい気持ちにさせた。

金糸雀を自分に置き換えるくらいに、感傷的な気分になってしまう。少しくすみのある黄色い羽根を撫でてやれば、金糸雀は、ぴぃと綺麗な鳴き声を出してくれた。

「レイラの声のほうが綺麗だ」

隣で私が金糸雀に餌をあげる様子を観察していた殿下が、あまりに突拍子の無いことを言うものだから思わず笑ってしまった。

「ふふ、金糸雀よりも、ですか？　口説き文句にしては気障《きざ》ですね」

「……事実を述べたまでだ」

月明かりに照らされた殿下の横顔を盗み見れば、その顔は至って真剣な表情で、ますます殿下が分からなくなる。殿下は、私が憎いはずなのに。

「首を絞めれば、より綺麗な声で鳴くとでもお思いになりましたか？」

思ったよりも嫌味っぽくなってしまった自分の言葉に驚いてしまう。

だが、殿下は特に動じることなく淡々と答えた。

「そうかもしれないな」

殿下にとっては、きっと私はこの籠の中の金糸雀と同じようなものなのだろう。

自由だけを制限して、構いたいときだけ構って、逃げ出そうとすれば痛めつける。そこにある感情は、やはり憎しみなのだろうか。

聞きたいことは沢山あったけれど、些細な言葉が殿下の機嫌を損ねるのかもしれないと思うと怖くて踏み出せない。情けないとは思うけれど、首を絞められたときの苦しみが蘇っては、私の言葉を溶かしていった。

「期限まで、あと1週間ほどだ」

殿下のその言葉に、私は思わず餌やりの手を止めてしまった。

金糸雀の美しい声だけが、場違いに響き渡る。

「……ええ、承知しておりますわ」

ローゼは約束通り、まともな食事と衣服を与えられているだろうか。今も、地下牢で殺されるかもしれない自分の運命に怯えているのだろうか。

心配、というには複雑すぎる感情だったけれど、気がかりであることは確かだった。

……もしも、私が逃げずにローゼと向き合っていれば、少しは違う結末になっていたのかしら。

今となってはもう、何もかも手遅れだと分かっているのに、どうしても考えてしまう。

私たちはなぜ、こんなにもどうしようもなくなるまで、本音すら言いあえなかったのか、と。

私に掴みかかってきたローゼのあの憎しみを、私は少しも見抜いてやることが出来なかった。

それは恐らくお父様とお母様も同じで、ローゼはずっと周りに人がいても、一人ぼっちのような気がしていたのかもしれない。

「良い返事を期待してる」

殿下はすっかり習慣になりつつある私の額への口付けをすると、私の頬にかかった髪を耳にかけた。

この瞬間だけは、まるで殿下が私を大切にしているかのような錯覚に陥ってしまう。

「おやすみ、レイラ」

「……おやすみなさいませ、ルイス」

殿下の後ろ姿を見送ると、私は用意していた残りの餌を金糸雀に与えた。ぴぃぴぃと繰り返し鳴く金糸雀の声すらも、どこか遠い世界のことのように感じてしまう。

殿下との取引のことは、ずっと考えている。

私の身一つでローゼの罪を揉み消してくれるのだから、王家からしてみれば甘すぎると言ってもいいほどの寛大な対応だ。

危機に晒されたアシュベリー公爵家の長女としては、断る理由の無い取引だった。むしろ寛大な御沙汰に感謝して、喜んで身を捧げ、贖罪《しょくざい》すべきなのだと思う。

そう、私の答えはほとんど決まっているのだ。

ただ、殿下にお返事をするには覚悟が出来ていないというだけで。

——この取引に応じる、ということは、もう二度とリーンハルトさんに会えないことを意味するのだから。

いや、取引に応じなくとも、殿下は私をこの部屋から出す気などないようだから同じことだろうか。もしかすると、私はもう一生リーンハルトさんに会えないのかもしれない。

そっと、自分の唇に指先を当ててみる。

私が自分勝手にリーンハルトさんを傷つけたあの日、少し強引だったけれど、それでも私は彼に口付けてもらえて嬉しかった。こんなことを言ったら、リーンハルトさんはまた耳の端を赤く染めて、照れたように笑うだろうか。

「っ……」

ああ、会いたい。リーンハルトさんに会いたい。

月明かりの差し込む窓に手を当てながら、私は項垂《うなだ》れるようにしてリーンハルトさんを想った。

そのまま、ずるずると床にへたり込んでしまう。

こんな動きづらいドレスじゃなくて、菫色のワンピースを着て、歩きやすい革靴でリーンハルトさんの腕の中に飛び込みたい。リーンハルトさんの淹れてくれるお茶が恋しい。私を抱きしめながら、髪を梳いてほしい。

恋しくて、寂しくてたまらない。

私は、ただ、あの優しくて温かい幻の王都に帰りたかった。

「っ……リーンハルトさんっ」

あの日、自分勝手にリーンハルトさんを傷つけて、彼の手を離さなければ、こんなことになっていなかったのかしら。

悔やんでも悔やんでも悔やみきれない。自業自得だと分かっていても、深い悲しみに溺れてしまいそうだった。

涙目になって嗚咽《おえつ》を漏らしてしまう。

このところは、恋の苦しい部分ばかりを味わっていて、心が麻痺してしまいそうだ。

そのまま潤んだ目を擦って何とか涙を拭おうとしていたのだが、不意に、背後に誰かの靴音が響き渡る。どくん、と心臓が跳ねたのを感じた。咄嗟に息を止め、思わず口元に手を当てる。

さっと血の気が引いていくのが分かった。

もしも相手が殿下だったら、厳しく咎められかねない。

勝手に泣いていることすらも、きっと殿下の機嫌を損ねてしまう。

私は恐る恐る顔を上げ、肩を震わせて気配のするほうを見つめた。

「あ……モニカ」

良かった。殿下にリーンハルトさんの名前を聞かれていたら、殿下は何をなさるか分からない。

もっとも、リーンハルトさんが魔法を使えぬ王国の人間に追い詰められるようなことは無いと思うけれど、彼の迷惑になりそうなことだけはどうしても避けたかった。

「どうしたのですか？　もうお仕事は終わりの時間でしょう？」

モニカの一日の仕事は、私の就寝支度を整えれば終わる。

どこに部屋があるのかは知らないが、仕事を終えればこの部屋からは姿を消すのが常だった。

モニカはきょろきょろと辺りを見渡した後、一気に私との距離を詰めた。

そしてメイド服のポケットに手を入れると、何かを取り出しそれを私に握らせる。冷たくて、固い感触がした。

「これは……」

そっと渡されたものを覗いてみると、星空を切り取ったような紺色の石が見えた。忘れもしない、これは。

「……っ！」

紛れもなく、それはリーンハルトさんから頂いたペンダントだった。

皮ひもは擦り切れ、石はところどころ欠けてしまっているが原形は留めている。

まさか、戻ってくるとは思わなかった。

「っ……ありがとう、ありがとうございます、モニカ」

思わず潤んだ目でモニカに礼を述べると、彼女はふと私の右手を取った。

そのまま、しばらく考え込むような素振りを見せたかと思えば、私の掌を指先でなぞり始める。少しくすぐったいその感覚に戸惑っていたが、繰り返されるそのパターンに次第に意味のあるまとまりを見出《みいだ》すことが出来た。

『でんか　ないしょ』

まだ文字を教えて数日だというのに、目覚ましい成長だ。思わず感動してしまった。

「分かりました。殿下には見つからないようにしますね」

モニカは意味が伝わったことが嬉しかったのか、満面の笑みを浮かべて頷いてみせた。そして、床に座り込む私を立たせるように軽く手を引いてくれる。

モニカは、私を見上げて自身の首元に手を当てた。

恐らく、殿下に絞められた私の首を気にしてくれているのだろう。

「大丈夫ですよ、痛みません。心配してくれてありがとう」

かなり強い力だったせいか痣《あざ》は残っているのだが、特に痛みは無い。モニカは安心したように再び笑みを見せると、退出の合図である慎ましい礼をしてみせた。

「……ありがとう、モニカ、本当に」

改めてお礼を言えば、モニカは首を横に振りながら小さく微笑んで素早く私の部屋から出ていった。人目を忍んでこれを渡しに来てくれたのかもしれない。

私がペンダントの行方を気にしていたことを、覚えていてくれたのだ。

私は両手でペンダントを包み込み、祈るように額に当てる。

「……リーンハルトさん」

不思議だ。これがあるだけで、少しだけ強くなれるような気がする。

リーンハルトさんの魔力がこもっているからだろうか。

これで何が変わるわけでもないのに、リーンハルトさんにまつわる品があるだけで心持ちは随分違う。

私はペンダントをもう一度握りしめると、青白い三日月を見上げ、リーンハルトさんに再び相見《あいまみ》えることを夢見るのだった。

あとがき

この作品の書籍化打診を受けたとき、確か私は、実家の和室の隅でころころ転がっていたような気がします。桜の木の妖精ですからね、和室のほうが住みやすいんです。

電撃の新文芸から書籍化？　しかも、コミカライズまで？

現在の担当編集となった方からのメールを読んで、どうやら都合の良《い》い夢を見ているようだともう一度布団にもぐり込みました。

書籍化打診を受けたのはこれが初めてのことで、妙に心臓が落ち着かなかったのをよく覚えています。もちろん、二度寝は出来ませんでした。

私はずっと、小説家になりたかった。気づけば息をするように物語を紡いでいました。

初めて物語を書いたのは、確か小学校の国語の授業のときだったと思いますが、あれ以来ずっと私は物語を書いていました。努力、というにはおこがましいほど、好き勝手に自由に楽しんでいましたが、それでも、何かが報われたような気持ちになったのは確かです。

書籍化に向けたちょっとした打ち合わせ、メールのやり取り、その全てが夢のようでした。

その中でも、書籍の挿絵を描いてくださるイラストレーターさんが鈴ノ助《すずのすけ》先生に決まったという知らせを受け取ったときには、あまりの感動に思わず涙目になりました。

鈴ノ助先生の絵に初めて出会ったのは、私が中学校に入学するころだったと思います。あのときに感じた感情は、ほとんど衝撃と言っても良かったでしょう。

ああ、世の中にはこんなにも繊細で美しい絵を描く人がいるのか、と一目で私は鈴ノ助先生の絵が大好きになりました。最早《もはや》、恋と言ってもいいくらいに夢中になっていたと思います！

それからは、同じ趣味を持つ友人と共に、鈴ノ助先生がイラストを担当なさっている動画を何度も何度も見返しました。そういう面では、私の青春を彩ったのは、まさに鈴ノ助先生の絵と言っても過言ではないでしょう！　それくらい、私の中で鈴ノ助先生は特別なイラストレーターさんでした。

その鈴ノ助先生に、私の書いた小説のイラストを担当していただけるなんて!!

編集さんにおねだりした甲斐《かい》がありました。ええ、おねだりしたんです、私。駄目元でおねだりしましたが、まさか本当に描いていただけることになるなんて。今でも信じられないくらいです。

中学生の自分に言ってやりたいですね。

「数年後、お前の書いた小説のイラストを鈴ノ助先生が描いてくださるぞ」って！

信じないだろうなあ、きっと。

改めて、自分の書いた物語が書籍として世の中に出ること、そして、そのイラストを憧れの鈴ノ助先生に担当していただいたことに、本当に幸せを感じます。

そして、その幸せを与えてくださったのは、他ならぬ読者の皆さまですね！

この本をお手に取ってくださった皆さまはもちろんのこと、書籍化が決まる前からこの物語を応援してくださっていた方々にも感謝の気持ちでいっぱいです。本当にありがとうございます。

なかなか一筋縄ではいかない物語ですが、楽しんでくださったら嬉《うれ》しいなあ。お気に召した場面はありましたか？　応援したくなったり、こいつだけは許せないな、というような登場人物はいたでしょうか？

ああ、叶《かな》うならば、この本を手に取ってくださった皆さま一人ひとりと語り合いたい！

私の書いた物語で、皆さまのときめきでも喜びでも、何かしらの感情が揺らいだのなら、物書きの端くれとしては舞い上がってしまうくらいに嬉しいです。

Ｗｅｂで公開していた当時は、リーンハルト派とルイス派で綺麗《きれい》に二分したのですが、皆さまはいかがでしょう？　上巻時点での読後感を考えると、何となくルイス派のほうが多いような気もしますね！　ちなみに私は、書いているときにはどちらにも苛《いら》ついていますし、どちらにもにやついています！

女性キャラで人気なのは、やっぱりレイラでしょうか？　ガブリエラやシャルロッテも話題に出してくださる方はいましたが、思えばローゼが好きという声はあまり聞いたことがありませんね。ローゼが仕出かしたことはともかくとして、レイラに劣等感を抱く彼女の気持ちは分からなくもないだけに、個人的には憎み切れないキャラクターになっているのですけれどね！

レイラからしてみればなかなか過酷な物語で、読んでくださる皆さまにとっても辛《つら》い場面があるかと思いますが、どうかこの先も見守ってくださると幸いです。

最後になりますが、この場をお借りして、この本を出すにあたってお世話になった方々へのお礼を述べさせていただきます。

書籍化作業に関して右も左も分からぬ私を優しく導いてくださった担当編集の山口《やまぐち》さま、この小説に素敵なイラストをつけてくださった鈴ノ助先生、鋭い指摘をしてくださった校閲の担当者さま、拙作の書籍化に関わってくださった編集部の皆さま、小説をネットに上げようか悩んでいるとき、「やってみなよ!」と背中を押してくれた上に、「染井由乃《そめいよしの》」という名前までくれた我が親友秋桜《こすもす》、そして何より、『傷心公爵令嬢レイラの逃避行』を応援し、この本を手に取ってくださった読者の皆さま、本当に、本当にありがとうございます。

どうか皆さまと、次巻でもお会いできますように!

ここまで読んでくださってありがとうございました!!

染井由乃

電撃の新文芸

傷《しょう》心《しん》公《こう》爵《しゃく》令《れい》嬢《じょう》レイラの逃《とう》避《ひ》行《こう》 上《じょう》

著者／染《そめ》井《い》由《よし》乃《の》
イラスト／鈴《すず》ノ《の》助《すけ》

2020年5月18日　初版発行

発行者／郡司 聡
発行／株式会社ＫＡＤＯＫＡＷＡ
〒102-8177　東京都千代田区富士見2-13-3
0570-06-4008（ナビダイヤル）
印刷／図書印刷株式会社
製本／図書印刷株式会社

【初出】…………………………………………………………………………………………
本書は、カクヨムに掲載された『傷心公爵令嬢レイラの逃避行』を加筆修正したものです。

ISBN978-4-04-913153-6　C0093　Printed in Japan

ファンレターあて先
〒102-8177
東京都千代田区富士見2-13-3
電撃文庫編集部

「染井由乃先生」係
「鈴ノ助先生」係

「」カクヨム
2,000万人が利用!
無料で読める小説サイト
イラスト：スオウ
カクヨムでできる
3つのこと
What can you do
with kakuyomu?
1
書く
Write
便利な機能・ツールを使って
執筆したあなたの作品を、
全世界に公開できます
2
読む
Read
有名作家の人気作品から
あなたが投稿した小説まで、
様々な小説・エッセイが
全て無料で楽しめます
3
伝える
つながる
Review & Community
気に入った小説の感想や
コメントを作者に伝えたり、
他の人にオススメすることで
仲間が見つかります
会員登録なしでも楽しめます!
カクヨムを試してみる
「」カクヨム
https://kakuyomu.jp/
カクヨム
検索